Esta chica es
DIFERENTE
J. J. JOHNSON
Traducción de Xohana Bastida
sm

fundación sm

La Fundación SM destina los beneficios de las empresas SM a programas culturales y educativos, con especial atención a los colectivos más desfavorecidos.

Si quieres saber más sobre los programas de la Fundación SM, entra en
www.fundacion-sm.org

LITERATURA**SM**•COM

Primera edición: septiembre de 2018

Gerencia editorial: Gabriel Brandariz
Coordinación editorial: Iria Torres
Coordinación gráfica: Lara Peces
Cubierta: Eduardo Nacarino

Publicado por acuerdo con Peachtree Publishers.
Publicado por primera vez en Estados Unidos por J. J. Johnson.

Título original: *This Girl is Different*
Traducción del inglés: Xohana Bastida

Impresores, 2
Parque Empresarial Prado del Espino
28660 Boadilla del Monte (Madrid)
www.grupo-sm.com

ATENCIÓN AL CLIENTE
Tel.: 902 121 323 / 912 080 403
e-mail: clientes@grupo-sm.com

ISBN: 978-84-9107-342-0
Depósito legal: M-2283-2018
Impreso en la UE / *Printed in UE*

Para Noah

1

La vida, o es una aventura intrépida, o no es nada.

Hellen Keller
(1880-1968)
escritora y activista

Consigo agarrar la serpiente, pero se me retuerce el pie y me caigo de culo en el arroyo. Cuando trato de levantarme, un relámpago de dolor me atraviesa el tobillo.

Hago una respiración *ujjayi* profunda para mantener la calma, la firmeza, la fuerza. Con la serpiente bien agarrada, voy a la pata coja hasta una roca grande. Mientras me quito la mochila, la serpiente me saca la lengua. Debe de tomarme por loca.

Se me ocurren cosas peores que estar loca. Es mejor ser una loca que una pusilánime. O tímida, o sumisa, o aburrida.

Saco de la mochila el tarro de cristal que he traído para mis capturas de ofidios.

–Este es tu alojamiento temporal –le digo a la serpiente, y ella se desliza en su interior y se enrosca en el fondo.

Encajo la tapa agujereada con un chasquido y alzo el tarro para verla mejor. Su dorso, de un negro aterciopelado, está surcado de franjas amarillas. Es una culebra rayada, pero ¿cuál? ¿*Thamnopis sirtalis* o *Thamnopis sauritus*? Olfateo la tapa del tarro: apesta un poco, aunque no mucho. Debe de ser una *Thamnopis sauritus*.

–Seas lo que seas, eres preciosa –le digo mientras dejo el tarro en el suelo.

Ahora tengo que llamar para pedir ayuda. Abro el teléfono. Está mudo. Me olvidé de cargarlo, cómo no.

Cambio de posición y un nuevo relámpago me atraviesa el tobillo. Ya ha empezado a hincharse, y noto que me palpita. Meto el pie con cuidado en el arroyo para que el frescor del agua frene la hinchazón.

La serpiente me mira con indiferencia. Abro la mochila y aparto mi cuaderno de campo, la lata de lápices de colores y la botella de agua filtrada. Por fin, veo el kit de emergencia que me ha preparado Martha. ¡Un punto para Martha y para todas las madres del mundo! ¡Bienvenida, caja de ibuprofeno! Me trago un par de pastillas con un sorbo de agua y examino el resto del kit: tiritas, venda elástica, silbato, cerillas impermeables, un espejo. Además, guardé antes de salir dos barritas de avena caseras y un bote lleno de cacahuetes y pasas. Al menos, no moriré de inanición.

Estoy lesionada en mitad de ninguna parte, pero me las arreglaré.

Sin ataques de histeria. Sin angustias. Esta chica es diferente.

Me envuelvo el tobillo con la venda elástica y vuelvo a meter el pie en el agua. Varias hojas de arce, rojas por el otoño y con las puntas marrones, pasan flotando y se quedan dando lentas vueltas en el remolino que hace mi pie. También yo debería bajar un poco el ritmo; aún pasará un buen rato antes de que Martha se dé cuenta de que me ha ocurrido algo. Cuando termine su turno en Walmart, es muy posible que se pase por el grupo de consumo ecológico, por la biblioteca y por yo qué sé cuántos sitios más. Además, le llevará un buen rato llegar hasta aquí andando. Así que, aunque llegue a casa temprano y vea mi nota (si no la ve, creerá que estoy metida en el cobertizo o haciendo yoga), me va a tocar quedarme aquí hasta que se ponga el sol, y seguramente más.

Por la posición del sol en el cielo, ni siquiera son las doce del mediodía. Me quedan ocho o nueve horas de espera, a no ser que se me ocurra alguna idea brillante. Mi nueva amiga Sauritus y yo tenemos toda la tarde por delante.

Varias horas más tarde, y aún sin ningún plan de evacuación, dejo de dibujar en mi cuaderno de campo y me entretengo en comparar mis bocetos con Sauritus, que sigue metida en el bote. Debería dejarla marchar, pero me gusta su compañía. Suspiro y acaricio el cristal con las yemas de los dedos. Tendría que atrapar alguna lombriz o un buen grillo para darle...

Un momento. Se oyen voces entre los árboles.

Chasquido de ramas. Las voces se acercan. Oigo una voz masculina y distingo palabras sueltas: «instituto», «compras», «clase». ¿Son dos personas o tres?

–¡Eh! –grito–. ¡Hola!

Las voces enmudecen.

–¡Estoy abajo, en el arroyo! –explico, contemplando la hinchazón de mi tobillo–. ¡Atrapada en el barrizal, más o menos!

Las voces se reanudan; ahora suenan más bajas, como si estuvieran discutiendo cómo reaccionar. Crujidos de maleza, rumor de hojarasca. Un chico más o menos de mi edad, con unos vaqueros cortados y botas de campo, aparece entre los árboles. Me suena de verlo por el pueblo: una vez en la biblioteca, y otras varias en la cafetería a la que suelo ir. Es tan guapo que resulta imposible no verlo. Es como Kumar, el personaje de *Dos colgaos muy fumaos*, pero en más delgado y alternativo. Tiene el pelo negro y brillante, y los ojos muy oscuros.

Noto que me pongo colorada.

–Hola –dice.

Cada vez que se mueve, el borde deshilachado de los pantalones le roza las piernas. Las botas de cuero están llenas de arañazos que forman remolinos de color café con nata.

–Buenas –respondo, haciendo un esfuerzo por no sonar como una damisela indefensa (aunque, técnicamente hablando y teniendo en cuenta que no puedo andar ni tengo batería, eso es lo que soy en este momento).

¿Pero quién, o quiénes, estarían hablando con este chico hace un momento?

En ese preciso instante, como si me hubiera leído el pensamiento, su interlocutora aparece tropezando entre los arbustos.

Kumar se da la vuelta para sujetarla. Las piernas de la recién llegada, delgadas y largas como las de un potrillo, se enderezan. Es una chica muy guapa. También me suena del pueblo.

–Hola –digo saludando con la mano–. Me llamo Evie.

No sé por qué, tengo el corazón acelerado.

–¡Hola! –contesta ella, y solo puedo mirar sus largas pestañas y sus uñas pintadas.

Lleva un vestidito corto y chanclas; no es que sea el atuendo más apropiado para ir de campo, pero ¿quién soy yo para juzgarla? Al fin y al cabo, voy descalza. Es menudita, delgada y un poco andrógina, como Audrey Hepburn en *Desayuno con diamantes,* pero con la piel de un tono más oscuro y cálido. ¿Será india? ¿Latinoamericana?

–¿Qué te ha pasado? –me pregunta mientras se pasa los dedos por el pelo negro y corto como si quisiera cardárselo.

–Me he lastimado el tobillo. No puedo apoyarme en él para andar, y nadie sabe que estoy aquí.

Kumar mira alrededor. ¿Qué estará buscando? ¿Habrá venido alguien más con ellos?

–¿Has venido hasta aquí tú sola? –se asombra Audrey Hepburn, y caigo en la cuenta de que eso es lo mismo que intriga a Kumar.

Por el tono en que lo ha dicho parece algo inimaginable, en plan «¿Acabas de venir desde la Luna?». Me encojo de hombros.

–Mi casa está a unos siete kilómetros –explico.

–¿Vives aquí? –dice el chico, volviéndose hacia su amiga para intercambiar una mirada.

Ella apoya una mano en la cadera y me contempla interrogante.

–¿Es que acabas de mudarte?

Sé lo que están pensando: en el pueblo solo hay un instituto, de modo que todos los chavales del lugar conocen de sobra a los demás. Bueno, pues resulta que hay una a la que no conocen. Niego con la cabeza.

–Llevo aquí dos años –respondo–. Pero estudio en casa.

Los dos vuelven a mirarse. Se están diciendo un montón de cosas sin palabras.

–¡Tranquilos, soy una chica normal y corriente! –añado, sonriendo para tranquilizarlos–. De hecho, este año voy a ir al insti. Comienzo el lunes.

Solo faltan tres días, y no veo el momento de empezar. Tengo ganas de comprobar cómo es el instituto. Mi madre, sin embargo, está horrorizada porque piensa que me voy a echar a perder. He tenido que librar una batalla prolongada para que me dejase matricularme. Por fin, tras una brutal campaña de desgaste, la convencí apelando a mi responsabilidad personal y a mi derecho a tomar decisiones propias. También argüí que podría usar mis vivencias para hacer periodismo gonzo, tratando la experiencia de ir al instituto como una investigación etnográfica.

–Entraré en el último curso –explico, sacando el pie del agua para darme la vuelta del todo hacia Kumar y Audrey.

–¡Qué bien! –exclama la chica, señalándose a sí misma con el pulgar y girándolo luego hacia el chico–. Igual que nosotros.

Miro al chico y veo que está contemplando mi tobillo con cara de preocupación. La verdad es que, a pesar del vendaje elástico, se nota que está muy hinchado.

–No exagerabas al decir que te habías lastimado –observa–. Parece un esguince en condiciones –añade mientras se acerca y se agacha para verlo mejor–. ¿Te importa que le eche un vistazo? Tengo experiencia con estas cosas.

Asiento con la cabeza y él se arrodilla delante de mí. El corazón se me alborota, y ruego para mis adentros que él no pueda oírlo. Cuanto más se acerca, más fuertes son los latidos. No puede ser: seguro que estos dos están saliendo juntos. ¿No es eso lo que debo suponer? La verdad es que no soy experta en este tipo de cosas.

–¿Puedo quitarte el vendaje?

Trago saliva y asiento con la cabeza, deseando que mi corazón pueda resistir el subidón de su contacto.

Audrey se recoge el borde del vestido por detrás y se acuclilla junto a Kumar con las rodillas juntas, en una postura muy femenina. Sus ojos se posan en mis pies descalzos, recorren mis vaqueros recortados y mi camiseta y se detienen en mi cara desprovista de maquillaje. ¿Por qué todas las chicas me miran así?

El corazón se me cae a los pies y eso me hace sentir ridícula, porque no es mi estilo sentirme insegura por estas cosas. Pero si a Kumar le gustan las chicas como Audrey, yo no le interesaré nada de nada. Para empezar, nadie me describiría como menuda; no es que esté gorda, es que estoy... bueno, en forma. Soy alta, sólida, musculosa. En cuanto a femenina... Digámoslo así: estoy orgullosa de ser mujer, pero no me veo especialmente femenina. Contemplo mis pies con las uñas sin pintar y el vello claro de mis pantorrillas, y me llevo las manos a la cabeza para ajustarme la coleta en la que suelo recoger mi melena castaña. Qué más da: soy lo que soy.

Además, si son novios, ni siquiera debería estar pensando en estas cosas.

Kumar me agarra el talón con suavidad y me levanta la pierna. Inspiro bruscamente porque me duele, y también para ver si así logro calmar los latidos de mi corazón.

Los dos comentan algo. Las palabras parecen flotar entre ellos, burbujas que resplandecen un momento y explotan.

–¿QUÉ ES ESO? –grita ella de pronto retrocediendo a toda prisa.

Él vuelve a mirar mi tobillo y frunce el ceño.

–Hombre, tampoco es para tanto –repone.

La chica le mira fijamente, con la cara lívida y los ojos desorbitados, y señala mi bote.

–¡Una serpiente! ¡Una serpiente! –chilla.

–¡Ay, perdón! –exclamo–. Tendría que haberos avisado.

La verdad es que me da mucha pena que la gente tenga miedo de unos seres tan maravillosos; prefiero no fomentar la fobia a las serpientes.

–No es más que una culebra rayada, y de las pequeñas –explico–. Es inofensiva.

Ella menea la cabeza como si no me creyera y retrocede un paso más.

–¿Quieres que la suelte, o prefieres que siga encerrada? –le pregunto.

–¡Encerrada!

–Vale, no te preocupes. La dejaré en el tarro y...

El chico mira a Audrey y resopla.

–No seas plasta, anda –le espeta, y luego se vuelve hacia mí–. ¿Piensas quedártela?

–No. Solo quería hacerle...

–Unos dibujos, ¿verdad? –completa, con los ojos clavados en mi cuaderno de campo–. Qué chulo. ¿Puedo echarle un vistazo?

–Claro.

Lo recoge y empieza a hojearlo.

–¡Toma ya! Son una pasada.

–Gracias.

–¿El qué? –pregunta la chica, empinándose para tratar de verlo sin acercarse.

–Estos dibujos. Son de la serpiente y de más cosas –responde el chico mientras cierra el cuaderno y me lo devuelve–. Jay, ¿por qué no empiezas a andar tú sola? –le pregunta a su amiga–. Cuando te hayas alejado, soltamos a la serpiente y te seguimos.

–Ah, no. De ninguna manera. No me gusta nada ese plan. ¿Volver yo solita a casa atravesando el bosque? Ni de broma –replica envolviéndose el torso con los brazos–. Podría encontrarme con otras serpientes o vete tú a saber qué reptiles. ¿Y si me equivoco de camino y me pierdo para siempre?

El chico gime.

–A ver qué te parece este plan –digo yo–: cuando cuente hasta tres, tú echas a correr, yo suelto a la serpiente en dirección opuesta...

–... y yo te ayudo a salir de aquí –remata Kumar.

Vaya: se me había olvidado lo de mi tobillo. ¿Va a llevarme a cuestas como si me rescatase? ¡Menuda humillación!

Además, no sé si podré soportar ir tan pegada a él. Es tan rematadamente guapo que me pone de los nervios. Imagino la pinta que debo de tener, hiperventilando y con ojos de ternera degollada, y me dan los siete males.

Pero él ya ha empezado a contar:

–Uno, dos...

La chica echa a correr como una posesa, y yo abro el tarro para soltar a la pequeña Sauritus. El chico me ayuda a levantarme, gruñendo un poco por el esfuerzo. Ya he dicho que no soy precisamente menuda.

–No soy una damisela indefensa, ¿sabes?

Él se echa a reír.

–Créeme: ni se me había pasado por la cabeza.

1

¿Sabes? Hay momentos como esos en los que el tiempo se detiene, y lo único que puedes hacer es contener la respiración y confiar en que te espere.

DOROTHEA LANGE
(1985-1965)
fotoperiodista

AUDREY HEPBURN en realidad se llama Jacinda, y el Bello Kumar se llama Rajás.

Rajás... Se ha empeñado en llevarme a cuestas hasta su coche, que, según me ha dicho, está aparcado en la carretera de acceso a la zona forestal, no muy lejos de aquí. Cuando el camino se ensancha, Jacinda se pone a nuestro lado. Camina entre la maleza con una mueca de preocupación.

–Avisadme si veis alguna serpiente –nos pide, y luego suelta una carcajada–. Bueno, mejor no me aviséis: decidme que corra y ya está.

–Entendido –respondo, ojo avizor por si veo algún culebreo en el suelo.

Yo también tengo el ceño fruncido, porque estoy harta de que mi corazón se alborote por la cercanía de Rajás. La maldita víscera no me hace ni caso, a pesar de que soy una mujer fuerte con convicciones igual de fuertes. Si el muchacho está con otra, está con otra y punto. Haz el favor de calmarte de una vez, corazón. Aunque es cierto que estoy pegada a su espalda y que mis muslos rozan sus brazos a cada paso que da. Y su piel desprende tanto calor, y huele tan bien...

–¿Qué hacíais por aquí? –les pregunto en un intento de olvidarme de mi corazón (y/o de mis feromonas).

Rajás intenta encogerse de hombros, pero mi peso se lo impide.

–Nada, echar un vistazo –responde.

–Raj me obligó a venir –interviene Jacinda.

–Porque es bueno para ti –replica él–. Te quitará de la cabeza todas esas ñoñerías de chicas que tienes últimamente.

–Eh, las chicas no tenemos por qué ser ñoñas –protesto.

–Exacto –dice Jacinda, sonriente–. Chicas al poder, chicos a barrer.

–Ah, me encanta que te pongas al mismo nivel que cuando íbamos a segundo de primaria, Jay –dice Rajás–. Además, Eve no me parece una chica típica.

Vaya. ¿Eso le parecerá bien o mal? Me maldigo para mis adentros: ¿qué narices me pasa?, ¿por qué me importa su opinión?

–¿Y tú? –me pregunta Rajás–. ¿Qué hacías sola en mitad del bosque?

–Eso digo yo –le apoya Jacinda–: ¿sueles hacer estas cosas?

–Pues sí. Cuando más cómoda me siento es cuando estoy al aire libre.

Los dos responden al mismo tiempo:

–Mola –dice Rajás.

–Uf, pues no lo entiendo –replica Jacinda, apartando un mosquito invisible de un manotazo–. Me muero de ganas de encerrarme en cualquier parte. En serio, jamás pensé que el Contaminante Azul pudiera resultarme atractivo.

–Debo de haberte oído mal –gruñe Rajás–, porque juraría que acabas de faltarle al respeto a mi amor.

¿Me he perdido algo? ¿Se ha enfadado de verdad?

–¿El... qué azul? –pregunto.

–El Contaminante Azul –responde Jacinda–. Es el coche de Raj. Si no le haces reverencias y lo adoras, se pone gruñón.

–No hace falta que lo adores: me basta con que le pulas de vez en cuando los tapacubos.

Inclino la cabeza para acercarme a su oreja. Siempre me ha gustado poner nombre a los objetos, pero esto me parece un poco exagerado.

–¿El Contaminante Azul? ¿En serio?

–Lo de azul es por razones obvias. Lo de contaminante, porque gasta una magnífica media de cincuenta litros cada cien kilómetros –explica Rajás, sacando pecho en un gesto de orgullo teatral.

–Y porque va soltando líquido por todas partes.

–Es la forma que tiene mi amor de demostrar su cariño hacia el mundo, Jay.

–Madre mía –murmuro echándome un poco hacia atrás. Rajás ajusta la postura de sus brazos para acomodarse a mi cambio de postura, y el nuevo roce de nuestra piel me provoca un escalofrío–. ¿Cincuenta litros de media? –me asombro–. Ni un Hummer gasta tanto...

Rajás se echa a reír.

–Pues no. Pero pensé que podría ahorrarme los sesenta mil dólares que cuesta un Hummer y usar el coche de mi abuelo hasta que se caiga a cachos.

Los tres nos sumimos en un silencio cómodo. A nuestro alrededor, los trepadores y los carboneros revolotean entre las ramas. Las botas de Rajás se apoyan con suavidad en la tierra del camino, y las chanclas de Jacinda golpetean las plantas de sus pies. Mientras contemplo los rayos de sol que se filtran por el follaje, Rajás vuelve a ajustar su posición. Más escalofríos.

–¿Peso demasiado?

–No, tranquila –responde él mientras me impulsa hacia arriba.

–La verdad es que esto es todo un... –dudo, sin saber qué palabra utilizar que no sea «rescate».

–¿Un antirrescate? –sugiere Rajás–. Claro, porque eres una antidamisela antiindefensa, ¿verdad?

–Exacto –asiento con una carcajada.

–Siempre me he considerado un antihéroe –afirma Rajás.

–Es cierto: jamás te antipreocupas por antinada –interviene Jacinda.

–Sea como sea, os lo agradezco –digo–. Ni siquiera me conocíais... Y podría haberme tirado horas ahí plantada si no hubierais aparecido.

–Bueno, es que nos encanta antirrescatar a la antigente, ¿verdad, Raj?

–Pues claro.

Los hombros y el pecho se le han empezado a perlar de sudor; en los puntos en que nuestra piel se roza, empieza a estar resbaladiza.

–Ya casi hemos llegado –indica Rajás.

–¡Contaminante Azul, al fin te alcanzamos! –exclama Jacinda echando a correr.

–Estupendo –digo.

Pero, en realidad, no me importaría que quedasen unos cuantos kilómetros de trayecto con tal de estar cerca de Rajás un buen rato más.

–Gira aquí –indico–. El camino de entrada de mi casa arranca en aquella cuesta.

–Oído cocina –contesta Rajás, girando el volante para entrar en la calzada llena de socavones.

La verdad es que el nombre que le ha puesto a este cacharro enorme, herrumbroso y chirriante le viene como anillo al dedo.

–Aunque tiemblo al pensar en la catástrofe natural que supone, tengo que reconocer que este coche mola. Rebosa personalidad.

Voy en el asiento de copiloto, junto a Rajás, porque aquí tengo más sitio para estirar la pierna. Supongo que le he quitado el sitio a Jacinda. Ay, cómo me gustaría que el corazón se me calmase de una buena vez... Pero es que este chico es tan guapo y tan majo, y tiene tanto sentido del humor... Parece que Jacinda y él pillan todas mis bromas, lo que no es poca cosa. No estoy acostumbrada a que eso ocurra; la verdad es que nunca he tenido muchos amigos de mi edad.

–Gracias –responde Rajás dando palmaditas al volante–. No hay nada que quiera más en el mundo que mi pequeño Buick Skylark del 76.

–Me da la impresión de que apreciarías el medio de transporte que usamos en mi casa.

–¿Ah, sí?

–Seguro. Martha... Me refiero a mi madre... Bueno, pues Martha y yo tenemos una T1, una furgoneta Volkswagen de principios de los años 60.

–¿En serio? Ese sí que es un coche.

–Buf –resopla Jacinda asomándose entre los dos asientos delanteros–. ¡Es que no me lo creo! Sois tal para cual, con esa afición por los montones de chatarra viejos.

«¿Tal para cual?». Bueno, si ella lo dice... Noto que el sudor me resbala por la frente.

–Así la llamamos, justamente: Chati, de chatarra –les informo.

Jacinda pone los ojos en blanco y gime, y Rajás le da un codazo para que vuelva a su asiento.

–De todos modos, reconozco que nos has derrotado con tus universidades de elite –añado mientras señalo con el pulgar el parabrisas trasero, que está casi cubierto de pegatinas con escudos universitarios.

Rajás me mira con los ojos entornados, como si estuviera tratando de averiguar si hablo en serio.

–Molan, ¿eh? –dice–. Le dan un aire de grandeza al Contaminante.

–Quedan de lo más prestigioso –asiento.

–Las pone en plan irónico –explica Jacinda–. Como su coche es un cacharro viejo, le parece gracioso ponerle pegatinas de las mejores universidades.

–Creo que ya lo había pillado, Jay –replica Rajás, mirándome de reojo con una sonrisa pícara y torcida que me pone el estómago del revés.

Ella le dedica una mueca y se vuelve de nuevo hacia mí.

–Tiene todas las universidades de la Ivy League, menos Cornell.

–¿Por qué Cornell no?

–Porque estoy esperando a que me la regale Jay –responde Rajás señalando a su amiga con un movimiento de cabeza.

–Es que voy a estudiar allí el año que viene –aclara ella.

–¿En serio? –exclamo, y me doy la vuelta para mirarla.

Esta chica está tan llena de sorpresas que me cae bien; no lo puedo evitar. Pero ¿por qué tiene que esperar Rajás a que le regale ella la pegatina de Cornell? Deben de estar juntos... Si no, ¿cómo es que da tanta importancia a los planes de ella?

–Yo también quiero estudiar allí –digo.

–¡No me digas! ¡Qué grande!

Rajás se gira para mirarme.

–¿De verdad? ¿En Cornell? No me parecía que...

–¿Que tenga pinta de ir a una universidad de la Ivy League? –completo con las cejas enarcadas–. ¿Por qué? ¿Porque voy descalza y no me depilo las piernas?

Él da un respingo.

–Perdona... No me refería a eso.

–No te preocupes –le tranquilizo, y me echo a reír–. Es cierto que no soy una típica alumna de Cornell. Pero he hecho varios de sus cursos online y he visto que el programa de su carrera de urbanismo parte de la base de la justicia social. Los alumnos colaboran con arquitectos y especialistas en desarrollo urbano, mientras organizan campañas para eliminar la pobreza y esas cosas. Al final, se trata de aprender a construir comunidades en las que la gente aprenda a ayudarse a sí misma de forma colaborativa. Cuando lo del huracán Katrina, un montón de alumnos fueron a Nueva Orleans para ayudar a los supervivientes a reconstruir sus barrios... –tomo aliento–. Querría matricularme en esa carrera, aunque la ofrecieran en la universidad más desconocida del pueblo más escondido del país... Pero he de admitir que no me importa nada que sea en Cornell. Ithaca mola.

–Deberían hacer una pegatina con esa frase –comenta Rajás, sonriente.

–Buena idea –respondo con una carcajada, porque últimamente se han puesto de moda las camisetas y las pegatinas así. Desde luego, este chico las pilla al vuelo.

–¡Es que hay pegatinas así! –exclama Jacinda–. ¡Las he visto, en serio!

–Era una broma, Jay –dice él.

–¡Ah! Vaya.

Rajás se acaricia la barbilla con aire pensativo.

–¿Por eso vas a ir al insti este curso? ¿Ponen problemas a la gente que...? –se interrumpe y da un volantazo para evitar un socavón–. ¿Dejan entrar en Cornell a los alumnos que han estudiado en su casa?

–¡Pues claro! A las universidades les encanta ese tipo de alumnos –responde Jacinda antes de que pueda hacerlo yo–. Hace poco leí un artículo del *New York Times* que hablaba de ello.

Vaya, un punto para la chica: además de ser ambiciosa, está al tanto de la actualidad y lee periódicos serios. Bien hecho, Jacinda.

–Sí, yo también lo he oído decir –corroboro–. Si quiero ir este año al instituto es porque me produce mucha curiosidad –explico–. Solo me queda un curso, así que pensé que era mi última oportunidad de experimentarlo de primera mano. Timbres entre clase y clase, justificantes, novatadas, bailes de fin de curso, fiestas salvajes en las casas de la gente... En fin, esas cosas. Soy una fanática de las pelis sobre el tema: *Fuera de onda,* las películas de John Hughes... En fin, esos clásicos.

–No te hagas muchas ilusiones –replica Rajás–. La vida en el instituto está muy sobrevalorada.

–¡Eh, no seas tan aguafiestas! –le espeta Jacinda, y se asoma entre los asientos delanteros–. A mí, el insti me parece muy divertido. Ves a tus amigos todos los días, participas en un montón de actividades, hay profesores que dan clases muy entretenidas...

–... y otros que dan muy mal rollo –le corta Rajás.

–Bueno, pues vale –replica Jacinda, y se vuelve hacia mí–. No te preocupes, nosotros te enseñaremos cómo va la cosa. Seguro que el curso te va estupendamente, ¡y al año que viene, las dos iremos a Cornell!

–Eso espero –respondo asintiendo con la cabeza, porque si hay algo que me importe ahora mismo, es estudiar allí.

–Y si ves que el instituto no te va, siempre puedes volver a estudiar desde casa –comenta Rajás, como si hubiera estado pensando por su cuenta en lugar de escuchar a Jacinda–. Está bien eso de tener un plan B.

–¡Eso es! Los de Cornell ni siquiera tienen por qué enterarse de que empecé el curso en el instituto –contesto, y señalo un camino de tierra que arranca a la derecha algo más allá–. Es por allí, más allá de la plantación de abetos –le indico, y me deshago la coleta para atusarme el pelo con las manos–. El otro día estuve hablando con el director del departamento de urbanismo en Cornell, y me pareció un hombre encantador y muy inteligente. Los alumnos con los que charlé también eran muy majos.

–¿Qué? ¿Ya te han entrevistado? –exclama Jacinda, sobresaltada–. ¿Cuándo? ¡No tenía ni idea de que hubieran empezado ya las entrevistas a los aspirantes!

Vuelvo a hacerme la coleta y me vuelvo para mirar a Jacinda, con cuidado de no torcer la pierna para no fastidiarme aún más el tobillo, que se resiente de las sacudidas del Contaminante Azul.

–Bueno, no fue una entrevista oficial –le aclaro–. Martha y yo fuimos a ver la universidad, simplemente.

Jacinda frunce el ceño, desconcertada.

–¿Martha? ¿Te refieres a tu madre? Entonces, ¿os presentasteis allí sin más?

Levanto las palmas de las manos en un gesto que es casi de disculpa.

–Les escribí primero un correo electrónico –explico.

Ella se recuesta en el asiento con aire derrotado.

–Yo no... ¡No tenía ni idea de que se pudiera hacer eso!

–Al final, la gente de Cornell no es más que eso: gente –respondo–. Y a la gente le encanta hablar de su trabajo. Solo tienes que darles la oportunidad de hacerlo.

Ella me mira con el ceño aún fruncido. Decido que es buen momento para cambiar de tema.

–¿Y tú? –le pregunto–. ¿Por qué quieres entrar en Cornell?

En su cara se dibuja una sonrisa.

–Pues porque es Cornell. Y porque está lo bastante cerca para venir a casa una vez a la semana y lavar ahí la ropa. Mi madre no quiere que me vaya muy lejos...

–No le hagas ni caso –replica Rajás–. Jacinda quiere ir allí porque le gusta la sudadera que entregan al matricularse. Es una pija, ¿sabes?

–¡Eh, para ya! –protesta ella, y le da una colleja–. Querer matricularse en una universidad de la Ivy League no es ningún pecado, ¿sabes?

–Vale, pero hay algo que me intriga: ¿por qué Cornell, precisamente? ¿Qué tiene Cornell que no tengan otras...? –insisto, pero me interrumpo al ver la cara de perplejidad de Jacinda. Decido intentarlo desde otra perspectiva–. ¿Qué quieres estudiar?

–Ah... Pues no sé, quizá historia y economía o algo así. Mi madre no hace más que decirme que no me estrese, que persiga mis sueños y cosas de esas, pero al final seguramente estudie algo de Derecho y Económicas al mismo tiempo.

–Jay está dispuesta a venderse al capital en cuanto tenga ocasión.

–¡Eh, de eso nada!

El coche se mete en otro bache, y el bote me repercute en el tobillo. Creo que es el momento de volver a cambiar de tema.

–¿Y tú? –le pregunto a Rajás–. ¿Tienes planes de futuro?

–Raj es un pasota –responde Jacinda por él–. Sus planes consisten en pasar de todo.

–Ah, un pasota y una vendida. Menudo par, ¿no? –comento con una sonrisa.

Raj se rasca la coronilla.

–Para Jay, cualquiera que no vaya a la universidad justo después de acabar el instituto es un pasota.

–No soy la única que lo piensa, Raj. Pregúntale a tu madre.

¿Va de broma? La verdad es que no estoy segura. En cualquier caso, Raj no le hace ni caso.

–Pascal, el profe de Tecnología, me ha buscado una beca pagada de aprendiz en un taller de ebanistería. Me ha hecho un buen favor: no es fácil conseguir esas cosas.

–¡Eh, qué bueno! –apruebo–. ¿Y a tus padres no les gusta?

–A mi padre sí, pero mi madre quiere que estudie para ser médico o ingeniero informático. Ya sabes, lo típico... Madre mía, ¿cuántos kilómetros tiene el camino de entrada de tu casa?

Creo que le apetece cambiar de tema, así que le sigo la corriente y señalo la cúpula blanca que ya asoma al final del camino.

–Casi estamos –digo.

–¡No fastidies! ¿En serio? –exclama Jacinda, volviendo a asomar entre los asientos delanteros–. ¿Vives ahí dentro?

–Pues la verdad es que sí... Bienvenidos a la Casacúpula.

En mi humilde opinión, la escena resulta bastante inspiradora: mi casa parece un enorme iglú luminoso, una media esfera que brota de la tierra. La estructura está cubierta por una especie de cáscara blanca de poliéster y nailon, reforzada por un armazón de madera hecho de segmentos triangulares. Aquí y allá se abren ventanas circulares de plástico. En uno de los lados de la cúpula, la cobertura blanca deja paso a un ventanal enorme de vinilo curvado, y el tercio superior de la vivienda también es transparente. Martha y yo soñamos durante años con vivir en una casa sostenible y construida con nuestras propias manos, y hace un tiempo por fin lo conseguimos. La verdad es que me siento muy orgullosa, tanto de nosotras dos como de la casa que nos hicimos.

Rajás aparca el Contaminante Azul en una explanada de tierra que hay junto a la Casacúpula. Sale del coche y empuja su asiento hacia delante para que Jacinta pueda salir, mientras yo maniobro por mi lado. Voy a la pata coja hasta una hamaca y me siento con precaución. Rajás se deja caer en la hierba, a mis pies.

Jacinda se acerca para darme mi mochila y empieza a dar vueltas mirándolo todo. Sus chanclas golpean las plantas de sus pies: plis, plas.

–¿Esto es una cúpula geodésica? –pregunta Rajás.

–Exacto –contesto con una sonrisa–. ¿Habías visto alguna?

–Más o menos... Las he visto en fotos, en el libro de Ciencias Medioambientales –se pone de lado y apoya la cabeza en una mano–. Pero la que vi era muy fea: gris, de cemento y hormigón. Esta es preciosa –añade señalando mi casa con la cabeza.

–Gracias –respondo, pensando que estaría muy bien matricularme en esa asignatura.

Lo malo es que no puedo: tengo el horario a rebosar de asignaturas obligatorias que necesito para graduarme. El orientador académico no me dejó ni un hueco libre para una optativa... En fin; supongo que hasta ahora toda mi vida académica ha sido una optativa gigantesca. Me recojo la coleta en un moño suelto, y le explico a Rajás que encargamos la casa desmontada a una empresa de Oregón.

–¿La montasteis vosotras? –pregunta impresionado.

Su interés me resulta tan reconfortante como un saco de dormir calentito después de un día de escalada.

–Pues claro –respondo–. El kit venía con todas las piezas y con un libro de instrucciones enorme. Al principio nos costó, pero una vez le pillamos el truco, fue una pasada –elevo la vista y contemplo con una sonrisa nuestra casa–. Lo mejor de todo fue que, cuando íbamos por la mitad, la casa pareció cobrar vida: de pronto empezó a hincharse ella sola y nos elevó a nosotros tres, que estábamos subidos en un andamio pequeño. Nos quedamos alucinados; casi nos caímos de espaldas del susto. Luego nos dio la risa, claro.

–¿Vosotros tres?

–Martha, Rich y yo. Rich es su hermano, mi tío.

–¿Y nadie más? ¿La levantasteis los tres solitos? –pregunta Rajás.

Asiento con la cabeza.

–Los tres solitos –remacho.

–Vaya –murmura, y se tumba de espaldas para mirar el cielo–. Qué pasada.

–Te gusta construir cosas, ¿verdad? Me da en la nariz que sí, con todo eso de la beca en la ebanistería...

–Muy astuta –repone Rajás, que de pronto parece avergonzado–. Pues sí, me gusta, pero nunca he hecho nada como vuestra cúpula –se protege los ojos con una mano y me mira–. En realidad, hasta ahora solo he construido bobadas. Tengo un taller en el garaje. He hecho un par de mesas, y estoy trabajando en una mecedora.

–Eh, no te quites mérito; una vez, un tipo dijo que prefería construir catedrales que sillas, porque las sillas eran más difíciles de hacer –le sonrío–. Me gusta coleccionar citas de aquí y de allá.

Me meto un mechón rebelde detrás de una oreja y me agacho para recoger a Minino Gris, que se ha acercado a saludarme.

–Me encantaría ver tu mecedora –añado mientras rasco al gato detrás de las orejas.

Rajás parece asombrado por mi comentario; no sé si lo que le asombra es mi interés o el hecho de que me haya invitado yo solita a su taller. Al cabo de un momento, en su cara se dibuja una sonrisa que me deslumbra.

Jacinda aparece por detrás de la pared curva de la Casacúpula. Vaya, casi me había olvidado de su existencia. Una vez más, me digo que Rajás y ella deben de estar saliendo.

Los dos la contemplamos mientras avanza bordeando el huerto –plis, plas, hacen las chanclas– y desaparece en el establo (es un galpón desvencijado que ya estaba aquí mucho antes de que llegásemos Martha y yo). No tarda más de un segundo en salir disparada.

–¡Eh, aquí dentro hay un montón de gatos! ¡Y una vaca! ¡Madre mía!

–¡No me digas! ¿Una vaca metida en un establo? –replica Rajás–. Qué locura, ¿no?

Jacinda lo fulmina con la mirada y vuelve a desaparecer, ahora por detrás del establo.

–¡Y gallinas en una caseta! –se la oye gritar.

–La vaca se llama Hannah Bramble –le explico–. Es mansa. Pero ten ojo con las gallinas: son tan letales como pirañas con plumas.

Jacinta aparece de un salto y se acerca a nosotros a todo correr.

–¿En serio? –exclama jadeante, girando la cabeza para asegurarse de que no la persiguen.

A Rajás se le escapa una carcajada, y yo no puedo evitar imitarle.

Jacinda se deja caer a su lado. Le da un empujón como si estuviera enfadada con él, pero luego rompe también a reír.

–¡Vaya, lo que me faltaba! –exclama entre risas–. ¡Una cómplice para que Rajás me tome el pelo todavía más!

Raj me lleva en brazos al interior de la Casacúpula, y eso hace que el corazón se me vuelva a acelerar.

–Gracias. Acomodaos, chicos –digo, ya sentada a la mesa–. Tenéis hambre, ¿verdad?

No me hacen ni caso: en vez de sentarse, los dos pasean por la casa levantando la vista para atisbar el cielo por la cobertura transparente, bajándola para contemplar los mandalas de corcho que forman el suelo, acercándose a la pared para apoyar las manos en el tejido luminiscente...

–Madre del amor hermoso –musita Jacinda, girando lentamente sobre sí misma.

–Es una estructura muy ingeniosa –comenta Rajás recorriendo con las manos uno de los listones que forman la estructura.

Sonrío y escucho el suave rumor de sus pisadas. Es un sonido reconfortante, como el rumor de la brisa entre los árboles. Pero por mucho que trate de centrarme en otras cosas, mis ojos siempre vuelven a Rajás.

–¡Tenéis agua corriente! –exclama Jacinda, como si le sorprendiera para bien.

Está asomada al baño, que es la única estancia de la casa con paredes rectas; sus paneles de roble forman la base del altillo en el que duermo.

–Ajá –asiento.

Me acerco a la pata coja al congelador, envuelvo en un trapo unos cubitos de hielo y me lo ato alrededor del tobillo. Luego voy hasta la encimera, con una jarra de té helado en una mano.

–Si necesitáis ir al váter... A ver, esto tal vez os suene un poco raro. La cosa es que es un váter de compostaje, así que el papel hay que tirarlo a...

–Tranquila, no me hace falta –dice Jacinda agitando las manos–. Es solo que no me esperaba ver un cuarto de baño en una casa así.

–Ah, pues ya ves: tenemos fontanería, electricidad, agua caliente... –saco un cuchillo del bloque de madera en el que los guardamos y corto unas rebanadas de pan–. La cocina y el horno funcionan con propano del depósito que hay fuera. Para el resto de aparatos tenemos placas solares.

–¡Pero mira esto! ¡Ven a ver, Raj! ¡Evie conoce a Ganesh!

Jacinda sostiene en las manos la figurita del dios elefante que tenemos en nuestro altar ecuménico, entre otros objetos sagrados: más deidades hindúes, pequeños budas, cruces de cerámica mexicanas, un verso caligrafiado del Corán, una estrella de David con incrustaciones de madreperla... Martha y yo vamos coleccionando cosas así en nuestros viajes. Son símbolos de las religiones del mundo.

Rajás avanza hasta situarse junto a Jacinda y contempla el altar.

–Por aquí nadie sabe quién es Ganesh.

–Son los gajes de vivir en un pueblo –respondo–. Martha y yo flipamos al ver que había un grupo de consumo cooperativo y una iglesia unitaria universalista. Aun así, falta diversidad, sobre todo en el tema de la religión.

–Y que lo digas –repone Jacinda–. Aquí solo se puede ser católico, protestante o unitario.

–Pero vosotros sois hindúes, ¿no? Los dos lo sois, ¿verdad?

–Sí. Nuestras madres nacieron en Bombay –Rajás levanta una figurita labrada que representa a Buda y la observa con atención–. Nos obligan a ir a la universidad de Binghamton para celebrar el Diwali y esas cosas.

–Mi padre viene de una familia metodista –explica Jacinda–, y el de Raj es agnóstico, así que tratamos de llegar a acuerdos aceptables para todos. De vez en cuando, vamos juntos a la iglesia unitaria.

¿Acuerdos aceptables para todos? ¿Tanta relación tienen sus dos familias? Vaya: si es así, seguro que son novios. Antes de que pueda decir nada al respecto, Rajás se da la vuelta y me mira a la cara.

–Me suena haberte visto en la iglesia unitaria –dice.

–Puede ser; voy alguna vez –asiento.

Aunque por fuera estoy más fresca que una lechuga, por dentro me muero de nervios. ¡Ya se había fijado en mí! Tomo aliento para serenarme. «Tranquila, chica», me digo.

–¿Solo alguna vez? –pregunta Jacinda.

Asiento con la cabeza y me esfuerzo por centrarme en la pregunta.

–Creo que todas las religiones transmiten el mismo mensaje: amaos los unos a los otros, respetad al Espíritu Superior. Pero también creo que existe una energía vital, una especie de corriente que atraviesa todo y a todos. ¿Conocéis un poema de Walt Whitman titulado «Yo canto al cuerpo eléctrico»?

Miro a Jacinda y advierto que tiene los ojos vidriosos. Ay, madre, creo que me he emocionado demasiado.

–Bueno –concluyo–, la cosa es que Martha y yo asistimos a distintos oficios religiosos dependiendo de dónde estemos. Y si no, hacemos yoga o nos tumbamos en la hierba para meditar. Todo viene a ser lo mismo.

–Has vivido en un montón de sitios, ¿no? –observa Rajás.

–He viajado por un montón de sitios. Pero hace tiempo establecí una norma: no has vivido de verdad en un lugar hasta que no pasas allí dos años. Teniendo eso en cuenta, solo he vivido en Seattle y en Montreal. Y ahora, aquí.

Rajás hace una mueca.

–Pues yo cambiaría esos sitios por este sin pensármelo ni un segundo.

–Ay, Raj, no seas tan gruñón –le riñe Jacinda agitando la mano–. El estado de Nueva York es precioso, ¿verdad, Evie?

–Ya ves. Desde luego, compensa su falta de diversidad con la belleza de los paisajes...

–¡Eh, un momento! –exclama Jacinda de pronto–. ¿Dónde tenéis la tele?

Esta muchacha tiene facilidad para cambiar de tema, hay que reconocérselo.

–No tenemos –respondo mientras me acerco saltando al otro armario de la cocina–. Pero no creas que nos oponemos a la tecnología. Podemos ver películas en DVD con el ordenador, y también tenemos... ¿cómo se llamaba? –chasqueo los dedos como si estuviera esforzándome por recordarlo–. Es una especie de tubo largo por el que viaja la información... ¿Cómo era? ¿El tubatrón? No, no. ¿La inter-red?

–¿Te refieres a internet? –dice Jacinda, que me mira con cara de preocupación.

Rajás resopla.

–Te está tomando el pelo, Jay.

–¿De verdad?

–¡Lo siento! –digo con una carcajada–. Es que me lo pones tan fácil...

–Eso le dicen todos los chicos –repone Rajás, y me extraña oírle decir eso.

–¡Eh, ya basta! –protesta Jacinda, que no parece nada enfadada–. No le hagas caso –añade mirándome–. Me estoy reservando para...

–... para un amante anónimo al que ha conocido en internet. Perdón, Evie, quería decir en la inter-red –completa Rajás–. Una táctica de lo más inteligente, Jay.

–Déjame en paz, ¿quieres? –le espeta Jacinda, mucho más seria que antes.

¿De qué van? ¿Están tomándose el pelo? No entiendo nada. Entonces, ¿no están juntos? Porque si lo están, no tiene ningún sentido lo del amante anónimo. Miro de reojo a Jacinda. Parece bastante enfadada; este no es buen momento para preguntar. Además, aunque me siento tan cómoda con ellos como si los conociera desde siempre, debo recordar que acabo de hacerlo. No tengo derecho a meterme en sus asuntos.

Jacinda pone los brazos en jarras y echa otro vistazo a la Casacúpula.

–Pues es verdad que este sitio mola mucho –dice–, pero no me cabe en la cabeza que no tengáis tele. Me parece marciano.

Me encojo de hombros.

–Martha y yo nos pasamos las tardes hablando, leyendo, dando vueltas por aquí...

–Y navegando por la inter-red, ¿no es eso?

–Eso es –respondo con una sonrisa.

A pesar de su aspecto de chica mona y frágil –el polo opuesto a lo que yo veo a diario– y su tentadora credulidad, Jacinda parece una persona sólida, con peso y fundamento. Lo digo en sentido figurado, claro, porque no puede ser más menuda. Aún a la pata coja, me acerco a la mesa y dejo en ella un tarro de miel.

Rajás rompe el silencio con una pregunta.

–Os calentáis con esto, ¿verdad? –dice señalando la estufa de leña que hay en el centro de la casa–. ¿Tenéis algún tipo de aislamiento? ¿Colocáis alguna funda a la casa en invierno?

–Sí –asiento, y me apoyo en la mesa porque el tobillo me está matando–. El forro de invierno cubre la cúpula entera; es como una tienda de campaña enorme. Lo malo es que no deja entrar la luz por las ventanas... Pero al menos hay una abertura en la parte superior para que el aire circule. A ver... –añado extendiendo el brazo para señalar las distintas partes de la casa–. Seguro que ya lo habéis supuesto, pero detrás de aquella cortina está la zona de Martha. Eso es el salón; esto, la cocina, y aquello, el baño. Mi cuarto es el altillo que hay sobre el cuarto de baño.

–No hay paredes. Qué poca intimidad, ¿no? –observa Rajás, con la cabeza inclinada para leer los títulos de los libros de la estantería que, junto con la cortina, separa el salón de la zona de Martha.

–No necesito demasiada intimidad. Compartí una tienda de campaña con Martha y con Rich mientras levantábamos esta casa, así que, después de eso, mi altillo me parece el paraíso.

Echo té helado en tres tazas de cristal limpias y coloco a su lado un plato con rebanadas de pan, el bote de miel y otro bote de mermelada de arándano hecha por nosotras dos.

–¿Os apetece comer algo? –les invito, y me siento para rodearme el tobillo con el trapo relleno de hielo a medio derretir. Qué alivio...

Los dos echan un vistazo alrededor, como si les apeteciera seguir explorando, pero al final se acercan y se sientan a la mesa. Rajás levanta su taza y da un par de tragos largos.

Jacinda pega un sorbito, deja la taza en la mesa y agarra una rebanada de pan.

–¿Lo habéis comprado en esa panadería tan chula que hay en Sherburne?

Niego con la cabeza mientras mastico un bocado y lo trago.

–Está recién salido de nuestro horno.

–¿Lo habéis hecho vosotras? –pregunta con los ojos muy abiertos–. ¿Aquí? ¿Lo habéis amasado y todo?

–¿Amasarlo? –repito con una sonrisa–. Pues claro –me echo un poco más de mermelada en el pan y la extiendo–. No es gran cosa, en realidad.

Jacinda examina su rebanada.

–Puede que no lo sea –replica–, pero yo no sabría hacerlo.

–Cuando quieras te enseño.

–¿Y la mermelada? ¿También es casera? –interviene Rajás.

Asiento con la cabeza.

–Y la miel es de nuestra colmena –añado.

–Tenéis una colmena... No sé por qué, pero no me sorprende –Rajás esboza su sonrisa torcida, y luego se lleva a la boca su rebanada y le da un mordisco. De pronto, sus ojos se abren de par en par–. Eh, esto está muy bueno, Eve. En serio.

Noto que se me encienden las mejillas: Rajás me ha llamado Eve, en vez de Evie como hace todo el mundo. Suena tan sugerente, dicho por él... Hace que me sienta mayor, más sexy. Y me produce una especie de cosquilleo en ciertas partes de mi anatomía. «Eve»... Toma ya. Me pongo de pie y voy a saltitos hasta el otro lado de la cocina para enchufar mi teléfono y llenar el trapo de cubitos nuevos.

–¿Tenéis electricidad aquí? –pregunta Jacinda.

Antes de que pueda contestarle, lo hace Rajás:

–¿No has oído lo que dijo antes? ¿Y no viste las placas solares al entrar?

En vez de enfadarse, Jacinda sonríe y se encoge de hombros.

–Estaba distraída con Hannah... ¿Cómo dijiste que se llamaba tu vaca?

–Hannah Bramble.

–Eso –repone Jacinda–. Y con las gallinas piraña.

–¡Son auténticos tiburones con plumas! –exclama Rajás con una carcajada.

–¡Aves asesinas! –digo yo riéndome también.

¿Cuánto rato hace que nos conocemos? ¿Una hora? ¿Dos, a lo sumo? Y sin embargo, me resulta tan fácil estar con ellos... Es alucinante: hay personas con las que puedes tratar durante años sin dejar jamás de sentirte incómoda y cortada en su presencia. Jamás llegan a comprenderte. Y otras personas, sin embargo, entran en tu vida y encajan del tirón. Es como si siempre hubieran estado ahí, como si estuvieran predestinados a formar parte de tu historia. Jamás me había ocurrido con gente de mi edad. Aún no he empezado a ir al instituto, y ya lo noto: nunca volveré a ser la misma.

3

Solo tres cosas pueden matar a un campesino:
que lo parta un rayo, que vuelque el tractor o la edad.

Bill Bryson
(1951)
escritor

–Bueno –digo–. Entonces, ¿cómo os conocisteis vosotros dos?

¿No es eso lo que tengo que preguntar, si es que están saliendo? Estoy decidida a enfocar el asunto con madurez. Me niego a sentir celos. Esta chica es diferente.

Jacinda y Rajás cruzan una mirada.

–Nos conocemos de siempre –responde él sin más, encogiéndose de hombros como si quisiera restar importancia a la pregunta.

Jacinda da un buen mordisco a su rebanada, mastica y bebe té para empujar el bocado.

–Hummm, Evie. Esto está de muerte –comenta, y me alegro de ver que no es una de esas chicas que no comen nada.

–En serio, ¿cómo os conocisteis? –insisto.

Jacinda traga y contesta:

–Si te empeñas en saberlo, te diré que Rajás me tiraba a la cabeza las piezas de su juego de construcción...

–Solo cuando te ponías pesada.

–... y que se meaba en la bañera –remacha ella, y le saca la lengua con cara satisfecha.

No entiendo nada. Se me debe de notar, porque Jacinda me mira y añade:

–A ver, para que quede claro: como ha dicho Raj, nos conocemos de toda la vida. Nos hemos criado juntos.

–De modo que os hicisteis amigos hace años, ¿no? –contesto, preguntándome cuándo habrá evolucionado esa amistad para convertirse en algo más. Si al principio preguntaba por charlar, ahora estoy decidida a obtener información.

–¿Amigos? –repite Rajás con una carcajada–. ¡Qué va!

–No somos amigos –corrobora Jacinda–. Mi madre es hermana de la suya.

–¿Lo ves? –añade Rajás mientras elige otra rebanada de pan–. Es de lo más aburrido.

–Ah.

¡Ah! Si sus madres son hermanas, Rajás y Jacinda son primos. ¡Primos! Se me ha puesto una sonrisa de oreja a oreja, lo noto. Parecen tener tanta confianza... Debe de ser una pasada eso de ser amigos y familia al mismo tiempo. No es que yo lo haya experimentado; los únicos parientes que conozco son Martha y Rich.

–¡Sois primos! ¡Eso es genial! –exclamo.

–Si tú lo dices... –responde Rajás, y sigue masticando con indiferencia.

Jacinda, sin embargo, ha dejado de masticar y me observa con los ojos entornados, como si acabara de darse cuenta de por qué me entusiasma tanto la noticia. Por su cara se extiende una lenta sonrisa como la del gato de Cheshire.

Tengo que cambiar de tema antes de que diga nada.

–¿Y cómo es la vida en el insti? –pregunto–. ¿Podéis darme alguna pista? ¿Creéis que sobreviviré?

Parece que lo he logrado, porque en los ojos de Jacinda aparece un brillo de animación.

–Tú tranquila: nosotros te enseñaremos todo lo que necesitas saber. ¿A que sí, Raj? A ver, ¿qué asignaturas vas a tener?

–Espera, voy por mi horario –respondo; pero antes de que pueda levantarme, Rajás me detiene con un gesto.

–Ya voy yo a buscarlo. Tú quédate tranquila, que tienes que darle un descanso a ese tobillo.

–Gracias –digo.

Es un gesto amable y considerado; intento tomármelo así y no volverme a sentir como una damisela indefensa. Me duele el tobillo, aunque el hielo alivia un poco la molestia.

–Está en mi mesa de estudio, en el altillo –explico, y Rajás me mira con aire preocupado.

–¿Puedo subir ahí? ¿No sería mejor que fuera Jacinda? Lo digo por si hay cosas de chicas a la vista...

Me echo a reír.

–Tranquilo, no hay nada.

Él contesta con esa sonrisa torcida que me pone el estómago del revés, y luego se dirige a la escalerilla y sube por ella.

–¡Ahí va! –exclama.

–¿Qué pasa? –pregunta Jacinda, levantándose de un salto para investigar.

Estiro el cuello para tratar de ver.

–¿Qué ocurre? –pregunto.

–Nada, nada. Solo que esto es... –Rajás se interrumpe y avanza lentamente por el altillo.

–¡Eh, quiero verlo! –exclama Jacinda, y empieza a trepar por la escalera. Me asombra que sea capaz de subir sin que se le vea nada comprometido, a pesar de lo corto que es su vestido; la chica no es nada torpe, desde luego–. ¡Ajá! –dice, estirando el brazo para mostrar el horario.

–No me refería a eso, Jay. Mira.

–Madre. Mía –susurra ella.

Yo ya me he puesto en pie y avanzo a saltitos hacia la escalerilla. Deben de haber descubierto mis maquetas; las hay de ciudades, de barrios, de edificios sueltos... Se me escapa una sonrisa. Si alguien te parece interesante, es estupendo comprobar que aprecia algo importante para ti, algo que refleja tu personalidad y que has construido con tus propias manos. Me hace sentir plena, realizada.

La mano de Rajás asoma por el borde del altillo. Sostiene una de las maquetas para mostrármela.

–Menuda pasada –comenta.

–Gracias. ¿Has visto mi ecopueblo? Es completamente autosuficiente... En teoría, al menos.

–¡Hala! ¿Has visto aquella? –jadea Jacinda, a la que ya he perdido de vista.

Mi sonrisa se hace aún más ancha.

–Me encanta diseñar... Me hace feliz, sin más.

–Tienes un don, ¿sabes? Desde luego, si alguien se merece ir a Cornell, eres tú.

–Cierto –asiente Rajás–. Ahora lo entiendo todo.

Se quedan en silencio un rato mientras contemplan el resto de maquetas, y luego los dos bajan. Jacinda lleva en la mano mi horario. En cuanto llega al suelo lo revisa.

–¡Vamos a ir juntas a Visión del Mundo Global y a Educación Física! –grita–. ¡Toma ya!

–De modo que a las dos os toca Brookner –repone Rajás con una mueca.

–Cállate –le replica Jacinda de malos modos.

Antes de que pueda preguntarles qué ocurre, Rajás le quita el horario a Jacinda y le echa un vistazo.

–¿Tenemos alguna asignatura en común? –le pregunto, así como quien no quiere la cosa.

–Solo el almuerzo, pero no sé si cuenta –responde él sentándose a mi lado.

Jacinda me mira fijamente, como si le intrigase mi reacción.

–Cuenta, cuenta... –dice al fin, sonriendo para sí como si le divirtiera mi cara.

De pronto se oye un rumor de gravilla en el camino de entrada. El motor de la Chati ruge y se detiene con un ronquido entrecortado.

–Esa debe de ser Martha –les informo.

Rajás y Jacinta se ponen en pie justo en el momento en que mi madre entra disparada en la Casacúpula.

–¿Qué pinta ese cacharro infernal aparcado en...? –comienza a decir, y se corta en seco al ver a Rajás y a Jacinda–. Ah. Vaya. Hola.

–Martha –contesto, mirándola con mi cara más ceñuda de «haz-el-favor-de-cortarte-un-pelo»–, estos son Rajás y Jacinda. Nos hemos conocido en el bosque, junto al arroyo. El coche que hay en el camino de entrada –añado recalcando las sílabas para que le quede claro que no quiero tonterías– pertenece a Rajás y se llama Contaminante Azul.

En los segundos que tardo en decirlo, la expresión de Martha pasa del mosqueo a la sorpresa y de ahí a la intriga; al fin y al cabo, es la primera vez que traigo personas desconocidas a la Casacúpula. Por suerte, Martha me pilla al vuelo y relaja el tono.

–Un gusto conoceros –les dice, extendiendo la mano para chocarles los cinco–. No pretendía criticar el coche; el mío también es un montón de chatarra.

–Tranquila, no me he ofendido –responde Rajás–. Encantado de conocerla –añade, estirando la cabeza hacia la puerta para atisbar nuestra furgoneta.

–Hola. Yo soy Jacinda –dice ella, sacudiendo con energía la mano de Martha.

Martha se vuelve hacia mí y me mira en plan «¿De-dónde-rayos-ha-salido-esta-muchacha?». Es una expresión muy similar a la de «¿Acabas de venir desde la Luna?» que Jacinda lleva dedicándome todo el día. De pie la una junto a la otra, parecen lo más opuesto que se pueda imaginar: Martha, grandota y con melena gris encrespada, vestida con una blusa descolorida, pantalones y zapatos cómodos; Jacinda, con su peinado de duendecillo, su vestidito de verano y sus chanclas adornadas con purpurina.

–Jacinda –repite Martha, enarcando las cejas como si se quisiera concentrar–. No es un nombre muy común. Juraría que lo he visto antes... –de pronto, asiente y chasquea los dedos–. ¡Ajá! Eres la canguro del cartel, ¿verdad?

Ella palmotea encantada.

–¡Exacto! ¿Dónde ha visto el anuncio?

–En la Guarida para Pelmas y Muermos Salidos –responde mi madre mientras se acerca a la nevera y la abre.

–La guarida para... ¿qué? –farfulla Jacinda, desconcertada.

–El Grupo de Padres y Madres Separados de la iglesia unitaria –explico–. El GPMS. Según Martha, son las siglas de Guarida para Pelmas y Muermos Salidos.

Martha cierra la nevera y me apunta con una zanahoria.

–Es que eso es lo que son: una panda de solteros salidos. El hecho de que estén separados o divorciados y tengan hijos no influye lo más mínimo.

La fulmino con la mirada.

–En primer lugar, no son ni pelmas ni muermos ni están salidos. Y en segundo, te viene fenomenal ir allí.

–Si tú lo dices, hija... –responde sujetando la zanahoria como si fuese un puro y dándole un mordisco–. Bueno, contadme. ¿Qué ha pasado?

–Rajás y Jacinda me han echado una mano. Me torcí un tobillo en el bosque.

Martha se acerca a mí de dos zancadas y se arrodilla para palparme el pie.

–¿Es un esguince? –pregunta.

–Eso creo.

Levanta el brazo para dejar la zanahoria junto a mi taza de té helado y se agacha para examinarme el tobillo más de cerca. Luego retira el hielo y extiende las manos en el aire, sobre mi pierna, para transmitirme vibraciones curativas. Cierra los ojos y respira hondo. No me atrevo a mirar a Rajás y a Jacinda, que deben de estar alucinando. Hasta ahora me han aceptado muy bien, pero mi madre es mucho más... original que yo.

–Qué chula. Es una Volkswagen, una T1 del año 61, ¿verdad? –dice Rajás, admirando la furgoneta desde el umbral.

Marta abre los ojos y le dedica una sonrisa de oreja a oreja.

–¡Exacto! Esa es mi Chati. ¿Entiendes de coches antiguos?

Rajás asiente.

–Sí, algo. ¿Puedo montarme para echar un vistazo?

–Desde luego. ¿Sabes qué? –añade Martha, tirándole las llaves para que las agarre al vuelo–. Si quieres, date una vuelta con ella.

Rajás la mira, con los ojos casi fuera de las órbitas.

–¿En serio?

–Pues claro. Llévate a Jacinda por si la Chati se cala y necesitas que te dé un empujón.

La mirada de Jacinda va de Martha a Rajás y luego a mí.

–Lo dice usted de broma, ¿verdad?

–Solo tienes una manera de averiguarlo –responde Martha, levantándose para conducirlos a la puerta–. Hala, vamos, atreveos a correr una aventurilla. Solo se vive una vez, *n'est-ce-pas*?

–¡Muchas gracias! –exclama Rajás con una sonrisa–. Volvemos en un ratito.

–No hace falta que os deis prisa. Por cierto: si la puerta se cae, volved a encajarla en el raíl y ya está.

Jacinda la mira fijamente con expresión horrorizada.

–Vale –murmura, y se sobresalta al ver que Rajás ya está fuera–. ¡Ciao! –dice, apurándose para llegar a la altura de su primo.

Su primo... Dejo escapar un suspiro de satisfacción.

Martha me mira de hito en hito y enarca una ceja. Luego sonríe, entorna los ojos y me apoya las manos en los hombros.

–Bien, bien, querida –canturrea–. Pues parece que el rayo ha caído por fin.

Así es Martha: intensa, divertida e incomprensible. Cuando tenía veintitrés años, mientras Rich y ella seguían a los Phish –una banda de rock– en una gira por todo el país, se lio con un tipo que habían conocido y se quedó embarazada de mí. Según el folclore familiar, nueve meses más tarde se puso de parto justo al inicio de un concierto. La amiga que iba a hacerle de matrona había desaparecido entre la masa sudorosa del público, así que la única persona disponible para ayudarla a dar a luz era Rich. Según él, fue el subidón más alucinante y terrorífico que experimentó jamás. Después de aquello, dejó de consumir alucinógenos.

De mi padre no sé nada. «Nos lo pasábamos bien juntos, pero no habría sido un buen padre», me dice Martha cada vez que le pregunto por él. Rich, por su parte, se limita a enarcar las cejas y resoplar. Lo más que ha llegado a decirme es esto: «Lo peor era que vendía setas alucinógenas a cualquiera, aunque estuviese claro que le iban a sentar mal. Aquel notas no tenía escrúpulos».

El único hombre presente de forma constante en la vida de Martha es Rich. Ella dice que es mejor así; por la forma en que habla, cualquiera diría que no cree en el amor. O tal vez es que haya perdido la esperanza de encontrarlo... «Tú y yo: con eso me basta», dice a menudo mientras trabaja en sus labores, cuidando del huerto o haciendo compota. «No me opongo a tener algún lío de una noche, si me siento especialmente sola... En fin, tú ya me entiendes. Tú, Evie, sin embargo, conocerás el amor de verdad en tu vida, estoy segura. Te enamorarás con fuerza, con profundidad, con fiereza. Cuando ocurra, será tan evidente como si un rayo te traspasara de arriba abajo. Y siento mucho decirte, hija mía, que los grandes amores también pueden producir grandes penas».

Me la quedo mirando con la boca abierta, mientras ella acerca una silla para sentarse junto a mí. ¿Cómo que «el rayo ha caído»? La garganta se me ha secado de repente.

–¿Qué acabas de decir? –le pregunto.

–Ya me has oído –contesta, y me levanta con cuidado la pierna para apoyarla en su regazo–. Sé distinguir un rayo cuando cae delante de mis ojos.

Dirijo la mirada a la puerta, que sigue abierta, y me doy cuenta de que apenas he respirado desde que Rajás se marchó, tan deseosa estoy de que vuelva. Ay, madre. Las palabras de Martha convierten este sentimiento en algo real.

–No me encuentro bien –mascullo mientras me pongo en pie y brinco hasta el cuarto de baño–. Creo que estoy incubando algo.

–Sí, creo que tienes fiebre... ¡Y también sé lo que la causa! –responde Martha.

Se levanta y empieza a cantar meneando las caderas. La canción dice no sé qué de un ataque de fiebre que dura toda la noche.

–Pues yo creo que me ha sentado mal algo que he comido –protesto.

–Ay, amor mío... –contesta Martha sin dejar de contonearse–. Los rayos a menudo tienen efectos secundarios.

Cuantas más vueltas da ella por la cocina, más ganas de vomitar me entran a mí. Me mira, menea las cejas y empieza a cantar otra vez:

–*You give me fever. Fever!*

4

La educación, por tanto, es un proceso de vida,
no una preparación para la vida futura.

JOHN DEWEY
(1859-1952)
filósofo y educador

LA CHATI AVANZA A TROMPICONES por el camino, dando bandazos como los autobuses en los que nos montábamos cuando fuimos a México para visitar a Rich, que vivió allí un tiempo. Martha va medio dormida a mi lado; cada vez que nos metemos en un socavón, su frente golpea el cristal de la ventanilla. Aún tengo el tobillo vendado, y me duele al pisar el embrague para cambiar de marcha; pero estoy demasiado nerviosa para dejar que Martha conduzca mientras yo me quedo en el asiento de atrás.

–¿Estás despierta? –le pregunto.

–Hum.

–Mentirosa –respondo con una sonrisa–. Entonces, te recojo sobre las tres, ¿verdad?

–Hummm.

Antes de marcharse de casa el viernes, Rajás se ofreció a llevarme en coche al instituto el lunes siguiente, es decir, hoy. ¿Por qué narices tuve que decirle que no? Desde ese día me he hecho amiga de los dos en Facebook y he charlado un poco con ellos. Me encantaría estar montada ahora mismo en el Contaminante Azul; de hecho, me apetece tanto que casi me duele pensarlo. Quiero estar donde esté Rajás. Sin embargo, sé que a Martha le habría entristecido. Ir conmigo en coche al pueblo, preguntarme cómo me ha ido, pasar tanto tiempo conmigo como pueda... Son tácticas que la ayudan a aceptar que yo haya decidido integrarme en la institución educativa.

Contengo un bostezo y doy otro sorbo de yerba mate. Me he levantado a las cinco, como de costumbre; me he dado una ducha, he desayunado, he hecho mis tareas con los animales y en el huerto... Bueno, más que nada, lo que he hecho ha sido quedarme sentada, porque Martha no quiere que fuerce el tobillo. Llevo toda la mañana con el corazón alborotado y la cabeza en ebullición. No puedo dejar de pensar en Rajás. Jacinda y él se quedaron a cenar en casa el día de mi antirrescate, y estuvimos hasta muy tarde charlando, riéndonos y jugando con Martha al Cranium. Yo me esforcé toda la noche por decir cosas coherentes y participar en la conversación, pero se me iba la cabeza a otra parte cada vez que me descuidaba. No podía dejar de preguntarme cosas sobre Rajás: «¿Qué pensará al mirarme? ¿Le gustaré tanto como él a mí? ¿Estará saliendo con alguien?». Después de que los dos se marchasen, escribí un rato en mi diario, salí para mirar las estrellas y acabé haciendo esbozos en mi álbum de diseños, pero no lograba calmarme ni me entraba el sueño. Un poco de yoga me habría venido fenomenal, pero con el tobillo así era imposible. En resumen, la cosa es que desde ese día no he dejado de pensar en Rajás ni por un segundo. Me muero de ganas de verle otra vez.

Por fin llegamos a las afueras del pueblo y entro en una carretera asfaltada. Empiezan a aparecer casas y negocios a los lados. La primera tienda por la que pasamos es Walmart, el lugar donde trabaja Martha desde hace un año. Lo odia; pero, dado que no tiene títulos universitarios de ninguna clase, sus opciones laborales son muy limitadas. Cambia de trabajo a menudo, sobre todo en el sector del comercio, y se marcha cuando no puede aguantar ni un minuto más o cuando la despiden por apropiarse de alguna mercancía para su uso personal. Ni siquiera recuerdo cuándo dejó de tener seguro médico. Por eso apoya con tanto ahínco mi objetivo de estudiar urbanismo y mi sueño de licenciarme en Cornell. Quiere que siga mi vocación, por supuesto, pero también le agrada que quiera dedicarme a una profesión seria y con buenas perspectivas. Mientras tanto, trabaja en negocios de la Autoridad Opresora y hace voluntariado en el grupo de consumo a cambio de lotes de alimentos. No veo el momento de ser yo quien me ocupe de mantenerla a ella.

–¿Te has acordado de ponerte la tarjeta con tu nombre?

–Sí, hija.

–¿Y las pegatinas que hicimos?

Nuestra campaña de guerrilla contrainformativa de esta semana consiste en una serie de pegatinas sobre los riesgos de los pesticidas, los aditivos y los conservantes. Esta semana, a Martha le toca trabajar en la sección de frutas y verduras.

Se inclina para darme un beso y me agarra la cara con las dos manos.

–Te quiero, hija. No dejes que ese lugar desgaste tu belleza interior.

–Martha, por favor –le digo, tratando de mantener la voz firme a pesar de lo revuelto que tengo el estómago–. Solo voy a ir al instituto.

–Ja. Y yo solo voy a trabajar en una tienda –replica, y tira con fuerza de la manecilla hasta que la puerta se abre con un chirrido–. Prométemelo.

–Te prometo que me irá bien.

–¿Y que serás fiel a ti misma?

Le lanzo una mirada impaciente.

–Te recojo cuando salga, ¿vale?

–¿Seguro que no quieres cambiar de opinión? Podrías quedarte...

–¡Martha!

–Podría haber colado...

–Nos vemos luego.

Martha sale de la furgoneta. Arranco, me cuelo con la Chati entre el escaso tráfico que hay a esta hora y avanzo. Paso junto al cementerio, el McDonald's y el taller de neumáticos que hay en Broad Street, una de las dos calles grandes del pueblo (Broad Street va de norte a sur, y Main Street va de este a oeste). Miro de reojo el local de la cooperativa de consumo (que se llama Naturalista Food), la cafetería Doug, la pizzería Nano's y el cine. Ya en el centro del pueblo, paso junto a los juzgados y el parquecillo y tuerzo a la derecha para enfilar Main Street.

Avanzo varias manzanas, giro a la derecha otra vez y ya estoy. Es la hora cero. He llegado al instituto.

Todos los centros educativos del pueblo están en un conjunto de tres edificios situado al este de la localidad. Educación Infantil y los cursos más bajos de Primaria están al norte, en un edificio rodeado de césped con toboganes y columpios. En el edificio sur está el instituto, desde noveno curso hasta duodécimo. El resto –séptimo y octavo– se sitúan en el edificio del medio, lógicamente.

Giro el volante para entrar en el aparcamiento, con las manos resbaladizas por el sudor. Estoy más nerviosa de lo que esperaba. Solo he entrado en este edificio dos veces: la primera, para entrevistarme con el director, el señor Folger, que me entregó un montón de hojas con pruebas para determinar en qué nivel debía situarme. El señor Folger llamaba a las pruebas «la batería de test»–; la terminología militar resultaba muy apropiada, porque acabé el día derrotada. En la segunda visita hablé con la orientadora. Me dijo que, dados mis buenos resultados en los test, podía integrarme en el último curso, siempre y cuando reforzara las asignaturas de matemáticas y las de ciencias para cubrir el currículum obligatorio. De modo que, a partir de esta mañana, mi rutina diaria va a ser intensa. El horario de hoy es este: Visión del Mundo Global, Educación Física, Biología, Física, almuerzo (¡con Rajás!). Luego, Lengua, Geometría y Trigonometría.

Los frenos de la Chati chirrían mientras recorro el aparcamiento en busca de un sitio libre. Está todo lleno de coches: Mustangs viejos, monovolúmenes abollados, camionetas, algún que otro turismo nuevecito y reluciente... Muchos de los alumnos deben de venir a clase en coche.

Voy mirando de reojo a los grupitos de gente repartidos por la explanada; un par de caras me suenan, pero no conozco a nadie de verdad. Respiro hondo, como hago en yoga. Por fin veo a Jacinda. ¡Y a Rajás! Mil mariposas despegan al mismo tiempo dentro de mi estómago. Siento un hormigueo en las yemas de los dedos. Es el rayo...

Aparco al fin, bajo de la Chati y camino lentamente por la explanada de asfalto. Aún renqueo, pero si voy con cuidado, puedo apoyar el pie malo.

Mis dos amigos me saludan con unas sonrisas francas que les agradezco en el alma.

–¡Eve! –exclama Rajás; jamás me había alegrado tanto de oír una voz.

–¿Qué te parece? ¿Es lo que te esperabas y más aún? –interviene Jacinda con su tono cantarín.

–Hasta ahora me parece todo muy bien –respondo, abrazándolos a modo de saludo.

Solo de tocar a Rajás, noto un calambre que me recorre la espalda de arriba abajo. Él estira el brazo y me ayuda a quitarme la mochila. Los alumnos que hay a nuestro alrededor nos observan con disimulo. Me miran con intriga e incluso con cierta suspicacia, pero a Rajás y a Jacinda no parece importarles.

Los dos me acompañan al interior del edificio y me ayudan a encontrar el aula de mi primera clase. Los pasillos son como las calles de Ciudad de México en hora punta, solo que sin coches. Hay chicos y chicas por todas partes, caminando deprisa de un lado a otro. Jamás habría imaginado este jaleo.

–Esta es el aula de Visión del Mundo Global, y también es nuestra clase de tutoría –me explica Jacinda.

–¿Tutoría? –digo. Creo que sé lo que es, más o menos, pero no estoy del todo segura.

–Sí, tutoría –repite Jacinda, que parece sorprendida de mi ignorancia–. La clase en la que nuestro tutor pasa lista cada mañana, nos transmite los avisos y esas cosas.

–Uf –resoplo sin pensar.

–¿Qué te pasa? –pregunta Rajás.

–Nada, nada... Ya sabía que controlan cada mañana si la gente viene o no; lo que pasa es que... no estoy acostumbrada a esas cosas.

La verdad es que esto me ha enfriado un poco el ánimo. Asistir a clase debería ser una experiencia emocionante, no una obligación.

–Pronto te acostumbrarás –me asegura Jacinda.

–Me asusta un poco pensarlo...

La luz de neón hace que todo parezca verdoso y artificial. Aunque las aulas tienen ventanas, el brillo de los fluorescentes arroja sombras extrañas. En los pasillos no hay luz natural. Suelo de baldosas grisáceas, muros de hormigón sin enlucir, taquilleros abollados... Todo resulta estéril e impersonal. No soy capaz de imaginar un sitio menos atractivo que este. Es como un almacén, pero en feo.

Tal vez matricularme en un instituto normal y corriente no fuera tan buena idea. Pero, al fin y al cabo, ¿qué me podía esperar?

Vuelvo a inspirar hondo e intento centrarme en las cosas positivas: Rajás. Jacinda. Más nuevos amigos, perspectivas diferentes, una mirada fresca a lo ya conocido... Hablando de frescor, ¿por qué a los arquitectos de este edificio no se les ocurrió poner alguna claraboya o un par de jardineras para plantar algo?

Me da la impresión de que las paredes están llenas de ojos. Y cuando Rajás acerca su cara a la mía para desearme buena suerte, todos los ojos se abren de par en par. Enderezo la espalda y respiro hondo una vez más. Me alejo cojeando de Rajás, y la sensación es como si me arrancase una tirita. Miro el reloj del pasillo: faltan tres horas y media para el almuerzo.

5

La religión es el opio del pueblo.

Karl Marx
(1818-1883)
filósofo y economista

La cita de Marx que hay escrita en la pizarra blanca, y la pregunta que se lee debajo («¿Estás de acuerdo o no?»), me animan de inmediato. Como le dije a Rajás hace unos días, llevo años recogiendo citas de aquí y de allá; y, lo que es mejor, Martha, Rich y yo nos hemos pasado más de una cena hablando de Marx y de sus teorías. Renqueo hasta colocarme frente a la pizarra, quito la tapa de un rotulador azul que huele a productos químicos y escribo debajo mi respuesta: «No estoy de acuerdo. El opio del pueblo es la TELEVISIÓN».

En ese momento suena el timbre. Pero no se parece en nada a los timbres de las películas: en vez de un tintineo metálico como el de los despertadores antiguos, es un pitido largo, artificial y chirriante, tan estridente que a punto estoy de dejar caer el rotulador. Me acerco dando saltitos hasta la mesa contigua a la de Jacinda, pasando junto a una chica que me mira con la boca literalmente abierta. Detrás de Jacinda hay un chico que teclea algo en su teléfono. Jacinda da un golpecito en la silla, y yo me acomodo y dejo mis cosas en la mesa.

–¡Muy audaz! –dice Jacinda señalando la pizarra con la barbilla, como si le impresionara lo que he escrito.

De pronto, algo distrae su atención. Sigo su mirada y veo que el profesor ya entra en la clase. Lleva una camisa metida por dentro de unos vaqueros desvaídos. La corbata cuelga, con el nudo flojo. Unas gafas de pasta casi ocultan sus ojos. Tiene estilo y es bastante guapo, a su estilo cuarentón, hipster-rockero y algo pasado.

Nos mira y carraspea.

–Buenos días. Me alegro de veros de nuevo. Voy a...

En ese momento, lo interrumpe un zumbido que sale del altavoz que hay colgado en una esquina. Apenas hay nada más frente a la pared de hormigón: solo dos pizarras blancas, una tele colocada sobre un carrito y un reloj grande atornillado a la pared. ¿No habrá tenido tiempo el profesor de decorar un poco más la clase? ¿O es que no le importan esas cosas?

–Parece que va a... –comienza a decir el profesor, con el ceño fruncido.

–Buenos días al conjunto de estudiantes y docentes –dice una voz crepitante que sale por el altavoz–. Disculpad la interrupción, por favor. Soy el señor Folger. Me gustaría dar la bienvenida al alumnado que regresa hoy tras las vacaciones de verano, y saludar especialmente a quienes entran hoy en el primer curso. Confío en que todas y todos hayáis descansado y estéis dispuestos a aprender. Además, os informo con gran satisfacción de que, gracias a las altas calificaciones que obtuvisteis en las pruebas de fin de curso, este instituto ha obtenido el Diploma de Excelencia Educativa. Si mantenemos el nivel este año, pasaremos a ser uno de los Centros Distinguidos del estado.

Nadie parece escuchar lo que dice. Jacinda me mira, pone los ojos en blanco y menea el puño en una imitación sarcástica de un gesto de victoria.

–Confío en que el presente curso sea el mejor en la historia de este centro educativo –prosigue el director, y se oye un rumor como de folios arrugados–. Bien, ahora os dejaré en manos de nuestro eficaz cuerpo docente. Recordad que la puerta de mi despacho está siempre abierta. ¡Adelante, Tornados Morados!

El altavoz vuelve a crepitar y se apaga. Dirijo la mirada al profesor: está medio sentado en el borde de su mesa, un mueble grandote de aspecto industrial que parece diseñado a mediados del siglo xx. Descruza los brazos y se alisa la corbata.

–Bien –comienza–. Como os estaba diciendo, soy John Brookner y esta es la asignatura Visión del Mundo Global. No hay ningún comunicado especial –sonríe y señala el altavoz–, además del que ya habéis escuchado. De modo que, una vez haya puesto cara a los nombres de la lista, entraremos directamente en materia –se gira y agarra una carpeta que hay sobre la mesa–. Aunque no creo que haga falta, antes de pasar lista os recordaré que debéis silenciar y guardar vuestros teléfonos.

Durante unos segundos solo se oye el roce de los móviles al ocultarse en bolsillos y mochilas. Luego, Brookner empieza a recitar nombres. La mayor parte de los alumnos levantan la mano o murmuran algo al oír su nombre. Me doy cuenta de que estoy agarrando con fuerza los bordes de mi mesa, a la espera de que Brookner llegue por fin a mí.

–¿Tera McClernon? –pregunta.

–Aquí –dice la aludida.

Mi nombre debe de ser el siguiente. El profesor frunce el ceño y examina el papel, con los ojos entornados.

–Está... ¿Está bien escrito esto? –murmura–. A ver...

Levanto la mano antes de que pueda continuar.

–Soy yo. Por razones obvias, prefiero que me llamen Evie, si no le importa.

Él me observa unos segundos y después asiente con la cabeza.

–Entendido –dice, y escribe algo en el papel.

Uf. He sobrevivido a una lista; solo me faltan otras seis.

Cuando termina de nombrar a todos los alumnos, Brookner se vuelve hacia la pizarra.

–Veamos. Hoy he pensado que sería interesante comenzar con... –se interrumpe por un momento–. Ajá. Interesante: veo que alguien ya ha añadido una reflexión a la cita.

Su tono es extraño, intrigado y... ¿un tanto molesto, quizá? Un coro de murmullos recorre la clase. Alguien susurra a mi espalda marcando las eses exageradamente.

Miro a Jacinda y levanto las manos en plan: «Entonces, ¿era una pregunta retórica?». Ella se encoge levemente de hombros y me sonríe.

Brookner carraspea.

–Silencio, por favor. Parece que hoy alguien ha decidido manifestar su entusiasmo.

¿Entusiasmo? ¿Responder a una pregunta se considera aquí una manifestación de entusiasmo? Pues vaya.

–«El opio del pueblo es la televisión». Ajá... Quien haya escrito este comentario, ¿podría explicarse, por favor? –dice el profesor, levantando la mirada para encontrarse con la mía.

Bueno, ya empezamos.

–Pueees... Sí, claro –respondo, moviéndome en la silla para acomodarme. Tomo aliento y trato de ordenar mis pensamientos–. Veamos: lo que Marx quería transmitir es que la religión es un espejismo diseñado para que las clases oprimidas se sientan mejor sin necesidad de cuestionarse quiénes las oprimen. Y en eso hay una parte de verdad; al fin y al cabo, las religiones tienden a dar prioridad a planos de la existencia distintos de la vida terrenal, como el paraíso o el más allá, ¿no cree?

Brookner me mira con las cejas tan enarcadas que le asoman sobre la montura de las gafas.

–Continúa, por favor –me anima, pero mirarle me ha hecho perder la carrerilla.

–Sin embargo, el... la religión, por otra parte, también hace que tengamos en cuenta un sistema de valores. De hecho, en el mejor de los casos –prosigo, reencontrando mi ritmo–, la religión sirve de acicate para actuar por el bien de los demás. Como el Movimiento de Trabajadores Católicos, por ejemplo, que lucharon por mejorar las condiciones laborales... O como los cuáqueros, que eran abolicionistas y en tiempos ayudaban a los esclavos huidos de las plantaciones, y que ahora forman parte del movimiento pacifista.

»La televisión, sin embargo, solo provoca pasividad. O algo peor, incluso... ¿Sabe que se queman menos calorías viendo la tele que durmiendo? ¡Ver la tele es más pasivo que dormir! Y, por si fuera poco, los anuncios llenan la cabeza de la gente de ideas nocivas: que tienen que aspirar a ser perfectos, que si no lo son es culpa suya, que tienen que comprar cosas y más cosas para compensarlo... –estoy en racha, me lo noto. Tomo aire y continúo–. Las campañas publicitarias y los programas de la tele dictan a la gente los valores que deben tener. Son el opio de nuestro tiempo porque nos anestesian bajándonos la autoestima y fomentando nuestro consumismo, mientras enfermamos de diabetes de tanto beber refrescos y comer patatas fritas tirados en el sofá y sin mover el culo.

Miro alrededor, satisfecha por lo redondo que me ha salido el argumento, y me sorprendo al ver que los demás alumnos me miran con los ojos desorbitados. Parecen estupefactos.

–Huy, perdón... Quiero decir sin mover el trasero –me corrijo.

Silencio.

–¿Sin mover las posaderas? –nada–. ¿El pompis?

El profesor se ríe con suavidad.

–No creo que el problema resida en esa palabra –dice, y recorre con la mirada al resto de alumnos–. Bien, bien... Pues parece que hemos encontrado un buen punto de partida. ¿Alguien quiere añadir algo a las opiniones de Evie?

Los culos (traseros, posaderas, pompis) de mis compañeros se remueven en sus sillas. Una chica de la primera fila –creo que se llama Marcie– carraspea, pero no dice nada. El silencio es atronador. Jacinda se inspecciona las uñas.

–Bien, de acuerdo –concluye Brookner, y destapa un rotulador verde–. Examinemos la cita en su contexto.

Se vuelve hacia la pizarra y comienza a escribir fechas. Mis compañeros abren sus cuadernos; parecen mucho más relajados, como neumáticos a los que se les estuviera escapando el aire. Deben de estar más acostumbrados a este tipo de cosas: escuchar, escribir lo que les dicen...

Abro mi cuaderno y me quedo mirando los cuadrados azules. Noto las mejillas tan rojas que casi me escuecen, como si me hubiera golpeado un vendaval que nadie más ha percibido. Solo llevo diez minutos de instituto y ya he conseguido dar la nota. He debido de batir un récord.

La siguiente clase es Educación Física, justo la otra asignatura en la que coincidimos Jacinda y yo. Mientras cojeo a su lado, ella me va lanzando comentarios fugaces:

–¡Tía, he alucinado! ¡Hola, Marcie! –saluda moviendo los dedos hacia la chica de la clase de antes–. ¡Eh, Neil! –le dice a un chico pelirrojo que está en el otro extremo del pasillo–. La forma en que has debatido con Brookner de tú a tú, con lo inteligente que es... ¡Ha sido increíble! ¡Eh, Peter! ¿Qué tal, Sarah?

Madre mía, esta chica conoce a todo el mundo.

–Bueno, a ver –dice volviéndose hacia mí–. Tener Educación Física a segunda hora es una faena, que lo sepas. Si te descuidas, acabas sudada para toda la mañana... Un asco. Y es una pena que no nos haya tocado el señor D. de profesor, que es muy majete. En su lugar tenemos a la señora Gliss, y estoy hasta el último pelo de verla todos los días –agita la mano para saludar a otra chica–. ¡Buenas, Carrie!

Su discurso está salpicado de tantos holas y adioses que resulta aún más difícil de seguir que de costumbre. Sin embargo, estoy bastante segura de que al decir «segunda hora» se refiere a la segunda clase (lo que es raro, porque las clases duran cincuenta minutos).

La señora Gliss, que nos da Educación Física, no pierde el tiempo en bobadas. Es menuda y curvilínea, como Jacinda, y va toda conjuntada en morado y blanco (obviamente, deben de ser los colores del instituto). Lleva una de esas falditas con pantalón corto que usan las tenistas, y calza unas deportivas de aspecto caro con pompones en los cordones. En cuanto se apaga el chirrido del timbre, toca el silbato –algo innecesario, teniendo en cuenta que todas las alumnas estamos en corro alrededor de ella– y nos conduce al vestuario (luz mortecina, taquillas herrumbrosas, olor a cerrado). Se recoge la melenita rubia y cardada detrás de las orejas y apoya los puños en las caderas.

–Educación Física es una asignatura seria, y debéis saber que hay que aprobarla para graduarse –comienza–. De modo que no me vengáis con excusas, por favor. Hoy día, estar en forma es imprescindible, y más a vuestra edad. Este septiembre es el Mes Nacional de Concienciación sobre la Obesidad Infantil. Nos enfrentamos a una auténtica epidemia, y yo, por mi parte, estoy dispuesta a poner mi granito de arena para combatirla.

Se interrumpe como si quisiera tomar impulso para decir lo siguiente, y yo aguardo, intrigada. Al cabo de unos segundos, caigo en la cuenta de que está mirando con mala cara a las chicas más rellenitas. ¿Pero eso no es discriminatorio?

–Bien: las clases de Educación Física os requerirán un gran esfuerzo –continúa–, y espero de vosotras que os las toméis en serio. No voy a tolerar la pasividad que muestran tan a menudo los alumnos del último año, ¿está claro? Si no participáis activamente en las clases, suspenderéis. Y por participar activamente –extiende la mano izquierda y va tocando cada uno de los dedos para numerar los elementos de la lista– me refiero a ponerse ropa deportiva antes de cada clase, hacer todos los trabajos...

Madre mía. ¿Cuántas reglas habrá que memorizar para participar en esta asignatura?

–Aquí tenéis las llaves de vuestras taquillas –termina–. ¡Chissst! ¡A callar! Y quiero recordaros que yo no soy tan ingenua como... como ciertos profesores de género masculino. El periodo menstrual es un hecho biológico normal y corriente, y en ningún caso os servirá de excusa para faltar.

Se oye un coro de risitas.

–¡Que os calléis he dicho! –chilla–. Si os hace falta una compresa o tampón, decídmelo y os lo entregaré sin problema; pero, por favor, no penséis que mi despacho es una droguería –por primera vez nos sonríe; es una de esas sonrisas cautivadoras que sin duda resultan muy útiles a su dueña–. Os animo a todas a participar en actividades deportivas extraescolares; aún estáis a tiempo de apuntaros en los equipos de fútbol o de hockey sobre hierba. Y, como de costumbre, iré anunciando a lo largo del semestre las diferentes marchas o carreras para recaudar fondos destinados a diversas causas: la Marcha de la Cosecha, la Carrera de los Pacientes, el Maratón contra el SIDA, etcétera.

Suspiro aliviada. ¡Al fin ha propuesto algo en lo que yo podría involucrarme de buen grado!

–Estas últimas actividades no son obligatorias, pero os animo vivamente a que participéis en ellas; es algo bueno para vuestro cuerpo y para vuestro carácter. Y ahora, aunque muchas de vosotras ya lo sabéis, tengo que deciros que este será un gran año para nuestro equipo de animadoras –su sonrisa se hace todavía más resplandeciente–. Tenemos muchas posibilidades de llegar a la final estatal, ¿verdad, Jacinda?

–Así es, señora Gliss.

La profesora asiente con la cabeza y sigue con su discurso, alabando las virtudes de estar en forma, hacer deporte, comer adecuadamente y adelgazar para alcanzar una masa corporal óptima, hasta que el timbre interrumpe su monólogo.

Jacinda y yo salimos juntas del vestuario.

–¿Qué es eso que ha dicho? –le pregunto.

–¿Quién? ¿La señora Gliss?

–Sí, eso del equipo de animadoras.

–Ah, es que nos entrena ella. ¡Hola, Julie! La cosa es como muy *Glee*, ¿verdad?

–¿Muy qué?

–¡Muy *Glee*! ¿No conoces la serie? ¿Nunca la has visto? De verdad, no sé cómo puedes sobrevivir sin tele –extiende el brazo y saluda a otra compañera–. ¡Hasta luego, Andrea! Venga, Evie, te llevo... ¡Eh, Stiv! ¿Otra vez por aquí?... Te llevo a tu siguiente clase.

Pues ahora sí que me he perdido del todo. Tendré que esperar: Jacinda está demasiado ocupada repartiendo saludos para explicármelo ahora.

Biología, Física y, por fin, la hora del almuerzo. Rajás (¡Rajás! ¡Sí!) y Jacinda se ponen conmigo en la cola de la cafetería. Y al llegar al final alucino. La comida es un asco. No, peor que un asco. Si la examinara un médico forense, alucinaría. Hamburguesas grisáceas metidas en pan blandengue... ¿Cómo imaginar que esta cosa ha sido alguna vez un trozo de ternera? Puaj. Y qué decir de la gelatina... ¿Hay algún alimento en el mundo natural que tenga este tono verde fosforito? Pues no, no lo hay.

El mostrador de ensaladas es lo único que contiene comida con pinta de... de comida. Tomo una decisión: mañana me traeré algo de casa. Y pasado, y al otro, y al otro...

Avanzo cojeando en la cola de la caja y, cuando ya he pagado, sigo a Jacinda y a Rajás hacia una mesa.

–Eh, un momento –les digo–. Hace un día precioso. ¿Por qué no comemos fuera?

Rajás hace una mueca.

–Lo siento, Evie –replica–. Si lo hacemos, nos arriesgamos a que nos pongan un parte.

Incluso yo, que soy una analfabeta en materia de centros educativos, sé que un parte es algo malo, así que voy tras Jacinda hasta llegar a una mesa repleta. Solo hay dos sillas vacías, y por un momento me da la impresión de que tienen los nombres «Jacinda» y «Rajás» escritos en el respaldo.

–Siéntate; yo iré a buscar otra silla –me indica Rajás.

Demasiado cansada para discutir, me dejo caer en el asiento y dejo que Jacinda haga las presentaciones. La mayor parte de la gente que hay sentada a la mesa me mira con cara amistosa; pero aunque sus mejillas y sus labios sonríen, en su gesto hay algo impostado, algo inseguro. Una de las chicas (¿Megan?) despega la mirada de su teléfono y me da un repaso con el ceño fruncido, desde mis vaqueros hasta mi camiseta desteñida. Luego frunce los labios, baja de nuevo la mirada y sigue tecleando. En general, los chicos me parecen más amistosos y menos críticos. Estas chicas deberían ponerse las pilas.

Jacinda sonríe y suelta una risita; alguien ha debido de hacerle una broma o contarle un cotilleo. Yo, mientras, repaso para mis adentros los nombres de la gente: Marcie, Stiv, Megan (creo), Matt, Jim... Este torbellino de caras, peinados, ropa, comida, teléfonos y charla está empezando a abrumarme un poco. Cuando Rajás vuelve con una silla y la coloca a mi lado, me derrito de alivio y rozo su codo con el mío para transmitirle mi gratitud. Me da la impresión de que se estremece al tocarme, pero quizá sean solo imaginaciones mías, por las ganas que tengo de que sea cierto... Me mira y me sonríe; el estómago se me pone del revés y el corazón se me revoluciona. Estar a su lado tiene el mismo efecto en mi ritmo cardiaco que subir a una pirámide maya.

–¿Qué tal te han ido las clases hasta ahora? –me pregunta casi a gritos para hacerse oír sobre el barullo; esta mesa parece estar en el epicentro de la cafetería.

–Bien –contesto encogiéndome de hombros–. Es todo tan nuevo que no sé muy bien qué pensar... Pero, hasta ahora, sin problemas.

Jacinda, que pela una naranja al otro lado de la mesa, se inclina para participar en la conversación.

–¡Vamos, no seas tan modesta! –exclama, y luego se dirige a Rajás–. ¡Tendrías que haberla visto en Visión del Mundo Global!

–No fue gran cosa –murmuro, pinchando las tiras de lechuga iceberg que contiene el cuenco de poliestireno (¿cómo es posible que aún no se hayan prohibido los platos desechables?).

–Tú dirás lo que quieras, pero lo cierto es que le echaste un pulso a Brookner –retira el último trocito de cáscara de naranja y ataca la parte blanca–. Raj, cuéntale a Evie cómo funciona Brookner. Háblale de sus famosas citas, anda –abre la naranja en dos, separa un gajo y me lo ofrece–. Raj hizo Visión del Mundo Global el curso pasado.

Rajás me mira con los ojos abiertos de par en par.

–¡No fastidies! ¿Rebatiste su cita del día?

–No solo la rebatió –se ríe Jacinda–. ¡Es que escribió su réplica en la pizarra!

En la cara de Rajás se dibuja una sonrisa de satisfacción. Menea la cabeza.

–Bien hecho –dice mientras acepta el gajo de naranja que le ofrece Jacinda–. Pero recuerda que Brookner se toma sus citas muy en serio.

Jacinda asiente.

–Sí, son su marca de la casa –corrobora.

–Su reto intelectual –remacha Rajás–. Siempre empieza las clases con una cita. Según él, pretende fomentar el debate; pero, en realidad, lo que quiere es lucirse antes de echar su charla diaria.

–¡Eh, eso no es cierto! –protesta Jacinda, y Rajás la mira con expresión crítica.

–Sea como sea –digo–, supongo que la gente las discutirá a menudo, ¿no?

Los dos clavan la mirada en mí y niegan enfáticamente con la cabeza, sin dejar de mirarme.

–No –concluye Rajás–. Parece que, hasta hoy, nadie había abierto la boca.

–Qué raro –replico–. De todos modos, nadie puede echarme en cara que aceptase el reto, si no sabía cómo funcionaban las cosas.

–Bueno, pues ahora ya lo sabes –repone Jacinda. Se lleva un nuevo gajo a la boca, lo mastica y se vuelve hacia Rajás–. Yo creo que Brookner se quedó impresionado, y también un poco mosqueado –escupe una semilla en la servilleta de papel, y me asombra la habilidad que tiene para que incluso ese gesto parezca delicado y femenino–. Ya me gustaría haber sido yo quien se luciera... –añade con un suspiro.

Rajás se inclina hacia mí, y estoy a punto de soltar el tenedor sin querer. Hummm... Hoy huele aún mejor: a canela, café y naranja.

–A Jacinda se le va la olla con Brookner –me susurra al oído–. Lleva un año admirándolo desde la distancia –añade en un tono sarcástico que indica a las claras su desaprobación.

–¡Eh, a callar! ¡Sé perfectamente lo que le estás diciendo! –se indigna Jacinda, mirando en derredor con los ojos entornados.

La imito. Los demás nos lanzan miradas de reojo, pero hay tanto jaleo que no creo que puedan entender lo que decimos. Jacinda se incorpora para acercarse más a mí.

–Vale, pongamos que Brookner me gusta –admite–. Pero no se lo digas a nadie, ¿eh?

–Bueno, la verdad es que mola bastante. Al menos, para ser profesor –respondo; desde luego, es el más interesante que me he encontrado esta mañana–. De todos modos, ¿a quién se lo iba a decir? Vosotros dos sois los únicos amigos que tengo en este instituto.

Rajás se acerca a Jacinda y le comenta algo en voz tan baja que apenas logro captar alguna palabra: «En serio...», «cuidado», «sospechoso»... Ella lo mira con una mueca de suficiencia.

–Todo eso son cotilleos, y tú lo sabes –replica, rebuscando en su bolso para sacar el teléfono.

Mastico un bocado de ensalada. Tienen que estar hablando de Brookner, pero no alcanzo a comprender bien lo que dicen. ¿Les pregunto, o quedaré como una entrometida si lo hago? Aún estoy dándole vueltas cuando noto que mi teléfono vibra dentro del bolsillo. Lo saco y lo abro; no me hace falta comprobar el número para saber quién es.

–Hola, Martha. Estoy bien.

–¡Hola, cariño! Solo quería preguntarte cómo te estaba yendo. Hoy hay poca gente en el súper...

Típico de Martha: me llama para preguntar cómo me va, pero empieza por contar cómo le va a ella.

–Tal vez sea porque hace un día estupendo –respondo mirando por el ventanal.

De pronto me doy cuenta de que Rajás me está haciendo señas. Parece horrorizado, como si yo estuviera mutilando gatitos o algo así.

–¿Qué pasa? –le pregunto.

Pero él ya no me mira a mí. Tiene la vista fija en algo que debe de haber a mi espalda. Lo mismo hacen Jacinda y el resto de la gente que hay sentada a la mesa.

–¡Está prohibido hablar por teléfono! –dice una voz que me suena de alguna clase de hoy. Una mano menuda aparece delante de mi cara–. Queda requisado.

Me vuelvo para encararme a la dueña de la voz. Es la señora Gliss.

–Un segundo –replico, y luego vuelvo a llevarme el teléfono a la mejilla–. ¿Martha? Ahora tengo que cortar, pero hablamos luego, cuando te recoja.

Ella suspira.

–Contendré el aliento hasta entonces, amor mío.

–Bueno, hasta luego. Un beso...

Pero ya no tengo el teléfono en la mano: la señora Gliss me lo acaba de arrebatar. Parece que, en este caso, la Autoridad Opresora es una mujer.

6

Lo deseable no es tanto fomentar el respeto hacia la ley,
sino más bien hacia lo que es justo.

Henry David Thoreau
(1817-1862)
escritor y filósofo

La señora Gliss me acaba de confiscar el teléfono sin más.

–La cuarta enmienda dice que están prohibidas las pesquisas y aprehensiones arbitrarias –le espeto–. No puede usted quitarme el teléfono.

¡Ja! Para que vea lo que cunde estudiar en casa.

Ella frunce el ceño, muda por un momento, pero se recobra enseguida.

–La cuarta enmienda solo protege a los ciudadanos dentro de su domicilio. Ahora te encuentras en un centro educativo al que yo represento.

Vaya, parece que sabe de lo que se habla. Pero estoy segura de que no tiene razón; incluso en un centro educativo, no puede ser que el alumnado tenga que aceptar requisas ilegales. No; estoy segura de que haría falta una orden judicial. De todos modos, ya no importa: la señora Gliss se ha tomado la justicia por su mano.

–Puedes recogerlo en mi despacho al final de la jornada escolar –me indica con una voz tan almibarada que casi gotea.

Miro a mi alrededor. ¿Y qué pasa con todos los alumnos que teclean felizmente en sus móviles? ¿Por qué no se mete con ellos?

–Me temo que no ha comenzado usted con muy buen pie, jovencita –la señora Gliss escribe algo en un impreso, arranca la copia amarilla que hay debajo y me la tiende–. Tendrá que traerme esto firmado por uno de sus padres o tutores.

–Podría habérselo explicado usted misma: estaba hablando por teléfono con ella cuando usted me lo ha quitado.

Su mirada se endurece.

–Cuidado con las formas –me advierte.

–¿Están las normas escritas en algún sitio? Porque, la verdad, no tenía ni idea del asunto de los teléfonos –digo, porque la verdad es que no entiendo nada.

Por la expresión con la que me mira, la señora Gliss no es muy aficionada a dar explicaciones. Y tampoco parece que sea partidaria de quitar hierro a las cosas.

Se da la vuelta y se va. En cuanto desaparece por la puerta, Jacinda –que llevaba un rato en silencio, con las manos en el regazo y la cabeza gacha– me mira y empieza a hablar a toda velocidad.

–Ay, Evie, no sabes cuánto lo siento. La señora Gliss es muy muy estricta, ¿sabes? Tendríamos que haberte dicho que no se puede hablar por teléfono en el instituto...

Perpleja, contemplo a los demás, que siguen escribiendo en sus móviles, y Jacinda sigue mi mirada.

–¡Ah, es eso! –comprende–. Lo que no se puede es llamar; navegar por internet está permitido antes y después de las clases, y también a la hora del almuerzo y en las horas que te quedan libres. No es que tú tengas ninguna libre, claro...

De modo que internet es legal, pero llamar por teléfono no. Interesante.

–¿Presta el instituto smartphones a los alumnos?

Jacinda me mira con las cejas enarcadas. «¿Acabas de venir desde la Luna?».

–No. Este es un instituto público, Evie.

–En ese caso, se trata de una norma discriminatoria.

–¿Por qué?

–Los smartphones son caros; o se prohíben, o se proporciona uno a cada alumno. Si no, estás imponiendo una norma que afecta de manera diferente al alumnado según su estatus socioeconómico.

–Bueno, en la biblioteca hay ordenadores. Esos puede usarlos todo el mundo.

–¿Son portátiles? ¿Están al día?

–Pues no –Jacinda frunce el ceño–. Son unos mamotretos prehistóricos.

–¿Y cuántos hay?

–No sé... Tres o cuatro, creo.

–¿Para todo el instituto? –meneo la cabeza–. Pues no me valen como medida compensatoria. Son menos accesibles, y su número es muy limitado.

–Tienes razón –interviene Rajás–. No es justo; a mí también se me ha ocurrido pensarlo en más de una ocasión.

Jacinda lo mira atónita.

–¿Vas a renunciar a traer tu móvil al insti?

–Oficialmente, solo podemos usarlos para temas académicos –repone él sin responder a la pregunta–. Pero los profesores no pueden asegurarse de ello.

–Sí, es cierto –asiente Jacinda–. Jamás nos revisan el historial, ni nada por el estilo –hace una mueca–. Bueno, al menos creo que no lo hacen. ¡Eh! –exclama, girando la cabeza para llamar la atención de los demás–. ¿Sabéis si el instituto nos revisa el historial de internet?

Marcie y Stiv se encogen de hombros sin decir nada.

–Un día, Wolman nos habló de ello en clase –responde Matt–. Según él, pueden investigar todo lo que hacemos durante el horario lectivo.

–¿En serio? –replica Rajás, como si no acabara de creérselo.

–Bueno, en el fondo da igual –dice Stiv–. Siempre puedes borrar el historial y eliminar las cookies.

Madre mía, lo que me queda por aprender.

Después del almuerzo, avanzo a trompicones –en sentido tanto literal como figurado– por las clases de Lengua, Geometría y Trigonometría. Los profesores parecen decentes, aunque no resulten muy estimulantes, y reconozco algunos de esta mañana. El señor Wolman, que da Lengua, nos pide que escribamos los títulos de nuestros libros favoritos en una tarjeta «para conocernos mejor». Al ver que he rellenado toda la tarjeta por delante y por detrás, me sonríe. Buena señal.

Megan está en la misma clase de Lengua que yo, y ahora parece más amistosa que durante el almuerzo. Matt, el chico con el que coincidí en Visión del Mundo Global y en el almuerzo, me invita a sentarme junto a él en Trigonometría.

Bueno, parece que he logrado sobrevivir ilesa a mi primer día de instituto.

Después del timbre de salida, voy cojeando a la sala de profesores para recuperar mi mercancía ilegal. La secretaria parece muy amable.

–Soy la señora Franklin –se presenta–. ¿Qué tal ha ido el primer día? ¿Se te ha hecho muy cuesta arriba? –me pregunta mientras inclina un cuenco de plástico para que vea su contenido -. ¿Te apetece un poco de tofe casero de chocolate? Es mi especialidad.

–Ah, parece que nos entendemos... –respondo.

Elijo un trozo de tofe y me lo llevo a la boca. Se me derrite en la lengua.

–Hummm... El chocolate lo cura todo –murmuro–. Muchísimas gracias.

–No hay de qué –abre un cajón de su mesa, saca mi teléfono y me lo ofrece–. Creo que mañana deberías dejar esto en tu casa, ¿no?

–También puedo traerlo y esconderlo mejor.

–Bueno, haré como si no te hubiera oído –responde con una sonrisa–. Hala, sírvete un poquito más de tofe para el camino.

–Encantada. ¡Muchísimas gracias, de verdad!

Cojeo a paso de tortuga por el pasillo, con la mochila cargada de libros que necesito para hacer los deberes. Deberes... Qué extraño me resulta el concepto.

A mitad del camino, veo que Rajás se acerca a mí y alarga la mano para que le entregue la mochila.

–Tranquilo, yo puedo –rehúso.

–No lo hago en plan machista –replica, con el brazo aún estirado–. Es solo hasta que tengas bien el tobillo.

Asiento y se la doy. Caminamos por el pasillo y luego por el aparcamiento atestado de gente y coches, en un silencio cómodo y amistoso. No sé lo que daría por estar a solas con él... Echo una mirada de reojo a sus labios. ¿Cómo sería besarlos? Durante el almuerzo he visto que hablaba con varias chicas, pero no parecía cercano a ninguna en particular, salvo a Jacinda, claro. ¿Será cierto que no sale con nadie? ¿Y estará interesado en mí? Solo de pensarlo, las rodillas se me convierten en mermelada.

Por fin llegamos a la Chati. Me subo y él me ofrece la mochila.

–Mañana nos vemos –dice a modo de despedida.

No me apetece nada marcharme aún, pero no se me ocurre nada más que decir.

–Sí, nos vemos –respondo.

Mientras la Chati avanza hacia la salida, veo por el retrovisor que Rajás se despide con la mano.

Cuando llego al Walmart para recoger a Martha, ella ya me está esperando junto al edificio.

–Cuéntamelo todo, corazón –dice mientras se sienta de un salto en el asiento del copiloto–. ¿Han corrompido ya tu espíritu? Yo he tenido un día espantoso; casi me pillan con las pegatinas, y al final he tenido que tirarlas por el váter. Se atascó, claro. ¿Qué tal tu tobillo?

–Me duele. Lo tengo mejor que ayer, pero peor que esta mañana.

Ella asiente.

–Tienes que dejarlo descansar.

Recorremos las calles del pueblo y luego el camino de casa, mientras Martha habla de todo lo que le ha ocurrido durante su turno. Como siempre, se queja del afán consumista de los clientes, que acuden un día tras otro para comprar cosas que no necesitan. Al cabo de un rato, se le acaba la cuerda y se vuelve hacia mí.

–Bueno, desembucha. ¿Qué tal te ha ido en la institución educativa?

–Aún no tengo un veredicto firme, pero en general me ha ido bien. Aunque ha sido raro... Por cierto, te alegrará saber que me han castigado a quedarme un poco después de las clases.

Martha suelta un gruñido.

–¿Por qué?

–Por mi estatus socioeconómico –respondo, y paso a explicarle lo del teléfono.

–Hija, si el mejor castigo que se les ha ocurrido es obligarte a pasar un rato más allí, la cosa se desacredita por sí misma. Esto me recuerda muchísimo a Freire y su teoría de la educación bancaria...

Levanto una mano para cortarla.

–Por favor, no empieces con una de tus peroratas. Lo último que me hace falta ahora es otra charla.

–Vale, pero déjame que te diga al menos esto –estira el brazo y me atusa el pelo–: si lo que pretendes es vivir un experimento social, no deberías esperar ni un día más antes de empezar a sacudir un poco las cosas.

Vaya. Se refiere a todo lo que le he dicho de investigar la realidad social en el instituto, de influir en el día a día de la realidad educativa. Ese fue mi argumento para convencerla de que me dejase matricularme. Ahora, sin embargo...

–¿Y si mis prioridades hubieran cambiado? –le digo.

–¿Y qué otra prioridad podrías...? –de pronto se interrumpe y suelta una risita–. Ajá... ¿Cómo está Rajás, por cierto?

No lo puedo evitar: se me sale una sonrisa boba de oreja a oreja.
–Pues muy bien.
–Es el rayo, querida.
Mi estómago da una nueva voltereta. Asiento con la cabeza.
–¿Está comprometido? ¿Vas a tener que robárselo a alguien?
–Ni idea. Su Facebook no dice nada al respecto.
–¿Eso significa que está disponible?
Suspiro.
–Eso significa que no dice nada al respecto.
Me mira con las cejas levantadas, como si no diera crédito a lo que está oyendo.
–¿Y no se te ha ocurrido preguntar?
–Es que me parece un poco fuerte soltarlo así, sin más.
–Ay, corazón mío –responde Martha con otra risita suave–, te crie para que fueses osada. Pero *c'est la vie*... Si no quieres preguntárselo a él, habla con Jacinda.
–No sé, me parece cutre. Sería como intrigar a su espalda... Me sentiría como una cobarde.
–Querida mía, ¿para qué sirve una amiga si no es para intercambiar información con ella? De todos modos, ese chico te hace ojitos. Siempre adivino esas cosas.
Mi estómago da un nuevo salto mortal.
–A mí también me lo parece –confieso.
–Bueno, la cosa es que no puedes quedarte ahí plantada mientras la vida académica sigue como siempre.
–¿Crees que tengo que hacer algo para agitar las cosas? –digo, pisando con cuidado el embrague para emprender la subida de casa.
–Exacto: ni se te ocurra ponerte de lado. Como decía Pancho Villa, ¡que viva la revolución! Y si te enamoras por el camino... –me agarra la coleta y le da un tirón cariñoso–. Bueno, pues tampoco pasa nada. Además, no tienes por qué pedirme permiso para hacerlo.
–Desde luego que no –contesto con una sonrisa.

Por fin, nuestra casa aparece en el parabrisas. Me detengo delante y la Chati se detiene con un estremecimiento. ¡Al fin en casa! ¡Aleluya! Me bajo y cojeo hacia el porche.

–¿Sabes qué, hija? –me dice Marta, estirándose para arrancar una de las primeras manzanas del año–. Las dos estamos hechas polvo, y estoy segura de que a ti te apetece charlar. Esta noche, paso de ir al GPMS.

–Ni se te ocurra, Martha; tienes que relacionarte con gente de tu edad –replico, aceptando la manzana que me ofrece–. Además, tengo deberes –añado, y doy un mordisco a la fruta.

Es la estricta verdad: tengo un montón de cosas que hacer para mañana.

Ella hace una mueca.

–Esta noche me toca compartir con el grupo la historia de mi divorcio. Tenemos que hacerlo todos, por turnos.

–¡Pues invéntate algo! Cuéntales un culebrón tórrido con chorros de drama y suspense –le espeto, agitando la mano como si quisiera espantarla–. O, mejor aún, diles la verdad. «La verdad es más extraña que la ficción», ¿no dices tú eso siempre?

Ella se echa a reír.

–Se hace lo que se puede, hija.

Estoy en el establo, con el pie apoyado en el taburete de ordeñar, escribiendo en mi diario y disfrutando de la cálida compañía de Hannah Bramble. Suspiro y me dispongo a soñar despierta un rato cuando oigo a lo lejos el gruñido de la Chati que se acerca a casa. A mi lado reposa un cubo de leche recién ordeñada, con la superficie amarillenta por la nata. Los gatos se terminaron su ración hace un buen rato –siempre les doy la primera tanda que ordeño– y se retiraron a sus rincones particulares para asearse. Las gallinas cloquean suavemente, ya resguardadas en el gallinero. Al cabo de unos minutos, Martha aparece con una copa de vino en la mano y me la ofrece para que dé un sorbo. Rehúso con un gesto y dejo en el suelo mi diario y el boli. Marta se acomoda sobre unas pacas de heno, a mi lado.

–¿Qué tal el GPMS? –le pregunto.

–No seas tan cotilla, anda –responde haciéndome un gesto para que me apoye en ella.

Me recuesto en su pierna y suspiro mientras ella me deshace la coleta y me peina con los dedos.

–¿Qué? ¿Ya has empezado a planear la revolución? –me pregunta señalando el diario.

–Aún no. He estado haciendo esbozos para un centro educativo bonito y sostenible. Arquitectura ecológica, materiales naturales, paneles solares, luz por todas partes... No te haces idea de lo deprimente que es el edificio, como una fábrica. Seguro que todos los alumnos tienen carencia de vitamina...

–De vitamina D, sí –completa ella–. No me cabe duda –da un sorbo de vino–. Bueno, ¿y has hablado con Jacinda? ¿Sabes ya si Rajás es un hombre libre?

Niego con la cabeza.

–Se me hace extraño llamarla o escribirle un mensaje para preguntarle eso. Mañana se lo diré en persona a primera hora.

–Hazlo, corazón –insiste.

Las dos nos quedamos en silencio; solo se oye el roce de la cola de Hannah Bramble al menearse lentamente. Martha me acaricia el pelo, y noto que me lo divide en tres partes. Me encanta que me atuse el pelo y me haga trenzas; me parece lo más relajante del mundo. Es su forma de hacerme saber que me escucha, que quiere saber más sobre lo que me ocurre y lo que pienso.

–La vida en el insti me parece extraña. Problemática.

–Especifica, porfa.

Suelto un suspiro.

–Pues no sé, hay muchas cosas. Por ejemplo, la señora Gliss, que da Educación Física.

Ella resopla.

–¿La que te castigó?

–Exacto. No puedes imaginarte con qué modos me quitó el teléfono. Me lo arrancó literalmente de la mano. Y se permite el lujo de actuar así porque ella es una profesora y yo una alumna, como si yo no tuviera derechos y ella pudiera hacer lo que le da la gana conmigo, impunemente.

–Típico –refunfuña–. ¿Y qué más?

–Bueno, hay otra cosa de ella que no es tan evidente, pero se le nota. Está obsesionada con la forma física. Vale, sí, es a lo que se dedica; pero si hubieras visto cómo miraba a las chicas más gorditas... El sermón que nos echó sobre el índice de masa corporal no parecía referirse tanto a la salud como a las apariencias.

–¿Y eso te sorprende? –replica Martha sin dejar de trenzarme el pelo.

–Me asombró lo descarado que era. En cierto momento pensé que se iba a sacar una báscula de la manga para pesarnos a todas.

–Pues haz algo. Déjala en evidencia. Escribe un artículo y busca dónde publicarlo. Para eso te has apuntado, ¿no?

–Sí –me encojo de hombros–. No sé... Puede que haya un periódico del instituto.

Noto un tirón repentino: a Martha no le hace gracia mi actitud un tanto pasota.

–Es que estoy cansada, Martha...

–Y quieres esperar al momento adecuado.

–Eso es –asiento.

Si quiere enfocarlo de ese modo... Ahora mismo, lo único que siento es fatiga.

–Quieres esperar el momento adecuado para montártelo con Rajás.

Protesto con un manotazo.

–¡Martha, córtate un poquito! ¡Que eres mi madre!

–Sabes que te estoy tomando el pelo, corazón. Además, en calidad de madre, debo aconsejarte que no te lances hasta que...

–Sí, sí, lo sé: hasta que no me sienta verdaderamente preparada.

–Espera hasta sentirte verdaderamente preparada, y luego espera un poquito más por si acaso.

Me suelta el pelo y la miro de reojo. Se ha llevado la copa a los labios y sonríe para sí, sin beber aún. Yo cierro los ojos y me pierdo de nuevo en mis ensoñaciones. Aparece Rajás, claro.

7

No creo que la vida tenga que consistir en «lo-que-podría-haber-sido-y-no-fue»; creo que la vida es «lo-que-intenté-que-fuese». No me importa fracasar, pero no creo que pudiera perdonarme el no haberlo intentado.

NIKKI GIOVANNI
(1943)
poeta y activista

Para: direccion@revistatornadomorado.org
De: eviepazyjusticia@gmail.com
Asunto: Para su publicación en la revista del instituto

Estimado/a director/a:

Le escribo esta carta para hablarle de injusticias. De injusticias que están ocurriendo en este mismo momento, un día tras otro, dentro de este instituto. Solo llevo aquí un par de semanas, pero en este tiempo me ha quedado clara la carencia de libertades civiles de la que adolecemos el alumnado, por no hablar de la tremenda disparidad entre los derechos del cuerpo docente y los de los estudiantes, o del entorno arquitectónico poco sostenible y hostil en el que transcurren nuestras jornadas lectivas.

En primer lugar, abordaré el asunto de la falta de libertades civiles. Un ejemplo: ¿por qué ninguna alumna o alumno puede usar su teléfono para hacer llamadas? No cabe duda de que hacerlo durante las clases perturbaría su funcionamiento; ¿pero qué objeciones pueden ponerse a que llamemos durante el almuerzo o en nuestras horas libres? Esta norma no tiene justificación racional (y resulta discriminatoria para con los estudiantes que no pueden permitirse comprar un smartphone).

Por otra parte, no alcanzo a comprender por qué no podemos almorzar o pasar nuestras horas libres en el patio. Según la comunidad científica, tres cuartas partes de los adolescentes y adultos de Estados Unidos padecen de deficiencia de vitamina D, debido a su escasa exposición a la luz solar. Esta deficiencia puede producir cáncer, diabetes y afecciones cardiovasculares u óseas.*

¿Por qué no combatir este problema saliendo al aire libre? Y estas dos cosas no son más que dos ejemplos de los muchos aspectos que se podrían mejorar.

En cuanto a la disparidad entre los derechos del cuerpo docente y el alumnado, se podría decir mucho, pero me limitaré a dar un ejemplo: los baños. ¿Habéis entrado alguna vez en un baño para docentes? ¡Comparados con los que usamos nosotros, son un paraíso de aire fresco! Recordemos cómo son los servicios para el alumnado: en primer lugar, apestan siempre a humo de tabaco y a pis rancio. En segundo, jamás hay papel higiénico. ¡Jamás! Y a pesar de que tienen cuatro váteres, nunca hay más de una papelera, colocada cerca de la salida. ¿Por qué situarla ahí?, se preguntaría cualquier persona razonable. ¿Para que quienes estén con el periodo tengan que sacar su compresa o tampón usados (recordemos que nunca hay papel higiénico) y tirarlos junto a la puerta? La verdad es que no resulta extraño que los váteres estén siempre atascados por las compresas que tira la gente.

Y sin embargo, es un hecho constatado que los servicios de las profesoras tienen papeleras en cada uno de los cubículos.

Y papel de sobra. Y jabón para las manos, y lavabos limpios que no se atascan. ¿Y quiénes pueden usar estas instalaciones? Desde luego, las alumnas no. Lo sé porque la señora Theodore me ha obsequiado ya con cinco partes por la simple razón de haber usado los servicios de las profesoras.

Bien, ¿por dónde iba? Ah, sí: por el entorno arquitectónico poco sostenible y hostil. Si habéis prestado atención hasta el momento, sin duda os daréis cuenta de que esto se encadena con la carencia de luz solar que mencionaba anteriormente, e incluso con la falta de higiene en nuestros servicios. También es digno de mención el hecho de que en la cafetería se usen platos y cubiertos de plástico desechable, algo insostenible desde todos los puntos de vista. ¿Tan difícil sería utilizar una vajilla normal? Como conclusión de todo ello, os diré lo siguiente, compañeras y compañeros de estudios (¿lo ve, señor Wolman? ¡Sí que soy capaz de escribir un texto persuasivo!): tal vez, tras pasar la mayor parte de vuestras vidas sometidos a estas injusticias, os hayáis habituado a ellas. Puede que ya no las veáis, o quizá no os conmuevan. ¡Pero eso no significa que las cosas sean como deberían ser! Desde luego, no significa que sea justo privar al conjunto de estudiantes de sus derechos. Hay un refrán que dice: «El que nadie se queje de su paracaídas no quiere decir que todos funcionen».

Si estáis conmigo, ¡alzad la voz! ¡Uniendo fuerzas, podemos hacer de este instituto un lugar mejor!

Atentamente,
Evie M.
Estudiante de último curso

* No tenéis por qué fiaros de mi palabra en este tema. Podéis consultar la revista *Scientific American*, 23 de marzo de 2009: «Estudio revela el aumento meteórico de la deficiencia de vitamina D en los EE. UU.», de Jordan Lite.

Para: eviepazyjusticia@gmail.com
De: direccion@revistatornadomorado.org
Asunto: Re: Para su publicación en la revista del instituto

Hola, Evie. Soy Stiv. Me conoces de Visión del Mundo Global. Quería darte las gracias por tu carta al director. Está muy bien escrita y es muy divertida. Por desgracia, la revista *Tornado Morado* tiene como norma no publicar textos que hagan referencia a profesores concretos. Es política del centro. De modo que si quieres reescribir la carta eliminando los detalles y los nombres propios, volveré a leerla encantado. En caso de que me parezca adecuada, y siempre y cuando el supervisor la apruebe (es el señor Wolman; no le he enseñado la primera carta), la incluiremos en el próximo número.

Gracias de nuevo por colaborar con nuestra revista. Nos vemos por el insti.

Stiv Wagner
Director de la revista *Tornado Morado*

8

Y sin embargo, se mueve.

VAYA, VAYA: Brookner ha elevado la apuesta.

–Chicos, tranquilizaos –dice dando una palmada–. ¿Y bien, Evie? ¿Quién pronunció esa frase?

Todos los ojos se fijan en mí. Trago saliva con dificultad. Por el instituto ya corren rumores sobre mis pulsos con Brookner, mis partes, mis sanciones y mis cartas a la revista. Rajás y Jacinda aún no me han dicho nada al respecto, pero su preocupación es casi palpable. Parece que he pasado de ser interesante a resultar molesta; ahora todo el mundo habla de mí, y no precisamente para alabarme. En Visión del Mundo Global me llevo bien con Marcie y con Stiv (el director de la revista), pero hay otros compañeros menos magnánimos. Megan, en concreto, parece tenerme bastante manía. A la hora del almuerzo me siento siempre entre Rajás y Jacinda, y la gente me trata con normalidad. Sin embargo, hay algo extraño en el fondo; lo noto, por ejemplo, en las respuestas monosilábicas que me ofrecen compañeros como Matt o Jim cada vez que intento entablar conversación con ellos. Son sus ojos los que me dicen todo: rara, loca, hippie.

En Facebook, varias personas que se hicieron amigas mías al principio se quitaron enseguida.

Las cosas podrían mejorar si dejase de protestar y me sometiera a las normas, como hace todo el mundo. Si siguiera la corriente y dejase de escribir cartas a la revista y de discutir de tú a tú con Brookner, mi vida sería mucho más fácil. Y, dado que me divierto tanto con Jacinda y Rajás (el hermoso y, según Jacinda, soltero Rajás), ¿por qué no relajarme, dejarme ir y disfrutar de la vida? Es tentador, muy tentador. ¿Pero qué sentido tendría? Quise venir al instituto para experimentar algo nuevo y ser fiel a mí misma; para tener una nueva perspectiva sin perder la antigua; para poner en práctica todo lo que Martha me ha enseñado sobre la necesidad de oponerse a las injusticias y cuestionar la autoridad.

Además, me gusta debatir con Brookner sobre sus citas. Es un hombre interesante, mucho más que cualquiera de los otros profesores. La señora Crandall y el señor Wysent me caen bien; y aunque no soy muy fan de la Gliss, y he mantenido algunas discusiones acaloradas con Wolman y la señora Theodore, creo que los demás profes pueden pasar. A estas alturas me he hecho bastante amiga del profesor que vigila la sala de estudios (donde tengo que pasar una hora después de las clases, cada vez que me sancionan), e incluso me ayuda con los deberes de Física. Sin embargo, Brookner sigue siendo mi favorito sin discusión.

Carraspeo, pero aún no digo nada.

Brookner se pone de puntillas y empieza a balancearse como un péndulo, rompiendo con el roce de sus pies el incómodo silencio.

–¿No, Evie? Ajá... Bien, de acuerdo. La cita es de Copérnico –sus ojos se posan en mí por un instante–. Se refiere a la traslación de los planetas...

Me está lanzando un anzuelo para que pique.

–Señor Brookner –digo, y él sonríe.

–¿Sí, Evie?

–Creo que la frase es de Galileo.

Al fondo de la clase suena un gemido. Matt, a mi derecha, susurra: «¿Quieres dejarlo de una vez, tía?». Me duele oírlo.

Brookner ladea la cabeza.

–¿De veras, Evie?

Respiro hondo.

–Sí, estoy casi segura.

–¿Podrías desarrollarla un poco?

–Para mí, habla de que hay que decir la verdad frente a los poderosos.

En los ojos de Brookner aparece un destello.

–Ah, ¿sí?

–Sí, eso creo –respondo asintiendo con la cabeza.

Veo de reojo que Marcie pone los ojos en blanco en un gesto de hastío. ¿Lo hará por mí o por Brookner? No sabría decirlo.

Me armo de paciencia.

–Galileo averiguó que los planetas giran alrededor del Sol, ¿verdad? –comienzo, y miro alrededor para animar a compañeros como Stiv, Jacinda o Marcia a meterse en la discusión. Nada, no hay manera. Prosigo–. Según la Iglesia, decir eso era una herejía porque, si Dios creó la Tierra, esta tenía que ser el centro del universo. La Inquisición tomó cartas en el asunto y obligó a Galileo a abjurar de su teoría. Él lo hizo, pero luego añadió: «Y sin embargo, se mueve». Lo hizo porque sabía que, aunque reniegues de la verdad, eso no la hace menos cierta.

Brookner sonríe.

–Ah... La verdad frente a los po-de-ro-sos... –comenta, separando las sílabas como si este fuese un momento crucial.

Se planta frente a mí y me lanza una de sus miradas penetrantes, como si quisiera sondear lo más profundo de mi alma. Me lo ha hecho más de una vez, y no hay manera de acostumbrarse a ello; resulta tres cuartas partes halagador y una cuarta parte grimoso, porque a veces el momento se alarga demasiado. Me recuerda a un amigo que hizo Martha en Montreal, un tipo que estaba convencido de que podía curar jaquecas poniéndote las manos en la cabeza. Según decía, creía en sí mismo con tanta intensidad que su convicción podía borrar la tuya. Brookner es así. En otra vida habría podido ser un predicador evangélico o un gurú psicodélico; en cualquier caso, un devoto de sus propias virtudes, un protagonista que se recrease en las alabanzas y la admiración de sus discípulos.

Tal vez lo juzgue con demasiada severidad. Es, sin duda, el profesor más inteligente que tengo, y me encanta la forma en la que deja caer títulos de libros, canciones y películas y los relaciona de maneras nuevas y sorprendentes. O esa teoría que defiende, según la cual el orden mundial surgió a partir del comercio de café, opio y chocolate. Por no hablar del carisma que tiene... En realidad, comprendo que Jacinda lo adore en la distancia. Y esas virtudes son exactamente lo que preocupa a Rajás, que nos advierte una y otra vez que no nos fiemos de él; le preocupa que Brookner nos aprisione en su trampa letal de atención y encanto. ¿Pero qué podría hacernos? ¿Convertirnos en vampiras?

Le sostengo la mirada y se me escapa una sonrisa. En el fondo, esto es emocionante.

–Eso es –digo–: la importancia de decir la verdad frente a los poderosos.

–Cierto –asiente–. Doy por sentado que eres creyente, ¿verdad, Evie?

Reflexiono acerca de su pregunta. A mi espalda, alguien resopla con desdén.

–No exactamente –respondo.

–Ajá. Y sin embargo, crees que hay una verdad que lo explica todo, ¿no es eso?

–Sí.

En efecto: esa verdad es el amor.

Brookner hace un gesto grandilocuente con el brazo y empieza a pasear de un lado a otro.

–En ese caso, Evie, eres creyente. Pero ¿y si tu verdad no fuese cierta?

–La verdad siempre es cierta; por eso es la verdad.

–¿Y no varía dependiendo del punto de vista de quien la mantenga?

Me llevo las manos a la coleta y le doy un tirón para apretarla.

–Puede que cambie la visión que tienen las personas de la verdad; pero la verdad, en sí, no cambia. Es intocable. Es, sin más.

–Vaya. Veo que eres una verdadera creyente.

Las mejillas me arden. Miro a Jacinda de reojo: parece absorta, con la vista clavada en Brookner. Él, a su vez, tiene la vista clavada en mí.

–Bueno, el tiempo nos revelará la verdad –concluye Brookner–. Bien, prosigamos. Si abrís el libro por la página ciento diez, podremos leer las palabras de Galileo.

Se oyen los golpes de los libros al caer sobre las mesas y el rumor de las páginas. La atmósfera del aula se relaja. Observo el grabado de Galileo Galilei que hay en la página ciento once; como sospechaba, Brookner sabía perfectamente de quién era la frase. Se la atribuyó a Copérnico para tirarme de la lengua.

Tramposo...

Jacinda saca la punta del boli con un chasquido y lo sostiene encima de un folio, expectante. Por suerte, ella no me ve como a un bicho raro o una sabihonda, y es muy popular en el insti. Si Rajás y ella no estuvieran de mi parte, no sé qué habría sido de mí a estas alturas.

Al menos, solo quedan dos clases para la hora del almuerzo... y para ver a Rajás. Al soltero-y-no-comprometido-con-nadie Rajás. Quien, por cierto, parece muy contento de haberme conocido, a diferencia de la profe de Educación Física, que no ha parado de darme caña desde el famoso Incidente del Teléfono en la Cafetería. Desde entonces, la Gliss me ha endilgado dos partes más, ambos por «insubordinación». Insubordinación: el disfraz perfecto para lo que no es más que abuso de poder; la herramienta multifunción para castigar cualquier cosa que disguste a un profe. Como, por ejemplo, que a alguien tarde en curársele un esguince.

–Tienes que integrarte ya en mis clases –me dijo un día–. Tu forma física está empezando resentirse –añadió mirando de forma evidente mi tripa–. Y estoy segura de que tu tobillo ya está en perfectas condiciones.

–No me veo en condiciones de jugar al hockey sobre hierba, pero no me importaría ir haciendo algo de yoga suave –respondí, y mi oferta degeneró en un debate sobre si el alumnado era libre (en mis palabras) de subvertir (en sus palabras) los planes lectivos de sus docentes. Resultado: parte y sanción.

El siguiente fue porque yo no llevaba unas deportivas «como era debido». Argüí que no nos podían obligar a comprar productos de empresas que explotan a sus trabajadores, pero le dio igual. Le dije que no podía pedirle a mi madre que me comprase unas zapatillas tan caras como las que ella me exigía, y ella siguió en sus trece. Así que le pregunté cuánto le pagaba Nike por promocionar sus productos. Resultado: parte y sanción.

Y lo malo es que, más tarde, Jacinda la defendió y me aconsejó que diera mi brazo a torcer y comprase las deportivas. Quiero a Jacinda con toda el alma, pero creo que no acaba de comprender lo que significa ir justa de dinero. Martha y yo tenemos todo lo que queremos, pero eso es gracias a que no queremos demasiadas cosas. Al final, nuestro presupuesto es muy ajustado, lo mires como lo mires.

Otro de los partes no tuvo nada que ver con zapatillas de deporte ni con cuartos de baño. Yo llevaba días compadeciéndome de la pobre pitón que vive en el terrario del aula de Biología, así que un día, antes de que empezasen las clases, la saqué para mimarla un poco. El señor Wysent fue bastante amable, la verdad; me dijo que sentía de verdad tener que sancionarme, pero que el reglamento del instituto prohibía sacar a cualquier animal de su hábitat en el centro. También mencionó un incidente en el que figuraban varias ranas y una fuente de gelatina, que había ocurrido en la cafetería unos años atrás... En fin, que otra vez tuve que quedarme tras el final de las clases.

Sea como sea, la jornada avanza: Educación Física con la Gliss, sesión de microscopio en el laboratorio con Wysent, una clase más de Física cometarros... Una mañana larga, vaya.

Cuando llego al sitio en el que quedamos siempre para ir a la cafetería, veo que Rajás ya me está esperando. El corazón se me acelera hasta interpretar el redoble Rajás de costumbre. Miro en derredor.

–¿Y Jacinda? –pregunto extrañada, porque suele estar todos los días junto a su primo, mirando el teléfono para ver si su amante virtual le ha escrito algún mensaje.

–Está en una reunión del equipo de animadoras –responde Rajás encogiéndose de hombros–. No sé qué terrible crisis habrá estallado ahora.

–Ah.

Aún no me creo del todo que Jacinda sea animadora, aunque, de hecho, es la capitana del equipo. Cuando me lo dijo, creí que iba de broma. En cualquier caso, eso explica que el extraño cariño que parece tenerle a la Gliss y también sus referencias constantes a esa serie, *Glee*.

–¿Por qué no me lo diría esta mañana?

–A lo mejor pensó que te parecería mal.

–¿A mí? ¡No soy tan intolerante!

Rajás se echa a reír.

–Entonces, ¿te parece bien?

–Pues... No, la verdad.

En el fondo, tiene razón: lo de las animadoras no me hace ninguna gracia. Es más, me pone de los nervios. ¿De dónde habré sacado ese prejuicio? ¿De Martha? ¿De todas esas películas sobre niñas monas y mezquinas? (Nota para mí misma: Jacinda no responde en modo alguno al estereotipo de animadora mona, superficial y cotilla. Tal vez sea el momento de reevaluar ese estereotipo...).

La pregunta de Rajás me trae de nuevo a la realidad:

–¿Te has traído el almuerzo de casa? –dice, y yo le muestro mi bolsita de tela a modo de respuesta–. Estupendo.

Luego, mira a todas partes como un conspirador y me agarra del brazo. Su contacto electrifica todas mis terminaciones nerviosas, de los pies a la coronilla.

–Vamos –susurra.

Lentamente, para no perjudicar mi tobillo aún dolorido, me conduce más allá de la cafetería y del gimnasio. Al fondo del pasillo, tuerce para meterse en otro corredor en el que yo jamás me había fijado.

–¿Adónde vamos? –le pregunto.

–Chitón. Estamos de incógnito.

Doblamos otra esquina y nos detenemos ante la puerta de un aula. Rajás se saca una llave del bolsillo, la mete en la cerradura y abre la puerta. Asoma la cabeza, como si quisiera asegurarse de que no hay nadie dentro, y me indica por señas que le siga.

Entro y tropiezo con él en la oscuridad. Noto que palpa la pared hasta encontrar un interruptor. Los fluorescentes del techo parpadean y se encienden, revelando una sala grande. Será como la mitad del gimnasio, pero sin ventanales. Sierras circulares, lijas, cajas de ingletes, bancos de trabajo...

–Ah, de modo que este es el legendario taller del instituto –digo asombrada–. ¿Cómo es que tienes la llave de Camelot?

Rajás me dedica una de sus sonrisas torcidas.

–El señor Pascal me ha prestado una copia –explica–. Se supone que no puedo traer a nadie más, pero... Bueno, pensé que te gustaría verlo. Y además... –añade señalando una puerta al fondo en la que yo no había reparado–. Podemos salir con disimulo a que nos dé el aire. Sé que llevas semanas deseando hacerlo...

–¡Qué maravilla! –exclamo, y le abrazo de pura alegría–. ¡Me encanta!

Él se tensa y yo me quedo helada. Ay... ¿Estará incómodo, o es que le he pillado por sorpresa?

Lo suelto y empiezo a retroceder, pero él me detiene.

Se inclina hacia mí. Me inclino hacia él. Y sin que casi pueda creérmelo –todo está ocurriendo muy deprisa–, nuestros labios se encuentran y nos estamos besando, noto su lengua cálida pero no tan húmeda como imaginaba, y nuestros pechos se tocan y huele a serrín y mi estómago flota porque estoy en caída libre. No es un beso pegajoso, como los de las películas: es el beso perfecto, tierno y dulce y lento y sexy, todo al mismo tiempo.

Al fin, Rajás se aparta.

–Te aseguro que no tenía esto en mente cuando te traje aquí –dice.

–Y si lo tenías, estupendo –contesto con una sonrisa, un poco incómoda de pronto–. Bueno, qué, ¿me enseñas el taller?

Él me mira y se pasa el pulgar por la barbilla.

–¡No me digas! –exclamo llevándome las manos a la cara–. ¿Te he llenado de babas? Es que no tengo mucha experiencia con estas cosas...

–¿En serio? Jamás lo habría supuesto –se ríe él, tratando de separarme las manos de las mejillas.

Le agarro de las muñecas y le miro a la cara.

–A lo mejor es que necesito practicar un poco más...

–Me has quitado la palabra de la boca.

Volvemos a besarnos. Ay, madre... Como esto siga así, voy a derretirme entera. Tomo aliento y me separo unos centímetros, justo lo bastante para hablar.

–Bueno, a ver –digo–. ¿Qué hacemos aquí?

–Pueees... ¿enrollarnos? –contesta él con un brillo travieso en los ojos.

–No, no... Me refiero a la razón por la que querías traerme al taller.

–Ah, eso –se echa a reír–. ¿Te acuerdas del día en que nos conocimos?

¿Cómo no acordarme? Resulta difícil olvidar el momento en que te golpea un rayo.

–¿A qué parte de ese día te refieres?

Él señala con la cabeza una esquina de la sala.

–He traído aquí mi mecedora. Ya está terminada.

De modo que sí que tenía otra razón para traerme aquí... Vaya. ¿Hace eso que nuestro beso sea más excitante, en plan «nos-atraemos-tanto-que-no-lo-hemos-podido-evitar»? ¿O he dado una imagen penosa al abalanzarme sobre él?

Eh, un momento. ¿Qué es esto? ¿Quién es esta chica insegura y preocupada por la imagen que proyecta? Hasta ahora, siempre he mantenido la confianza en mí misma; me da igual lo que piensen de mí. Pero lo que siento por Rajás hace... hace que me sienta desnuda y expuesta, como una ostra abierta. Es como si alguien me quitase mi caparazón, lo tirase al mar y lo dejase a merced de la marea. ¿Y Rajás? ¿Se sentirá inseguro y vulnerable como yo? En ocasiones me parece percibirlo.

Me agarra de la mano y me acerca a su mecedora. Madre mía, es preciosa. Alucinante. No resulta historiada, ostentosa o cursi, sino sencilla, clásica, sólida. Sus líneas son limpias, y conserva algo de corteza en los brazos y el respaldo para recordar de dónde proviene la madera. Es funcional y artística al mismo tiempo, conectada plenamente con la naturaleza.

Es asombrosa. Madre mía... Y la ha construido Rajás.

Aún estamos agarrados de las manos. Las suyas son algo más grandes que las mías. Las asperezas de su palma rozan las de la mía, y noto la tirita que le rodea el pulgar. Son manos fuertes, capaces. No es la primera vez que percibo todo esto –al fin y al cabo, fueron estas manos las que me acarrearon para sacarme del bosque–, pero al ver lo que es capaz de hacer, todo cobra una nueva luz: sus manos hábiles; su mente ágil, tan dotada para crear y para detectar la belleza y la utilidad en los objetos... Rajás es una persona capaz de construir objetos tan exquisitos como reales.

Y sé que en mi vida ha aparecido una verdad inmutable e inamovible: me estoy enamorando de él.

Soy una creyente.

Estira la mano hacia la mecedora y la hace moverse de un suave empujón.

–Uf. Es una pasada –murmuro, y en el fondo me refiero a todo: la mecedora, él, el que estemos aquí los dos...–. Podría estar en cualquier exposición de artesanía artística. Es muy hermosa.

Y lo es. Pero no solo eso: también es hermoso que me haya golpeado el rayo, que me haya dejado atrapar por la trituradora que es el amor. Rajás merece que lo ame; esta mecedora es la prueba de ello.

–¿Tú crees? –pregunta, y en su sonrisa destella una chispa de vulnerabilidad, como si no pudiera ocultar que le ponía nervioso enseñarme su obra y que ahora está aliviado y orgulloso.

–Pues claro –me agacho y examino la madera–. ¿Es de arce?

Enarca las cejas como si le impresionara mi control de la materia pero no le sorprendiera demasiado. Asiente sin decir nada.

–Me encanta el estilo –digo–; es rústico y fuerte, pero delicado al mismo tiempo –le aprieto la mano y la suelto para arrodillarme junto a la mecedora y examinarla más de cerca. Rozo uno de los brazos con las yemas de los dedos–. ¿Usaste aceite de tung en lugar de tinte?

Él vuelve a asentir.

Me pongo en pie y rodeo la silla lentamente.

–Muchas personas viven y mueren sin crear nada tan hermoso como esto. Puedes estar orgulloso.

–Es el primer mueble que termino.

–Se ve que es un día de estrenos –respondo con un guiño, porque a veces soy así de divertida.

–Eso parece –Rajás sonríe de oreja a oreja–. Bueno, ¿comemos?

–Magnífica idea –digo, cayendo en la cuenta de que me muero de hambre.

¿Será una metáfora de la situación, un símbolo de mi libido? Aunque, bien pensado, tampoco es raro que tenga hambre... En fin, paso de analizarlo todo: el mismísimo Freud dijo en una ocasión que, a veces, un puro no es nada más que un puro.

Abrimos la puerta que da al exterior y sacamos dos taburetes. Estamos en un recoveco del espacio que separa el instituto del colegio de Primaria, un rincón en el que no creo que nos vea nadie. Los dos nos sentamos y sacamos el almuerzo. Estar aquí junto a Rajás me resulta fácil, emocionante, complicado y cómodo, todo al mismo tiempo. ¿Cómo pueden coexistir tantas contradicciones en un solo momento?

–¿Tienes que quedarte hoy después de las clases? –me pregunta.

–Ajá –farfullo con la boca llena de sándwich de queso, mostaza y rúcula.

–¿Por qué te han castigado hoy?

–Por liberación de reptiles.

Se echa a reír.

–Ay, Eve... Esas cosas solo te pasan a ti.

–¿Qué tiene de raro? –protesto, y me limpio la mostaza de los labios con una servilleta de tela–. ¡La pobre parecía tristísima!

–Así que te echaste encima la obligación de mejorarle la vida.

–¡No la secuestré ni nada por el estilo! Ni siquiera me escondí para hacerlo. Lo único que hice fue sacarla un momento y llevarla al sol entre clase y clase. Aún no comprendo por qué me castigaron.

–El señor Wysent mola; no se lo tengas en cuenta. Son las normas del insti –suelta una carcajada–. Es una pena que no estuvieras aquí el año pasado. Tendrías que haber visto cómo salieron aquellas ranas de la gelatina... –sacude la cabeza, todavía riéndose, y luego da un mordisco a una manzana–. Supongo que aún no te habrás acostumbrado a tener tantas normas que seguir.

–Lo malo no son las normas: a lo que no me acostumbro es al abuso de poder y la falta de libertades civiles.

–Supongo que no puedes evitar verlo así...

–¿Tú no lo ves igual?

Frunce el entrecejo.

–La verdad es que nunca me había parado a pensarlo de ese modo. No es que me encante cómo son las cosas, pero... Bueno, así son –da otro mordisco a la manzana y mastica–. ¿Sabes lo que me pone malo a mí? Las etiquetas: chico rico, chico pobre, empollón, formalito, gamberro, deportista...

–... animadora popular –propongo, y él se vuelve a reír.

–Eso es: animadora popular.

–Bicho raro que jamás ha ido al colegio...

–Exacto, bicho ra... –se interrumpe y arruga la frente–. Tú no eres un bicho raro, Eve. Solo eres... diferente –concluye, mirando al cielo como si buscase inspiración–. Además, ahora estás en el instituto. Te has despegado esa etiqueta tú solita, ¿no crees?

Vaya. Pues supongo que lo he hecho, sí. ¿Puedo seguir describiéndome como alguien que no ha ido al colegio, ahora que estudio en un instituto? Estudiar en casa es una parte tan importante de mi identidad que no puedo desprenderme de ella como si mudase de piel... Me fascinan las mudas anuales de los reptiles, pero no me siento capaz de imitarlos.

–No sé por qué no podemos vivir todos en paz, la verdad –sentencia Rajás. Da otro mordisco a la manzana y continúa–: La gente vive tan oculta por la etiqueta que le ha tocado que nadie sabe ver más allá del acné de su nariz. No veo el momento de largarme de aquí. En cuanto me gradúe, desaparezco y me tiro de cabeza a mi beca en la ebanistería. Al menos eso es el mundo real.

Como postura vital me decepciona. Pero Rajás es un tipo listo; quizá esta sea una buena estrategia de supervivencia. No llamar la atención, mantenerse lejos de la línea de fuego. Aun así...

–¿Y no querrías mejorar este lugar antes de marcharte? –le pregunto.

–Para nada –me sonríe–. Lo único que quiero es largarme de Pandora con viento fresco.

–¿De Pandora?

–El satélite de *Avatar*.

–Ah. ¿Es un programa de la tele?

–¡Es una peli! Tiene unos efectos especiales impresionantes. ¿No la has visto? –me pregunta escandalizado.

Niego con la cabeza.

–Vale, de acuerdo –suspira–. No me entra en la cabeza, pero bueno. Por favor, dime que sí has visto *Matrix*.

Vuelvo a sacudir la cabeza.

–Esto es inaceptable. Si de mí depende, esto no va a durar ni un día más. Vamos a organizar una noche cinéfila; tienes mucha tarea por delante para ponerte al día.

Una noche cinéfila con Rajás... Me dan sofocos solo de pensarlo.

–Tienes que pensar en tu educación cultural –insiste, y da un sorbo a su botella de agua–. De todos modos, me extraña; aunque no veas la tele, creí que te gustaba el cine. ¿No es por eso por lo que querías venir al instituto? Dijiste que habías visto muchas pelis de adolescentes y que eso te había dado ganas de venir, ¿no?

–Bueno, tampoco he visto tantas. Pero Rich se encargó de que conociera los clásicos: *Todo en un día, La chica de rosa, Footloose, Dirty Dancing, Grease...*

–¿Y por qué ahora estás tratando de cambiar todas las dinámicas que retratan esas películas?

–¡Es que no lo puedo evitar! –respondo risueña, aunque voy muy en serio–. Las injusticias me sublevan, no sé quedarme callada. ¿Tan mal te parece?

–No –suspira–, no. De hecho, es una de las cosas que me gustan de ti. Ves las cosas desde una perspectiva única y personal. Y además tienes las agallas de actuar en consecuencia. Lo que pasa es que no esperaba que te lanzases en plancha...

–¿En plancha? Yo no lo describiría así.

–Ah, ¿no? Dime: ¿cuántas cartas has escrito a la revista del instituto?

–Una.

Me mira con los ojos entrecerrados. Qué ojos tiene, por favor...

–¡Una, de verdad! –insisto–. Eso sí, la rehíce y envié tres veces –admito, y él me dedica una de sus medias sonrisas.

–¿Stiv aún no ha accedido a publicarla?

–Rebajé el tono y eliminé los nombres propios. Después, rebajé el tono un poco más. Y luego, ¿sabes qué hice? Pues rebajarlo un poco más aún. Y algo más de propina. Pero nada: Stiv sigue diciendo que no puede sacarla. Es como dar cabezazos contra un muro.

Rajás estira la mano y me acaricia el pelo.

–No lo hagas; tienes una cabeza preciosa.

Una oleada de calor me enciende las mejillas y las orejas.

–Y tú eres un amor –mascullo, aunque en realidad quiero decir esto: «Y tú eres maravilloso, inteligente y divertido, y me entiendes, y hasta tus manos resultan sexys y tu habilidad con la madera me alucina y acabas de decir que soy preciosa...».

Con la mano de la tirita, me alisa el pelo sobre el hombro. El corazón me golpea en el pecho. Nos quedamos callados un rato, que aprovecho para terminarme el sándwich.

–Es una mierda –digo al fin.

Me mira con sorpresa.

–¿El qué?

–La revista –aclaro–. Es una mierda que no sean capaces de publicar ninguna noticia de verdad. Stiv debería echarle un poco más de narices al asunto.

Rajás se echa a reír.

–No seas tan severa con él. Es buen tío; seguro que tiene las manos atadas por el director, la orientadora o quien sea.

–Ya... Creo que empiezo a detectar un patrón común. Stiv es buen tío. El señor Wysent también es buen tío. Los dos tienen las manos atadas. Son buenas personas que se ven obligadas a obedecer las normas. ¿No te suena haber leído una cita de un soldado nazi que dijo que él solo cumplía órdenes?

–Eh, no te embales. El señor Wysent no es ningún nazi. Y Stiv, a pesar de la pinta de ario que tiene, tampoco.

–Es verdad –reconozco–. No son nazis, y yo no debería haber dicho eso. Lo que me ocurre es... –me quedo pensativa por un instante. ¿Qué es lo que me ocurre exactamente?–. Es que me esperaba más de todo el mundo: profesores, alumnos... Sé que la mayor parte de la gente piensa como yo. ¡Es que es de cajón! Los profesores deberían tratarnos con respeto y en pie de igualdad, ¿quién puede discutir eso? Nadie, ¿verdad? Entonces, ¿por qué les cuesta tanto levantar la voz y cambiar las cosas? –de pronto se me ocurre una idea–. Eh, un momento... ¿Y los del consejo de estudiantes? ¿No se supone que están ahí para mejorar el insti?

–¿Los del consejo? –Rajás suelta una carcajada–. Esos solo están ahí para que figure en su expediente y les dé puntos para entrar en las buenas universidades.

–¿Y no se supone que deberían liderar las reivindicaciones estudiantiles? ¿No deberían ser la voz del cambio?

Él me mira con la frente arrugada, como si no quisiera desilusionarme pero no acabara de creerse lo ingenua que soy.

–Puedes intentarlo por ahí, Eve. Pero... –frunce el ceño–. En fin, ten cuidado. La gente no está acostumbrada a...

–¿A que nadie agite el panorama? –completo.

–Yo solo quiero evitar que te hagan daño.

–¿Quién podría hacerme daño? –replico, y él cierra la boca con fuerza–. ¿Qué ocurre? ¿Hay algo que no me quieres decir?

–No, no... No sé. Pero de verdad creo que los del consejo de estudiantes no hacen nada, salvo... –se queda callado unos segundos–. ¿Sabes qué? La verdad es que no tengo ni idea de lo que hacen.

A decir verdad, yo ya no le estoy haciendo caso. Estoy ocupada pensando en la petición que voy a enviar.

9

Nuestros problemas derivan de la aceptación de este sistema sucio y podrido.

DOROTHY DAY
(1897-1980)
activista católica

ACTAS DE LA REUNIÓN DEL CONSEJO DE ESTUDIANTES

Segunda reunión del semestre de otoño

Asisten: Megan Atwater (secretaria), Kelly Lupito (presidenta), Tera McClernon (tesorera), Stiv Wagner (vicepresidente).

Acta redactada por Megan Atwater, secretaria del consejo.

- Primer punto del orden del día: Informe de la tesorera. Tera informa de que los fondos del consejo ascienden a 428 dólares. Tras la donación para las decoraciones del baile de graduación, quedarán 228 dólares. Stiv sugiere hacer algo para recaudar más fondos y colaborar con las actividades que organicen los demás cursos. Kelly dice que de eso nada, que los del último curso somos los mejores y los demás que se fastidien. Todos nos echamos a reír. Tera propone hacer una campaña de lavado de coches para conseguir dinero. Kelly dice que ni de broma, que hace demasiado frío. Tera recomienda que vendamos galletas a la hora del almuerzo. Megan (yo) dice que su hermano (es decir, el mío) trabaja en una tienda y que le preguntará si pueden donar galletas para la campaña. Stiv queda en pedir permiso al señor Folger. Acordamos incluirlo en el orden del día de la asamblea de estudiantes y poner en el tablón una hoja para que se apunten voluntarios. Votos a favor de recaudar fondos vendiendo galletas a la hora del almuerzo: 4 (unanimidad).

- Segundo punto del orden del día: Petición recibida por el consejo de estudiantes. Evie M. (no escribió su apellido completo) ha introducido una «petición» en el buzón del consejo (ver la hoja adjunta). Solicita que la presentemos en la próxima asamblea de estudiantes. Kelly dice que de eso nada, que las peticiones son absurdas y que aquí no somos hippies educados en casa. Tera se pregunta cuál será el propósito real de la petición. Megan (yo) dice que no cree que los presentes (los miembros del consejo) deban tomar postura en temas de política del centro. Stiv sugiere que dejemos la petición en una mesa a la entrada de la próxima asamblea, y que si alguien se acerca, la lee y la quiere firmar, que lo haga. De ese modo, haremos lo que pide Evie sin meternos en ningún lío. Votos a favor: 4 (unanimidad).

- Tercer punto del orden del día: No hay.

Se suspende la reunión.

Se adjunta al acta la petición de Evie M.

PARA LOS MIEMBROS DEL CONSEJO DE ESTUDIANTES: Como representantes del alumnado de este instituto, os pido que debatáis estos puntos en vuestra próxima reunión y distribuyáis la carta para recoger firmas. Luego, se la enviaremos al señor Folger y al equipo directivo. ¡Adelante!

PETICIÓN DIRIGIDA AL SEÑOR FOLGER,
AL EQUIPO DIRECTIVO Y AL CONSEJO ESCOLAR

La presente carta es una petición oficial para que se remedien las injusticias que se detectan en el funcionamiento de este centro educativo. A través de ella, el conjunto de estudiantes demandamos que se nos reconozcan los derechos que establecen la Constitución y la Carta de Derechos de los Estados Unidos. El alumnado debería disfrutar de los mismos derechos dentro del centro escolar que fuera de él. Los derechos en cuestión incluyen, entre otros, los siguientes:

- El cuerpo docente debe tratar al alumnado con el mismo respeto y la misma dignidad que el alumnado le dispensa. ¡Al fin y al cabo, todas y todos formamos parte de la comunidad escolar!
- El alumnado tiene derecho a estudiar en un entorno limpio, especialmente en lo que se refiere a los servicios.
- El alumnado tiene derecho a efectuar llamadas telefónicas durante la hora del almuerzo y sus horas libres.
- El alumnado tiene derecho a disponer de alternativas saludables en la oferta de comidas de la cafetería.
- El alumnado tiene derecho a disfrutar del aire libre y de la luz solar.

Los abajo firmantes solicitamos al señor Folger y al equipo directivo del instituto que aborden estas peticiones sin demora y con ánimo positivo.

Atentamente,
(Añadir nombre y apellidos) (Curso)

Evie M., último curso

[Añadir todas las hojas de firmas que sea necesario]

10

Internet es la primera creación humana que la humanidad no alcanza a comprender; es el mayor experimento práctico de anarquía que se ha llevado a cabo jamás.

Eric Schmidt
(1955)
presidente de Google

Hoy, Brookner no pide que comentemos su cita. En cuanto suena el timbre, se lleva las manos a la espalda, se balancea de atrás adelante y nos dice:

–Hoy quiero que terminemos con la introducción cuanto antes para hacer algo diferente, ¿de acuerdo?

Nos habla un poco del tema que toca para hoy. Luego, hace una pausa, recorre el aula con la mirada y da una palmada para pedir silencio.

–Bien –dice–. Apartad las mesas a un lado y disponed las sillas en círculo.

Se oye un coro de gemidos, como si a todo el mundo le diera pereza; pero no parece que las protestas vayan muy en serio, porque las sillas y las mesas quedan colocadas en un abrir y cerrar de ojos. A nadie le amarga un cambio en la rutina diaria, especialmente en un día como hoy, frío y lluvioso, con el cielo tan gris y aplastante como un techo de hormigón mohoso.

Cuando todos estamos sentados en círculo, Brookner saca del cajón de su mesa un taco de tarjetas y una cajita de imperdibles.

–Sacad una tarjeta por cabeza. No la elijáis; coged una cualquiera y pasad el taco, por favor. Luego, prendéosla con el imperdible a la ropa para que los demás puedan ver lo que pone.

Las tarjetas y los imperdibles pasan de mano en mano. Para cuando llegan a donde estamos sentadas Jacinda y yo, solo quedan unos pocos. Intercambio una mirada con Jacinda. Esto es lo bueno de Brookner: siempre logra despertar mi curiosidad.

Leo mi tarjeta: *Artista, 55 años, tres hijos/as.* La atravieso con el imperdible y me la sujeto al jersey.

Jacinda me muestra la suya –*Profesional de la prostitución, gay, sin hijos/as*– y se la sujeta a un ojal.

–Así no me deja marca en la blusa –susurra.

–¿No queda nadie sin tarjeta? –pregunta Brookner–. Estupendo. Mirad a vuestro alrededor y haceos una idea de vuestro entorno social, por favor.

La clase es un compendio de tarjetas con ocupaciones, edades y estatus familiares de lo más diverso:

Médico/a, 62, tres nietos
Estudiante de universidad, 19
Estudiante, 8
Ama/o de casa, 42, dos hijos
Estrella de cine, 35, tres hijos en adopción
Jurista, 50, dos nietos mayores
Bombero/a, 30, un hijo, divorciado
Operario/a industrial, 45, un hijo
Carterista, 47, sin hijos
Cajero/a de supermercado, 35, cinco hijos, divorciado/a
Escritor/a, 90, decenas de nietos
Docente, 39, dos hijos
Camarero/a, 22, sin hijos
Traficante de drogas, 25, un hijo
Ebanista, 60, diez nietos
Conserje, 42, dos hijos

Sacerdote, 35, sin hijos
Profesional de la informática, 33, un hijo

Brookner carraspea.

–Tranquilizaos, por favor. La cosa es así: estáis en mitad del océano Pacífico. El crucero en el que viajabais ha naufragado, el agua está plagada de tiburones sedientos de sangre y en el bote salvavidas hay una vía de agua. Si no tiráis a una persona al mar en los próximos cinco minutos, el bote volcará y todos moriréis.

Una sonrisa generalizada se extiende por el aula. Todo el mundo se activa, acercándose a los demás para leer sus tarjetas y mostrando la que les ha tocado. El plan de Brookner –modificar lo bastante la disposición habitual de las clases para involucrar de forma activa a la gente– parece funcionar. Muy astuto, sí señor. ¿Por qué habrá tardado tanto en proponer algo así?

–Muy bien. La cuenta atrás empieza... –Brookner, con gesto teatral, aprieta un botón de su reloj–. ¡Ya!

Se hace un silencio que Jacinda rompe con un carraspeo. Alza la mano; es la primera vez que interviene en clase sin que Brookner la anime a hacerlo.

–Deberíais tirarme a mí al agua –dice.

–Ah, un momento. Perdona, Jacinda –salta Brookner, y ella se sonroja como cada vez que el profesor pronuncia su nombre–. He olvidado mencionar dos reglas fundamentales: en primer lugar, nadie puede ofrecerse voluntariamente como víctima. En segundo, la decisión que alcancéis debe ser unánime –vuelve a apretar el botón de su reloj–. Tenéis cinco minutos a partir de... ¡Ya!

Stiv, que está enfrente de mí, levanta la mano.

–Voto por arrojar al agua a Jacinda, la prostituta gay.

Lo miro entrecerrando los ojos. Por más que se empeñe Rajás en que Stiv es un tipo legal, aún estoy muy lejos de admirar su coraje.

–No tiene hijos –continúa Stiv–, así que no la echarían de menos. Además –añade encogiéndose de hombros–, es muy posible que esté contagiando de sida a sus clientes.

–Y encima es bollera –suelta Matt.

Miro a Brookner, escandalizada. Tiene el ceño fruncido, pero no parece que vaya a intervenir.

–¡Eh, córtate un pelo! –exclama Jacinda–. Eso es un prejuicio asqueroso. Además, el hecho de ser homosexual no tiene por qué implicar que tenga sida.

¡Esta es mi amiga!

–No lo decía porque fueras homosexual, sino porque te dedicas a la prostitución –se justifica Stiv, y varias personas asienten con la cabeza.

–A largo plazo –dice Marcie–, sacrificarla podría salvar la vida de muchas personas.

–Muy bien –asiente Stiv–. Vamos a votar. ¿Estamos todos a favor?

Las manos se elevan como flores que buscasen el sol. Stiv, Marcie, Matt, Jacinda... Todos votan menos yo.

Stiv me mira a la cara.

–¿Qué ocurre? ¿Por qué no votas?

Yo levanto las manos en un gesto de disculpa.

–Porque no es ético basar una decisión así en la profesión de una persona ni, desde luego, en su orientación sexual o en el hecho de que tenga hijos o padezca sida.

Stiv frunce el ceño y se cruza de brazos, como si reflexionase. Me inclino hacia delante.

–A ver –digo–, por aportar otra visión al debate: ¿y si Jacinda hubiera empezado a prostituirse porque su madre está enferma de cáncer, y esa es la única manera en que puede pagarle las medicinas que necesita? Puede que use siempre preservativo y que se haga un análisis mensual para descartar que tiene sida. ¿Cómo podemos juzgar las motivaciones de la gente sin conocerla?

–Es cierto –asiente Jacinda–. No se puede juzgar así.

Prosigo, animada por su apoyo:

–¿Y por qué es tan importante que sea homosexual? Ninguna de las demás tarjetas especifica la orientación sexual de quien la lleva.

–¡Tienes razón! –exclama Jacinda–. ¿Por qué tenemos que suponer que ser heterosexual es la norma?

La miro con una sonrisa de oreja a oreja.

–Tenéis razón en muchas de las cosas que decís –responde Stiv–; pero si no elegimos a nadie, todo el mundo morirá. Casi todos los demás tenemos hijos o somos...

–Yo soy bombero, tío –salta Matt–. ¿Cómo os vais a cargar a un héroe?

Frunzo el ceño para pensar mejor.

–¿Y si...? –empiezo a decir, pero Stiv me interrumpe.

–Casi no nos queda tiempo –remarca–. Tenemos que votar ya. ¿Estamos todos a favor?

Las manos –incluida la de Jacinda– se alzan de nuevo. Y de nuevo, la única que no se levanta es la mía.

Sobreviene un coro de protestas.

–¡Tiempo! –exclama Brookner–. Bien, bien... Ahora mismo sois pasto de los tiburones.

–Muchas gracias –masculla Marcie.

–Bueno, así son las cosas –dice Jacinda, y me da un puñetazo amistoso en el hombro–. Personalmente, la verdad, aprecio que no me hayáis tirado a los tiburones –añade paseando la mirada por el grupo.

¡Pero si ha votado las dos veces por sacrificarse! Yo he sido la única que se ha opuesto. Aunque esto no haya sido más que un juego, siento que lo que me ha enseñado es real. Y difícil de digerir... La gente es muy solidaria de boquilla; pero, cuando llega el momento de la verdad, ¿cómo puedes saber en quién confiar? Una piensa que tiene amigos de verdad hasta que, de pronto, estalla un motín a bordo y todo se da la vuelta.

–A ver, silencio –pide Brookner, balanceándose de atrás adelante con las manos agarradas tras la espalda, en su postura de costumbre–. He de deciros que sois la única clase a la que han devorado los tiburones.

–Gracias a Evie –murmura alguien, creo que Matt.

–En efecto, gracias a Evie –repite Brookner, pegándose a la pared para pasar por detrás del círculo de sillas.

Al llegar a la mía, se detiene a mi espalda y me apoya las manos en los hombros. En ese momento suena el timbre. Todo el mundo se pone en pie al mismo tiempo, como perros de Pávlov entrenados para cambiar de aula en cuanto oyen ese zumbido estridente.

–¡Volved a dejar las sillas y las mesas donde estaban! –ordena Brookner–. Y no olvidéis que mañana debéis entregar el trabajo sobre un evento de alcance mundial. Me da igual que lo entreguéis en papel o que me enviéis el archivo; lo único que pido es que citéis las fuentes. ¡Contará para la nota!

Coloco mi silla en su sitio y recojo mis cosas; pero antes de que pueda ponerme en marcha, Brookner levanta un dedo y me mira.

–Evie, ¿puedes quedarte un momento? –dice.

Jacinta se vuelve hacia mí, con los ojos abiertos de par en par.

–Te veo luego –me dice, y luego añade en voz casi inaudible–: Y me lo cuentas todo, ¿eh?

Mientras el resto de alumnos desfilan hacia el pasillo, Brookner se acerca a mí y se detiene un poquito más cerca de la cuenta. ¿Lo hará a propósito, o tendrá un estándar de espacio personal diferente del mío? ¿Se habrá criado en una granja de gallinas apiladas en jaulas, o querrá reafirmar su poder sobre mí haciendo esto? Sea como sea, no pienso retroceder ni un centímetro.

–¿Sabes qué? –dice inclinándose aún un poco más y bajando la voz como si estuviéramos conspirando–. Yo creo que tú tenías algo en mente.

El aliento le huele a café y a leche agria, pero aguanto sin moverme.

–¿A qué se refiere?

–No creo que quisieras provocar la muerte de todo el mundo, ¿verdad?

–Claro que no.

–Ajá, eso me parecía. Tenías un plan, entonces.

–No me dio tiempo de explicarlo.

–Ilumíname, por favor.

Me cruzo de brazos.

–De acuerdo. Estaba claro que su intención al entregarnos las tarjetas era que nos basásemos en lo que había escrito en ellas para tomar la decisión. Es de cajón, ¿no?

Él sonríe.

–Continúa, Evie.

–Sin embargo, las personas somos mucho más que una edad, una profesión y un número de hijos. Y en cualquier caso, ¿quién es nadie para juzgar a los demás?

–Entonces, ¿te parece que condenar a todos a muerte es moralmente más aceptable que hacer juicios de valor?

–No. Existe una forma mejor de solucionar el problema... Más de una, en realidad. Se me ocurren dos, al menos.

Brookner se acerca tanto que percibo el olor del jabón que usa. Lo mire como lo mire, está demasiado cerca de mí, y eso me distrae muchísimo. Cedo y doy un paso atrás.

–¿Y bien...? –me anima.

–Veamos. Una opción habría sido usar la edad como criterio y elegir a la persona más anciana. Al fin y al cabo, ha vivido más tiempo, de modo que es razonable que dé una oportunidad a los más jóvenes. Otra sería echarlo a suertes y dejar que decida el azar. Cualquier otro método significaría que la mayoría impusiera sus valores a otras personas. Los únicos criterios justos son la edad o el azar.

–Interesante.

–De ese modo, todo el mundo tendría las mismas oportunidades. Justicia, creo que se llama –añado; ahora soy yo la que le está enseñando el anzuelo para que pique–. Tal vez haya oído hablar de ese interesante concepto.

–Pues yo lo calificaría más bien de anarquía.

Se me escapa un bufido de desdén.

–¿Por qué razón? Pero, aunque lo fuera, ¿qué habría de malo en ello? Hay cosas peores que la anarquía. El fascismo, por ejemplo, o el autoritarismo.

Brookner se ríe con suavidad y se apoya en la esquina de una mesa.

–Ajá... Bueno, ya puedes marcharte. No te preocupes, no te has metido en problemas.

–¿Por qué iba a haberme metido en problemas? –replico de inmediato, y él sonríe. En un milisegundo, su mirada pasa por mis zapatillas, mis vaqueros y mi sudadera gris y termina en mis ojos. Parece intrigado, como si yo fuese un reto o un rompecabezas que pudiese resolver. Su actitud me halaga y me inquieta al mismo tiempo.

–Tengo que marcharme –digo recogiendo mis libros.

Él avanza un paso, eliminando de nuevo la distancia de confort entre él y yo. ¿Por qué lo hará? ¿Será una extraña dinámica de poder? ¿Tanto le preocupará que me olvide de quién manda aquí? ¿A qué vienen tantos esfuerzos por hacerme sentir incómoda? Se da la vuelta, suspira y saca un bloc de un cajón.

–Vas a llegar tarde a tu próxima clase. Te haré un justificante.

Ahí está: otro recordatorio de quién tiene el poder.

No le doy las gracias porque no quiero hacer nada que le haga sentirse superior.

Cuando me entrega el justificante, me roza la palma de la mano con los dedos.

Siento el calor de sus yemas, que se demoran un instante de más.

Almuerzo en el taller con Rajás. Es alucinante la forma en que su cercanía me borra de la mente todo lo demás... ¿Que la Gliss ha vuelto a abroncarme por lo de mi tobillo y luego ha soltado un sermón general sobre la masa corporal? Ya no me importa. ¿Que

Wysent nos manda un trabajo que no termino de entender sobre los cuadros de Punnett? Me preocupa igual a cero. ¿Que Brookner se embarca en una dinámica de poder desconcertante? La cosa se desvanece como un jirón de nube arrastrado por el viento. Solo quedamos Rajás y yo besándonos, comiendo, charlando. Hasta ahora hemos logrado mantener en secreto nuestras citas en el taller.

Jacinda no nos echa de menos durante el almuerzo, porque ha empezado a entrenar también ese rato con el equipo de animadoras. No sé cuándo comerán esas chicas... Jacinda está empeñada en conseguir que el equipo llegue a la final estatal, cueste lo que cueste. Tengo que reconocer que es buenísima en lo que hace. Su equipo la respeta por sus dotes de liderazgo, y los trocitos de ensayos que he visto parecen verdaderamente difíciles, especialmente las coreografías. Si yo tratase de imitarlas, parecería un alce en plena embestida. Enfermo de rabia. Y atiborrado de estimulantes.

Al terminar la hora del almuerzo, Rajás y yo salimos del taller y nos vamos despegando el uno del otro según avanzamos por el pasillo. Cuando estamos casi en el gimnasio, un chillido estridente hace que nos detengamos en seco. ¿Qué narices es eso? Interrogo a Rajás con la mirada y él se encoge de hombros. Sin decir nada, nos metemos en el gimnasio para investigar.

Jacinda está en el centro de un corro de compañeras de equipo. Al vernos, abre mucho los ojos y levanta la mano para que nos detengamos. Le hacemos caso, pero nos quedamos a la espera. Los chillidos son tan agudos que resultan casi ininteligibles. Cuando por fin empiezo a comprenderlos, noto que se me cierra el estómago.

–¡Estoy harta de este equipo! –berrea la Gliss–. ¡Miraos! ¿Pero es que no os importa nada? –solloza a grito pelado–. ¡Vuestras camisetas parecen rellenas de bizcochos! ¡Os salís del uniforme! ¡No me extraña que os caigáis en los castillos acrobáticos!

Doy un paso hacia ella.

–Espera, Eve –Rajás me agarra del brazo y susurra–: ¿Qué quieres hacer?

–Aún no lo sé. ¡Algo!

La Gliss hipa por el llanto y prosigue:

–¡Para estar en forma no basta con hacer ejercicio, señoritas! ¡También es preciso limitar la ingesta de calorías, por el amor de Dios!

Jacinda hace un gesto hacia mí y, cuando se asegura de que la estoy mirando, frunce el ceño y la boca y niega con la cabeza. No quiere que yo intervenga.

Rajás imita su gesto.

–Este es el terreno de Jacinda, Eve. Deja que ella se las arregle.

Horrorizados, contemplamos cómo la Gliss se limpia los churretes de rímel y prosigue:

–¡Tenéis que poneros las pilas de una vez! Vuestro aspecto es indigno. ¡Indigno! Especialmente el tuyo –remarca señalando a Marcie con el índice–. ¡No creas que no me he dado cuenta de esos tres kilos que te has echado encima! ¿O son cinco?

Sin más, se da la vuelta y echa a andar hacia su despacho, acompañada por los chirridos que sus deportivas hacen en el suelo de tarima. Antes de llegar, se da la vuelta.

–Y recordad: la culpable de todo esto no soy yo, señoritas –añade sorbiéndose las lágrimas–. No me gusta pasarme de dura, pero es que la verdad duele. Si os digo todo esto es por vuestro bien. Dentro de muy poco tenéis competición oficial y actuación en el baile de invierno. Si no os digo esto ahora, seréis la comidilla del instituto entero, y eso sería mucho peor –abre de un empujón la puerta de los vestuarios y desaparece en su despacho.

Entre las chicas se levanta un coro de murmullos. Jacinda abraza a Marcie, que ha empezado a llorar. El equipo hace piña alrededor de Jacinda; todas la miran fijamente somo si le implorasen que haga algo. Al otro lado del gimnasio, un grupo de chicos remolonea junto a la puerta de su vestuario. La humillación de Marcie ha sido un asunto público.

–Marcie, no te preocupes; de verdad que no estás nada gorda –la consuela Jacinda sin soltarla, caminando con ella hacia la puerta por la que hemos entrado Rajás y yo.

Las demás chicas las siguen. Antes de salir, Jacinda se endereza y se vuelve para dirigirse a ellas:

–Lo único que tenemos que hacer es practicar más los castillos. Hay que mejorar la fuerza y el equilibrio, ¿vale, equipo? –les dice, y luego agradece a su primo con una sonrisa que le haya abierto la puerta.

–Pero la señora... la señora Gliss... –empieza a decir Marcie, con la voz entrecortada por el llanto.

–La señora Gliss puede irse a freír espárragos –suelta Jacinda con rabia.

Me quedo de piedra: es la primera vez que oigo decir palabrotas a Jacinda. A juzgar por la expresión atónita de Rajás, debe de ser algo verdaderamente raro.

–Todas sabemos que el estrés le pone de mal humor, ¡pero esto...! ¡Se ha pasado de la raya! –añade–. Tú no le hagas ni caso, Marcie.

Me acerco a Marcie y le pongo la mano en el hombro.

–Jacinda tiene razón: la Gliss no puede hacerte esto. No se lo vamos a permitir.

Rajás me roza la otra mano, como si quisiera llamar mi atención sin interrumpirnos, y se acerca para susurrarme algo al oído:

–Luego nos vemos.

Marcie lo mira mientras sale del gimnasio y luego se enjuga los ojos.

–La señora Gliss tiene razón... –murmura–. Estoy como una foca.

–¡Ni de coña! –Jacinta resopla–. Mira, vas a hacer esto: vete a la enfermería y dile a la señora Cleary que tienes jaqueca para que te mande a casa. Tómate libre el resto del día; es una orden de tu capitana de equipo. ¡Y no se te ocurra dejar de comer ni tonterías por el estilo!

–Vale –susurra Marcie, y se seca la nariz con una manga.

Jacinda recorre el resto del equipo con la mirada.

–A ver, las demás: esta tarde vamos a descansar de entrenamientos, pero mañana nos juntamos como de costumbre. Tratad de olvidar esto, cenad algo saludable y volved mañana más animadas que nunca. Entre todas somos fuertes, ¡somos un equipo! ¡Arriba, Tornados Morados!

Las demás se alejan hacia el pasillo o los vestuarios, entre murmullos de aprobación. Yo me quedo atrás para caminar junto a Jacinda. Doblamos una esquina y nos metemos en un pasillo lleno de gente.

–¿Estás bien? –le pregunto.

–¡Esa bruja asquerosa...! –explota–. ¡Joder! Siempre ha estado de los nervios, pero últimamente está aún peor. ¿Pero tú has visto cómo se ha puesto? ¡Estaba fuera de sí! –Jacinda choca con un chaval –uno de primero, creo, pero está tan lanzada que ni siquiera se detiene para disculparse–. Está obsesionada con eso de «estar en forma» –dice, levantando los dedos para trazar unas comillas en el aire–, ¡pero todas sabemos perfectamente a qué se refiere! Lo dice en plan código secreto, pero está más claro que el agua: significa «más te vale estar como un espárrago». ¡Nos presiona muchísimo! Pero, hasta hoy, jamás había señalado a nadie como ha hecho hoy. ¿Has oído lo que le dijo a Marcie? ¿Eso no es ilegal?

–Es acoso, desde luego.

–Deberíamos decírselo a Folger –murmura Jacinda, levantándose escamas de pintaúñas mientras anda; por una vez en la vida, no saluda a ninguna de las personas con las que se cruza–. Los directores pueden despedir a los profes si hacen algo así, ¿no?

–¿Me lo preguntas a mí? –respondo con una sonrisa, pero ella está demasiado furiosa para pillar la ironía–. Por lo poco que sé de la burocracia de los centros escolares, no creo que puedan despedir a nadie así como así.

–Tenemos que hacer algo.

De pronto se me enciende una bombilla. La frase sobre internet que escribió Brookner en la pizarra... La conversación que mantuve con él sobre el juego de la barca... Es imposible cambiar nada a través de la revista o del consejo de estudiantes, pero ¿y si...?

Jacinda me mira a la cara, con la frente arrugada en una mueca de perplejidad.

–¿Por qué sonríes así? –me dice.

–Porque se me ha ocurrido una idea.

11

Quiero vivir en una sociedad en la que la gente se emborrache con la alegría de construir cosas.

WILLIAM COPERTHWAITE
(1930-2013)
educador y constructor

AL ACABAR LAS CLASES, Jacinda viene a casa conmigo. Por el camino, paramos en Walmart para recoger a Martha. Luego, al llegar, Jacinda y yo nos instalamos en mi altillo con el ordenador y un cuaderno.

Martha trastea por la cocina para empezar a hacer la cena.

–Creo que hoy voy a pasar de ir al pueblo –nos dice desde abajo.

–¿Vas a faltar a la reunión del grupo de consumo? No deberías –replico.

–No, es una cosa de la Guarida para Pelmas y Muermos Salidos.

–¿Otra? ¿No fuiste hace nada?

–Bueno, es una tontería –responde con una naturalidad un tanto forzada–. Algunos de los pelmas hemos quedado para tomar café, en plan actividad extracurricular –hace un gesto con la mano para quitarle importancia–. Pero creo que me lo voy a saltar... Prefiero quedarme por aquí y haceros compañía.

Abre la tapa de una botella de leche recién ordeñada y da un trago directamente de ella. No me hace falta mirar a Jacinda para saber que ha arrugado la nariz al verla.

–¡Martha! –exclamo–. En primer lugar, échate la leche en un vaso. En segundo, desde luego que tienes que ir a tomar ese café. Haz tu vida, ¿quieres?

–Ya la hago...

–Pero hazla con adultos y cosas de esas.

Ahora es Martha quien arruga la nariz.

–De acuerdo, mamá –dice con sarcasmo, llevándose el dorso de la mano a la frente–. Emanas demasiada autoridad para que las debiluchas como yo podamos resistirnos. Tendré que evaporarme y ponerme a hacer mis tareas...

Me echo a reír.

–Ay, pobre Cenicienta... Seguro que te ayudan los ratoncitos y los pájaros del bosque.

Martha entrecierra los ojos y me señala con un índice acusador.

–Me debes una tarde de escardar en el huerto, querida. Ese tobillo ya casi está bien, y lo sabes perfectamente.

Sin más, se pone a cantar el estribillo de una canción de Bob Dylan –*Maggie's Farm*, creo–, mete la leche en la nevera, baja el fuego de la cocina, agarra la cesta de las verduras y sale a grandes zancadas.

Yo abro el ordenador para ir anotando las cosas que se nos ocurren a Jacinda y a mí. Ella, pensativa, tamborilea sobre mi maqueta de pueblo sostenible y menea el pie de manera inconsciente.

–Por un lado, estoy escandalizada –comenta–. Pero, por otro, la verdad es que no me sorprende que haya ocurrido esto –se tumba y clava la mirada en la claraboya–. La Gliss siempre ha tenido manía a Marcie, y no es fácil esconder un par de kilos de más debajo de las minifaldas y los pololos de nuestro uniforme.

–¿Polo... qué? –pregunto mientras cambio de sitio la maqueta, porque veo que peligra.

–Pololos. Son la especie de bragas de abuelita que llevamos encima de las bragas de verdad –sacude la cabeza–. Es como si participar en el equipo de animadoras fuera una invitación para las actitudes discriminatorias. Lo de hoy con Marcie ha sido un ejemplo evidente... –se estremece como si estuviera recordando los sollozos de su compañera y los chillidos de la Gliss–. Porque, vamos a ver, ¿en qué otro deporte se meten contigo si pesas unos kilos de más?

–¿En la gimnasia deportiva? –respondo–. ¿Lucha libre? ¿Patinaje artístico? ¿Boxeo? ¿Natación?

–Bueno, vale, es cierto. Pero no me refiero a eso. Si eres animadora, no solo importa lo que pesas, sino lo guapa que eres. La gente se siente con derecho a mirarte de arriba abajo, y encima te toman por tonta o superficial o cotilla solo porque eres animadora, como si todas fuésemos igual que en las películas.

–Si te causa tantos problemas, ¿por qué lo haces?

–¿Por qué vas tú a pasear por el campo, con lo peligroso que es? –me espeta.

–Vale, tienes razón –reconozco–. Lo siento, no pretendía ser borde. Debe de gustarte mucho lo que haces...

–Antes me encantaba ser animadora, pero ahora no hace más que estresarme. Aunque sigo disfrutando mucho con las coreografías... –se rasca una uña con otra para quitar una escama de esmalte–. Y, en cualquier caso, todo tiene sus pros y sus contras; estar en el equipo también proporciona ventajas. Por ejemplo, abren más la mano con nosotras que con otros alumnos... A ver, ¿cuántas veces has tenido que quedarte después de las clases? Es que no puedo ni imaginármelo. A nosotras jamás nos castigan, ni siquiera cuando nos lo merecemos.

–Claro, pero es que ahí está el truco –me deshago la coleta y retuerzo el pelo para hacer un moño suelto–. Los opresores, las personas con poder, hacen esas cosas a propósito para que la gente pierda las ganas de cambiar el sistema. La estrategia se dirige especialmente a los líderes naturales: el sistema les otorga alguna responsabilidad para convertirlos en parte del mecanismo. De ese modo hacen que participes del statu quo y se aseguran de que no encabezas una revolución.

Jacinda dobla las piernas y se abraza las rodillas.

–Por ejemplo, haciendo que seas capitana del equipo de animadoras en lugar de luchar contra el machismo.

–Puede ser.

Me mira y hace un puchero, como si estuviera conteniendo las lágrimas.

–De modo que el equipo de animadoras te parece una frivolidad. Crees que somos herramientas del sistema.

–No, Jacinda. No es así.

–No me mientas.

Tomo aliento antes de responder.

–Vale, te seré sincera: al principio lo veía como algo... –me devano los sesos en busca de una palabra que no sea ofensiva–. No sé, algo distinto de las cosas a las que estoy acostumbrada. Pero eso solo muestra mis prejuicios, nada más. Eres una persona increíble, Jacinda: eres inteligente, emprendedora y buena amiga. Si alguien merece ser capitana del equipo, eres tú. Destrozas los estereotipos, pero lo haces a la chita callando.

–Ay... ¿De verdad piensas eso?

–De verdad. Creo que puedes ser la animadora revolucionaria.

Jacinda se deja caer sobre mi cama, un futón relleno de algodón orgánico.

–No sabes cuánto me alivia oírlo... A veces pienso que te parezco una cabeza hueca.

–Para nada –respondo apoyando la barbilla en una mano–. Mira, está claro que ser animadora no es lo mío; no me pondría una faldita de esas por nada del mundo. Además, solo me taparía medio culo.

–Vamos ya... En el fondo, te mueres de ganas de lucir unos pololos –replica Jacinda con una carcajada.

–¿Cómo sabes que no llevo unos puestos ahora mismo? Puede que Rajás esté encantado con mis pololos.

Jacinda se tapa los oídos con las manos.

–¡Puaj! ¡Para ahora mismo! No quiero que me hables de la vida sexual de mi primo –de pronto, abre los ojos de par en par y se sienta en la cama–. Por cierto, ¿tiene vida sexual mi primo, en la actualidad?

–¿Pero no decías que no querías oír hablar de ello?

–Quiero información. Haré como si no fuera mi primo.

Clavo la mirada en la colcha y jugueteo con un hilo suelto.

–Bueno, vida sexual, exactamente, no hay. Por ahora es vida... besucona, por llamarlo de alguna manera.

–¡Ay, qué tierno! Raj y Evie dándose besitos en... –se interrumpe y me mira–. ¿Qué te pasa?

Yo me he soltado el pelo para taparme la cara con él. No quiero preguntar esto, pero tengo que saberlo.

–¿Rajás es...? ¿Alguna vez ha...?

–¿Que si tiene experiencia sexual?

Agarro un mechón y contemplo las puntas de una en una. Jacinda suspira.

–Digamos que no es exactamente virgen –responde.

El estómago me da un vuelco. Prefiero no decir nada.

–¡Uf! –resopla Jacinda–. Ahora que lo pienso, sé quiénes son todas las chicas con las que ha estado. No es que hablemos de ello, pero... Bueno, ya sabes que yo me hablo con todo el mundo.

Debe de notarse lo hecha polvo que estoy –«todas las chicas con las que ha estado»...–, porque Jacinda me aparta el pelo para mirarme la cara y hace un aspaviento.

–¡No te comas la cabeza, mujer! No es para tanto. ¿De verdad te preocupa eso?

Niego con la cabeza, consciente de que se me nota a la legua que sí me preocupa.

–¿Eres virgen? –me pregunta Jacinda.

Asiento con la cabeza.

–¿Y tú?

Ella hace una mueca.

–Bueno, más o menos. Me he enrollado con Stiv...

–¿Qué? ¿Stiv el de Visión Global? ¿El de la revista? ¡No me lo habías contado!

–Es que no ha sido gran cosa. Nos liamos un par de veces el curso pasado, y otra durante las vacaciones.

–¿Lo sabe Rajás?

La boca de Jacinda se frunce en un mohín.

–Más o menos, creo. Pero supongo que se niega a reconocer que yo también puedo tener vida sexual... –suspira–. O no tenerla, claro.

Me paso las manos por el pelo.

–¿Por qué dices que no tienes vida sexual? Tú podrías salir con quien quisieras, Jacinda.

Ella me mira con una sonrisa enigmática y triste. De pronto me doy cuenta de lo que le ocurre.

–Ah, claro –digo–. Es por tu amante anónimo de la inter-red.

Ella se encoge de hombros.

–Estoy esperándole, más o menos.

–¿Quién es, Jacinda? Podías contármelo de una vez.

Nada.

–¿Vive cerca de aquí? –insisto–. ¿Estás segura de que te merece?

Ella sigue con la mirada fija en la claraboya, meneando el pie con tanta fuerza que la cama se sacude.

–Mejor cambiamos de tema –dice.

–Nunca quieres hablar de ello. ¿A qué viene tanto secreto?

Ni siquiera me responde. Con lo franca que es sobre casi todo lo que le pasa, me chirría que esconda esto. Tal vez necesite un poco más de tiempo...

Se pone de lado y me sonríe.

–Bueno, a lo que íbamos. Mira, a Raj le gustas de verdad. Pero de verdad, ¿eh? Nunca le he visto tan entusiasmado con nadie. Habla de ti todo el tiempo –suelta un suspiro teatral–. La verdad es que al final se hace un poco aburrido.

Las mejillas se me encienden y noto que una bandada de pajaritos da vueltas dentro de mi barriga. Estoy que estallo de alegría. La sonrisa de Jacinda se hace aún más ancha.

–¿Sabes? No soy muy objetiva con Raj, porque es mi primo y esas cosas. Pero aun así, te diré que es el mejor. Hay gente que necesita llamar la atención a toda costa, ¿verdad? Pues Raj es lo opuesto de eso. Está tan cómodo consigo mismo... No siente la necesidad de contarle a todo el mundo lo que está haciendo ni cuál es su estado.

–¿Te refieres a Facebook, por ejemplo? –respondo, medio en broma y medio no.

–Exacto –se ríe.

–¿Y a lo que pone sobre su estado sentimental? –añado, porque Rajás no lo ha cambiado a pesar de que llevamos ya un tiempo juntos.

–Eso es. Si alguna vez Raj lo cambiase a «En una relación», me caería de culo.

–¿Por qué? ¿No le gustan las etiquetas? –pregunto, de pronto ansiosa por conocer la opinión de Jacinda sobre este tema.

–Supongo que es eso. Ha salido con chicas, pero nunca ha dicho que fuera novio en serio de ninguna.

–Entonces, ¿no va en serio conmigo? ¿Pero no acabas de decir que le gusto de verdad? Estoy hecha un lío.

–¡Yo también! –Jacinda vuelve a reírse, pero esta carcajada no suena natural–. A lo mejor quiere tenerte para él solito... –frunce el ceño, seria de repente–. Bueno, tú no te preocupes. Aunque tenga experiencia, no tiene por qué dar por supuesto que vas a hacerlo con él.

A pesar de que aún tengo que asimilar todo esto, noto que el alivio me disuelve los huesos. Hasta ahora no era consciente de estar tan preocupada por el sexo y por mi total inexperiencia.

–¿Estás segura? –digo.

–Bueno, si tanto te preocupa, creo que deberías hablarlo con Rajás. Pero sí que estoy segura.

Nos quedamos calladas unos minutos.

–En cualquier caso, que sepas que le entusiasman mis pololos –suelto, y ella me da con la almohada en la cabeza.

–¡Puaj! Ahórrame los detalles de lo que mi primo... ¡Puaj! Anda, para de una vez. Venga, vamos a trabajar.

Durante el resto de la tarde consigo no pensar en Rajás todo el rato. Jacinda y yo hacemos una tormenta de ideas y nos ponemos de acuerdo en un nombre para nuestro movimiento y un plan. Luego, creamos un blog para que todo el mundo pueda hacer comentarios.

Cuando Martha se va a su café de pelmas separados, nosotras aún estamos trabajando.

Le damos un último repaso al manifiesto que hemos creado entre las dos (con ayuda de mi sobado ejemplar de *Teoría feminista: de los márgenes al centro,* de bell hooks).

Leemos, hablamos, intercambiamos ideas... Nos turnamos para escribir en el ordenador, sin dejar de reír, reflexionar, indignarnos y terminar las frases que comienza la otra. Jacinda llama a sus padres para decir que se queda a dormir y bajamos para compartir la cena que Martha nos ha dejado preparada. Le pongo a Jacinda una ración extra.

–*Mangia*. Come, ¿quieres?

Dos o tres horas después, Jacinda bosteza y se estira como una gata.

–¿Qué hora es? –me pregunta.

–La una menos cuarto.

–¿Es normal que vuelva Martha tan tarde?

Ver a Jacinda estirarse me da ganas de estirarme yo también. Empiezo a dar vueltas al pie para fortalecer el tobillo.

–Lo hace a veces. Por fin parece estar haciendo amigos... –me retuerzo y la espalda me cruje–. Vale. Paramos para tomar una limonada y luego lo colgamos en la inter-red, ¿vale?

Jacinda sonríe con los ojos abiertos de par en par.

–¿En serio vamos a hacerlo?

–En serio vamos a hacerlo.

–Toma ya. ¡Va a ser brutal!

–Voy a llamar a Rajás. ¿Crees que estará dispuesto a arriesgarse?

–¿Por nosotras dos? ¿Por ti? ¡Seguro!

–Va a caer un rayo justiciero. ¡Como la letra escarlata!

Estoy tan animada que, si no fuera porque aún no tengo del todo bien el tobillo, estaría pegando saltos.

–Pero tenemos que planteárselo en sus términos –repone Jacinda–. Dile que es una broma; seguro que lo pilla mejor que lo de la letra escarlata.

–Vamos a llamarle ya mismo para que le dé tiempo de empezar a hacer el rayo.

A Jacinda le ha dado la risa floja y no puede parar. Me pongo de pie en el futón, encorvándome un poco para no dar con la cabeza en el cristal de la claraboya.

–¡Vivan los manifiestos inter-rédicos! ¡Vamos a tomar las riendas de la justicia!

Jacinda se pone en pie y las dos nos abrazamos.

–¡Vivan los blogs y el pegamento y los rayos! –grita.

Las dos empezamos a saltar agarradas –yo, a la pata coja–, cantando «¡Viva el RAP! ¡Viva el RAP!» como dos niñas pequeñas, hasta perder el aliento. Luego, bajamos a la cocina, nos servimos limonada en dos tazas limpias y brindamos antes de beber.

–Brindo por la amistad –digo.

–Y por la confianza –añade.

–¡Y por las amigas que se ayudan y se respaldan!

–¡Eso es! –exclama–. ¡Una para todas y todas para una!

Nos estamos riendo tanto que apenas podemos beber. ¡Por fin hemos encontrado una forma de cambiar las cosas! Estoy deseando ver qué pasa mañana en el insti.

12

Cuando una mujer dice la verdad, crea la posibilidad de que aparezcan más verdades a su alrededor.

Adrienne Rich
(1929)
poeta y feminista

¡Toma ya! El plan RAP surte el efecto que buscábamos, y un poquito más. Los rumores ya corren por los pasillos antes del timbre de primera hora. El instituto entero echa humo; las sinapsis neuronales sueltan más chispas que si todos los alumnos se hubieran atiborrando de medicinas para hiperactivos. Las conversaciones vuelan, los móviles vibran, las preguntas reverberan por los corredores y entran de rebote en el aula de Brookner.

–*¿Lo habéis visto?*

–*¿Qué querrá decir?*

–*La página web dice que es una marca para señalar a la gente racista y esas cosas.*

–*Qué fuerte.*

En Visión Global, Marcie me aborda antes de que pueda sentarme.

–¿Has sido tú? –me susurra.

Jacinda, que está a su espalda, me lanza una mirada medio de excitación –«¡Ay, madre! ¡No le digas nada! ¡Qué emocionante!»–, medio de mosqueo –«¿Por qué Marcie no me lo ha preguntado a mí?».

–No sé de qué me hablas –respondo.

–Vale, ya –responde con expresión suspicaz–. ¡Es que me da un poco de miedo que la Gliss piense que he sido yo!

–Tranquila, no te va a pasar nada –la tranquiliza Jacinda–. Todo el equipo estaba allí cuando se metió contigo; podría haberlo hecho cualquiera que lo presenciase. Estaban hasta los del equipo de fútbol –dice, y Marcie suelta un gemido–. ¡Eh, que no oyeron nada! Estaban demasiado lejos. No te preocupes, ¿vale?

–¿Lo dices en serio? –replica Marcie.

–Completamente.

Cruzo una mirada con Jacinda. «No lo contaré, no dejaré que nos dividan, no dejaré que nadie me frene»: esa es la promesa que Jacinda, Rajás y yo nos hicimos en mitad de la noche. Todos para uno y uno para todos; nuestras acciones tienen que permanecer en el anonimato y debemos apoyarnos entre nosotros. Porque si el señor Pascal descubre que Rajás usó su llave del taller para ayudarnos, podría quitarle la beca del año que viene. ¿Y quién sabe lo que le ocurriría a Jacinda si la desenmascarasen? ¿Dejaría de ser capitana del equipo de animadoras? ¿Se quedaría castigada después de clase veinte días seguidos?

En ese momento suena el timbre; estamos tan nerviosas que las dos damos un respingo. Brookner entra en la clase a paso vivo –es raro que llegue tan tarde–, con un portátil debajo del brazo. Aún está carraspeando para empezar a hablar cuando suena un crujido en el altavoz.

–Disculpen la interrupción –dice la voz del señor Folger–. Seré breve. Buenos días, alumnos y alumnas. Me gustaría recordaros que el vandalismo y los daños intencionados a las instalaciones del instituto son ilegales; de hecho, son delitos no solo contemplados por el reglamento del centro, sino también penados por ley. También quisiera comentar que, como recordaréis, este centro mantiene una línea de tolerancia cero hacia el acoso escolar, ya se dirija hacia estudiantes o hacia docentes. Esto incluye el acoso cibernético. Quienes infrinjan estas normas serán identificados y expulsados, primero temporal y, si así se decide, definitivamente. Es inmoral jugar con el buen nombre de las personas que nos rodean. Eso es todo. Que paséis un buen día.

El altavoz cruje de nuevo y se queda en silencio.

Bueno, pues eso responde mi duda sobre lo que nos ocurriría si nos pillan. Pobres Jacinda y Rajás... Yo, por suerte, tengo un plan B: siempre puedo volver a estudiar en casa.

–Bueno, comencemos –dice Brookner mientras abre y enciende el ordenador. Nos mira y se balancea de atrás adelante–. Veo que se ha corrido la voz, ¿no es cierto?

La mayor parte de la clase asiente con la cabeza. Un par de chicos miran fijamente el tablero de la mesa como si se avergonzasen de su ignorancia. Marcie está tan inquieta que parece a punto de estallar en una combustión espontánea.

Brookner teclea algo en el portátil.

–Por poner en antecedentes a quienes no estén al tanto: parece ser que, esta mañana, las puertas del gimnasio y la del despacho de la señora Gliss han aparecido adornadas con unos rayos hechos de cartón o de contrachapado. En los rayos hay un mensaje que sugiere consultar una página web determinada para encontrar su razón de ser. Quien los ha puesto los ha pegado tan bien que los conserjes aún no han logrado retirarlos, pese a sus hercúleos esfuerzos.

Uf, espero no haberme puesto tan colorada como me siento. ¿Cómo estará aguantando el tirón Jacinda? No me atrevo a mirarla.

–Bien... Veamos –murmura Brookner, apoyándose en su mesa para mirar la pantalla del portátil. A medida que sus ojos recorren el texto, sus cejas se levantan hasta levitar sobre el borde de las gafas–. Interesante, cuanto menos –comenta, y levanta la cabeza para mirarme de hito en hito–. Verdaderamente interesante –repite, y por un instante en su rostro aparece una expresión que no soy capaz de identificar. ¿Diversión? ¿Aprobación?–.

Dado que hoy teníamos previsto dedicar la clase a los eventos de actualidad, propongo que analicemos este evento en concreto. ¿Hay alguien interesado en conocer el contenido de la página web?

Sin esperar respuesta, busca el cable de la televisión que hay en el aula y la conecta al ordenador.

Nuestro blog aparece en la pantalla. Brookner retrocede para verla mejor, cruza los brazos y se balancea sobre las puntas de los pies.

–¿Alguien desea compartir sus reflexiones? –dice.

Todo el mundo está concentrado leyendo lo que acaba de aparecer en la tele.

Se trata de un manifiesto –nuestro manifiesto, creado por Jacinda y por mí con una pizquita de la Constitución, un toque de Martha y un chorrito de bell hooks–. Nuestro plan está logrando aún más repercusión de lo que preveíamos: amenazas de expulsión por el sistema de megafonía, debate en la clase de Brookner... ¿Estarán haciendo lo mismo otros profesores? El corazón se me esponja de orgullo al repasar nuestras palabras.

Quienes componemos el movimiento de **R**eacción **A**nte el **P**oder (**RAP**) queremos poner de manifiesto las siguientes verdades:

1. ¡TODAS las personas debemos ser libres para expresarnos como queramos! ¡«I'm free» no solo es el título de una canción, sino un grito que debemos compartir!

Todo el mundo –y nos referimos a TODO EL MUNDO– tiene derecho a ser tratado con respeto.

Esto incluye tanto a las personas jóvenes como a las adultas, y tanto a estudiantes como a docentes.

2. Cuando las faltas de respeto y la desigualdad se integran en un sistema, este se convierte en opresión. Algunos ejemplos:

A. Los estudiantes que no puedan permitirse un smartphone no disfrutan del derecho de acceso a internet del que sí disfrutan los estudiantes más adinerados.

B. Los servicios del cuerpo docente están en mejor estado que los destinados a estudiantes.

C. Hay docentes que faltan al respeto a sus alumnos, levantándoles la voz y aplicándoles sanciones por **insubordinación** cada vez que se les antoja. ¿Qué ocurriría si algún estudiante le levantase la voz a un docente? ¡Lo expulsarían!

Estos ejemplos demuestran de forma palmaria que nuestro centro educativo es un sistema opresor, y que muchos de sus miembros participan activamente en él con sus actitudes represoras.

3. La opresión que se ejerce en el marco del sistema incluye (pero no se limita a) comportamientos como los siguientes: racismo, machismo, elitismo, discriminación debido a la edad o a la forma física, autoritarismo, homofobia e intolerancia religiosa. TODOS estos comportamientos se dan en nuestro centro escolar.

4. Cualquier gesto encaminado a oprimir a una persona o grupo de personas es inaceptable.

5. Todo el mundo comete errores. Pero si detectamos que alguna persona actúa de forma abiertamente censurable, o cuando la frecuencia de sus **«errores»** indique que esa persona ejerce hábitos represores, el RAP **actuará** para que esa persona responda de sus actos. ¡Y que el rayo caiga sobre ella!

6. Las personas sobre las que caiga el rayo aparecerán en este blog mencionadas por sus iniciales, y junto a estas aparecerán las infracciones contra el respeto humano que hayan cometido.

7. Las personas que han fundado y componen el RAP permanecerán en el anonimato.

¡No indaguéis! ¡Uníos a nuestra causa en cualquier momento, luchando contra la opresión de manera espontánea! ¡Animaos a comentar en nuestra página web! ¡Libertad de expresión para todas y todos! ¡Alzad la voz y comenzad una revolución!

COMENTARIOS

Primer rayo: Sra. G., por discriminar debido al género y la talla y por faltar al respeto a sus estudiantes recriminándoles su peso a gritos. Si esta persona cree que puede humillar y avergonzar a sus estudiantes, está muy equivocada. ¡Al final, la justicia siempre golpea!

De pronto suenan unos golpes. Aparto la mirada del blog del RAP, nuestra obra maestra.

Brookner abre la puerta, y al otro lado aparece el señor Folger. Jacinda da un respingo. La miro de reojo: está demudada.

–Brookner, alumnos... –dice el director, inclinando la cabeza a modo de saludo–. Disculpad la interrupción, por favor. Señor Brookner, ¿puedo hablar con usted un momento?

El profesor se acerca a la puerta y el director le susurra algo. Brookner asiente, con las manos agarradas tras la espalda.

Cuando los dos se separan, Brookner gira sobre sus talones para encararme y me observa con una expresión extraña, mezcla de pena y curiosidad.

–Evie, al señor Folger le gustaría hablar contigo.

Jacinda, a mi lado, está petrificada. Respiro hondo.

–Recoge tus cosas, por favor –me indica el señor Folger.

De modo que la charla va para largo. Esto no tiene buena pinta.

Hago otra respiración de yoga, guardo mis libros y cuadernos y me pongo en pie, con la cabeza bien alta.

El corazón me late tan fuerte que lo noto en la garganta.

13

A no ser que se nos preste a las mujeres especial atención y cuidado, estamos determinadas a fomentar una rebelión, y no nos consideraremos obligadas por ninguna ley en la que no hayamos tenido voz ni representación.

Abigail Adams
(1744-1818)
abolicionista

El director se acomoda en la silla giratoria que hay tras su enorme mesa de trabajo. Las paredes del despacho están cubiertas de placas y títulos enmarcados. Casi todas las superficies horizontales –los estantes, la mesa, los archivadores...– están ocupadas por una colección de muelles de juguete. Dejo mi mochila en el suelo y me siento en una de las dos sillas que hay al otro lado de la mesa, ladeándola para encarar la puerta del despacho. No voy a aceptar que el director me condicione sentándome frente a él, con la gigantesca mesa en medio. Hacerlo equivaldría a proclamar su autoridad sobre mí.

El señor Folger alza las cejas al ver mi maniobra, pero no protesta. En mitad del tablero de la mesa hay una carpeta marrón. ¿Qué contendrá? ¿Los resultados de mi «batería de test»? ¿Boletines de notas? ¿Las hojas blancas de esos blocs de sanciones en los que cada falta se escribe por triplicado?

–Gracias por acceder a hablar conmigo, señorita Morningdew –dice, como si yo hubiera tenido posibilidad de elegir.

–Prefiero que me llamen Evie.

Él inclina la cabeza en una pregunta muda.

–A Martha... A mi madre se le fue un poco la cabeza al ponerme nombre –explico–. No solo inventó mi nombre de pila, sino también el apellido.

Él sonríe.

–De acuerdo, pero tal vez tenga que volvérmelo a recordar en el futuro, Evie –toma un muelle de plástico con los colores del arcoíris que hay sobre la mesa y empieza a pasárselo de una mano a otra–. Llevaba tiempo buscando el momento de darle la bienvenida a nuestro centro.

–Muchas gracias –respondo–. Pero no solo me ha llamado para darme la bienvenida, ¿verdad?

Él sonríe con una expresión que no es desagradable.

–En efecto –contesta.

Hago una nueva respiración de yoga.

–Le he pedido que venga a mi despacho –prosigue el director– para hablar con usted de ciertos... acontecimientos.

–¿Del rayo? ¿De la página web del RAP?

Me mira con expresión de sorpresa. Supongo que está acostumbrado a que los alumnos traten de esquivar sus preguntas, en vez de abordarlas de frente. Deposita el muelle en la mesa y abre la carpeta.

–Parece que ha tenido usted roces con varios profesores. Con la señora Gliss, la señora Theodore y el señor Wysent, en concreto.

–Ya he cumplido mi pena –replico.

Estoy a punto de añadir algo sobre los servicios de alumnos o la discriminación por criterios socioeconómicos que supone la prohibición de las llamadas telefónicas, cuando recuerdo que el blog del RAP habla de ello. Cierro la boca y observo cómo hojea el contenido de la carpeta.

–En efecto –comenta–, pero aquí aparece algún otro incidente.

–¿Puedo ver ese documento? –pregunto extendiendo la mano.

Él retira la carpeta en un movimiento reflejo, como si le sobresaltase oírmelo pedir.

–Trata de mí, ¿no? –presiono.

–Desde luego.

–Entonces, ¿por qué no puedo leerlo?

Él carraspea.

–No tengo ningún problema en explicarle lo que pone aquí –dice, dando golpecitos con el índice en la cartulina–, pero no le puedo entregar el expediente. Debo proteger la confidencialidad de los docentes.

Por un momento, lo miro boquiabierta.

–¿La confidencialidad... de los docentes? –repito atónita–. ¿Ellos pueden escribir cosas en mi expediente y leerlo, pero yo no?

El director agarra otro muelle, este pequeño y de metal.

–Pueden añadir algún comentario a su contenido, si así lo desean.

–Ya. Vale –me quito la goma de la coleta y me rodeo la muñeca con ella–. En ese caso, ¿podría añadir un comentario yo también? Al fin y al cabo, es mi expediente, ¿no?

Él sonríe e inclina la cabeza.

–Señorita Morningdew...

–Evie.

–Evie, sería un procedimiento inhabitual. Aun así... De acuerdo, estaría dispuesto a incluir algún apunte suyo. ¿Qué quiere escribir?

–Aún no lo sé.

–Ah –agacha la cabeza y lee un momento–. Veo que ha expresado usted interés en ir a la universidad.

–Sí, a Cornell. Ofrecen un grado muy interesante de urbanismo desde el enfoque de la justicia social.

–Así es –responde sonriente, y señala un título colgado a su espalda.

Echo un vistazo a lo que pone y me levanto de un salto para verlo de cerca. «La Universidad de Cornell otorga... James Charles

Folger, Licenciado en Urbanismo y Desarrollo Urbano»... Me llevo las manos a la boca en un ademán reflejo.

–¡No me lo creo! –barboto–. ¿En serio?

Él se ríe suavemente por toda respuesta.

–¡Pero si es el mismo departamento en el que quiero estudiar yo! –exclamo, imaginando que el título tiene mi nombre escrito. Dirijo la mirada al diploma que hay colgado al lado–. Y luego se doctoró usted en Harvard... Tampoco es moco de pavo.

–Sí, en la Facultad de Educación. El ambiente es menos elitista que en el resto de la universidad... Toda la excelencia de Harvard, sin su soberbia.

–Vaya –murmuro, aún impresionada–. ¿Y le gustó estudiar en Cornell?

–No.

–¿No?

Su sonrisa se ensancha.

–No me gustó: me encantó –responde ladeando el asiento de la silla–. El programa de estudios era interesantísimo, y los profesores, excelentes. Aprendí mucho, tanto en las clases como en las prácticas. Y, de paso, hice grandes amigos que aún conservo.

–Claro... ¡Ahora que lo pienso, podría escribirme una carta de recomendación! –exclamo, y un instante más tarde recuerdo por qué estoy aquí: el director me ha sacado de clase, previsiblemente para sancionarme.

Folger se mira las manos. La americana le tira un poco en los hombros.

–Estaría encantado de hacerlo, señorita Morn... Evie –levanta el índice–, siempre y cuando pudiese hacerlo con la conciencia tranquila.

Se me cae el estómago a los pies. Aquí viene el golpe de gracia.

–Bien –dice el director–. Creo que los dos somos conscientes de que este asunto del rayo es... alarmante, por así decirlo –carraspea–. Y coincide con su llegada a este centro, después de que haya dejado usted bien claro lo mucho que le interesa el... activismo social, por decirlo de algún modo.

Ajá. Es muy posible que esa carpeta contenga una copia de mi petición al consejo de estudiantes, e incluso de la carta que mandé a la revista. Dos intentos fallidos... ¿Y qué más habrá en mi expediente?

–La correlación no implica causalidad –digo.

–Es cierto –asiente–. Y aun así, donde hay humo suele haber fuego.

Me quito el elástico de la muñeca y vuelvo a recogerme el pelo en una cola de caballo. ¿Debería reconocer lo que ha ocurrido? El señor Folger parece razonable, pero ¿y si está haciendo de poli bueno para convertirse en el poli malo dentro de unos minutos? Al fin y al cabo, es el director del instituto, el representante de la Autoridad Opresora. Tomo aliento una vez más y me lanzo:

–Solo por elucubrar... El que un alumno cree un blog no es ningún delito, ¿verdad? La libertad de expresión está protegida por la primera enmienda, y doy por hecho que los alumnos de institutos públicos podemos ejercer nuestros derechos. Aunque puedo estar equivocada, porque la libertad de prensa parece un asunto bastante subjetivo por estos lares...

–¿Cómo sabe que la página web es un blog?

–Porque el señor Brookner nos la ha mostrado en clase –digo, agradeciendo mentalmente al profesor el favor que acaba de hacerme.

He estado a puntito de caer en la trampa...

–Vaya, no era consciente –contesta el director, agarrando de nuevo el muelle arcoíris–. Sea como sea, tiene usted razón: crear un blog no es delito. No obstante, dado que este blog afecta a la comunidad escolar, los derechos reconocidos por la primera enmienda deben ser interpretados teniendo en cuenta los intereses de la institución.

–Ya, eso empezaba a sospechar. A ver si lo entiendo: usted, como director, ¿podría y estaría dispuesto a negar al alumnado el ejercicio de sus derechos? ¿Sacrificaría la justicia individual en aras de la mayoría? ¿De verdad defiende hasta ese punto el utilitarismo?

–No, no hasta ese punto –sonríe levemente, como si le impresionase el nivel de la discusión–. En cualquier caso, Evie, hay algo innegable: el acoso es ilegal. En este centro existen reglas específicas respecto al bullying en internet –deja el muelle en la mesa, empuja uno de sus lados y observa cómo se mueve–. Difamar por escrito a alguien también es un delito penado... Estamos hablando del daño que ha sufrido el buen nombre de una profesora.

–¿Está seguro de que es difamación? –pregunto con cautela–. Por poner una hipótesis: ¿y si la página web dijera la verdad? ¿Y si esa profesora se hubiera propasado verbalmente con una de sus alumnas?

–Como director del centro, tengo la obligación de defender a mis alumnos, por descontado. Así que, sin entrar en detalles, diré que el jefe de estudios y yo hemos empezado a investigar ese tema.

Asiento con la cabeza. Nuestros ojos se encuentran. Él carraspea. Estamos en un punto muerto. No me extrañaría ver un matorral seco rodando por la mesa entre los dos, como en las pelis del Oeste.

El director tose.

–No quisiera sonar muy ominoso, Evie, pero debes saber que estaré muy pendiente de lo que hagas –dice, y agacha la cabeza como si quisiera dar la conversación por concluida–. La señora Franklin te hará un justificante. Gracias por venir.

–De nada –respondo mientras me echo la mochila al hombro.

Ya estoy abriendo la puerta del despacho cuando el director me llama:

–Evie...

Me doy la vuelta

–¿Sí, señor Folger?

–Hay algo de lo que no sé si eres consciente.

–Dígame.

Me mira y tamborilea con los dedos en mi expediente.

–Esta es la primera vez que asistes a un centro educativo convencional. Y es tu último curso.

Sonrío.

–Hasta ahora no me ha dicho nada que ya no sepa.

Él me devuelve la sonrisa.

–Lo que tal vez no sepas es que, cuando envíes la solicitud de matrícula a Cornell, tu expediente se adjuntará a la solicitud.

–Sí, sí, lo sé. Gracias por la advertencia –respondo, volviéndome de nuevo hacia la puerta.

No veo el momento de hablar con Jacinda y Rajás. Seguro que ella ya le habrá contado lo de mi reunión con Folger, y los dos deben de estar muertos de ganas de saber qué ha pasado.

–Se adjuntará incluso si... si abandonas el instituto.

¿Cómo? El cerebro se me desploma hasta el estómago, y el estómago se me cae a los pies. Mierda, mierda, mierda.

–Entonces...

–Aunque te vayas a medio curso, el servicio de admisiones de Cornell tendrá acceso a tu expediente. Y este contendrá un recuento detallado de todo lo ocurrido durante tu estancia en este centro.

Regreso a la mesa y me siento.

–Puedes irte, Evie.

No, no, no... La idea de venir al insti y la de fundar el RAP, que tanto me entusiasmaban hace un momento, ahora me parecen dos desastres. Todos mis proyectos están en la cuerda floja.

–Solo quería dejarte eso bien claro –añade el director.

Asiento: ha conseguido dejarme sin palabras.

–También tendré que llamar a tus padres para hablarles de este asunto –dice–. Normalmente les informo de las conversaciones como la que acabamos de mantener. A lo largo de los años he llegado a darme cuenta de lo beneficioso que es tenerlos informados; de ese modo se evitan muchas sorpresas desagradables.

No puedo reprimir un resoplido.

–¿He dicho algo gracioso, Evie?

–No, lo siento. Solo es que... Bueno, llámela si quiere. Pero yo que usted, estaría preparada.

Me mira perplejo.

–¿Es muy estricta? ¿Prefieres que no le informe aún?

–No, Martha es lo menos estricto que hay. Llámela sin problema. Pero antes, tal vez le venga bien repasar sus apuntes de filosofía de la educación... Apuesto algo a que le contesta citando a Dewey.

–Ah... «La educación, por tanto, es un proceso de vida, no una preparación para la vida futura».

A pesar de que este hombre acaba de poner mi vida futura al borde del abismo, logro sonreír.

–Es una de mis frases favoritas, sí.

El señor Folger cabecea; es un gesto agradable, como una muestra discreta de respeto.

–Estoy seguro de que disfrutaré charlando con ella.

Los dos nos levantamos, y el director me acompaña a las oficinas. La señora Franklin, que no estaba en su mesa cuando entramos, levanta la cabeza al oírnos y deja su lata de Coca-Cola Light junto a un portalápiz forrado con punto de cruz.

–Hola, bonita –me saluda.

–¿Se conocen? –pregunta el señor Folger.

–Sí –responde ella con una sonrisa–. Te llamabas Evie, ¿verdad?

Asiento.

–¿Necesitas un justificante?

–Si nos hace el favor de prepararlo... –asiente el director.

La señora Franklin saca un bloc azul de un cajón y empieza a escribir.

–Gracias por su atención, señorita Mo... –Folger sacude la cabeza–. Evie, quería decir. Por favor, procure no meterse en problemas; me encantaría poder escribirle esa carta de recomendación para Cornell.

Cornell... Por si se me había olvidado.

Este expediente me acompañará toda mi vida.

Con la de tiempo que lleva diciéndome Martha que venir aquí era mala idea... Tenía razón. En menudo lío me he metido.

14

Mira fijamente las cosas: es la forma de educar tus ojos.
Mira con fijeza. Investiga, atiende, escucha a escondidas.
Muere sabiendo algo más; tu tiempo aquí no es largo.

WALKER EVANS
(1903-1975)
fotógrafo

–BUENO, HIJA, no puede ser una revolución si no te va nada en ella –comenta Martha cuando llegamos a casa al final de la jornada. Me mira y mueve las cejas de arriba abajo–. Y, de todos modos, he plantado una semillita en el oído del señor Folger.

–Menuda imagen: una semilla germinando en un lecho de cerumen –frunzo el ceño–. Entonces, ¿te ha llamado ya?

Martha me ofrece una taza de limonada y brinda con la suya.

–Hablé con él durante mis veinte minutos diarios de libertad. Felicidades, querida: has escalado hasta el primer puesto de la lista de preocupaciones del Poder.

–Gracias.

–¿Por qué estás tan cabizbaja?

–Por Cornell –doy un sorbo de limonada y hago un esfuerzo por animarme–. Bueno, dime: ¿qué semilla has plantado?

–¡Vaya, creí que no ibas a preguntármelo! –gira una silla de la cocina para sentarse con el respaldo por delante–. Me contó lo ocurrido, por supuesto, con mucho cuidado de no acusarte directamente de nada. Describió todo el asunto del RAP y el rayo, que, obviamente, yo ya conocía...

–¡No le dirías que fuimos nosotras!

Martha me mira fijamente, con cara de estar mortalmente ofendida.

–¿Cómo voy a clavar un puñal a la carne de mi carne y a sus amigos? ¿Tú te crees que...?

Levanto las manos para indicar que me rindo.

–¡Vale, vale, perdón! Ahórrame el sermón, porfa, y cuéntame lo de la semilla.

–Bueno. La cosa es que me describió lo ocurrido –hace un gesto circular con la mano para indicar que va a ir directamente al grano–... y, dado que soy adulta como él, escuchó lo que yo tenía que decir –suspira–. Bueno, al menos eso creo –inclina la cabeza–. Sí, estoy segura de que me escuchó. Parecía un tipo decente, la verdad; no me explico cómo narices habrá acabado de director de una...

–Martha, por favor, no te me vayas por las ramas.

–¿Qué? ¿Te parece que me estoy enrollando demasiado?

–¡La semilla!

–Ah, sí, la semilla –da un trago de limonada–. Pues, cuando acabó de contarme la historia, yo le dije que al final el mejor desinfectante siempre es la luz del sol –remacha con aire triunfal.

Me quedo esperando a que añada algo.

–¿Y ya está? –digo al fin.

–¡Pues claro que no! Bueno, la verdad es que sí: ya está –deja la taza en la mesa y suelta un suspiro teatral–. El truco está en hacerle pensar que ha sido idea suya, *n'est-ce pas*?

–¿Pero a qué te refieres?

–A eso de que la luz del sol es el mejor... De que la libertad de expresión, a largo plazo, es el único camino.

–No creo que esté de acuerdo. De hecho, sé que no lo está.

–Mira: el propósito de la revolución que habéis iniciado es dar poder a la gente, ¿no? Si los estudiantes se empoderan, se expresarán. Y no hay nada que dé más miedo a la autoridad. Sin embargo –prosigue levantando un dedo–, si quienes ostentan el poder sienten que controlan, que influyen en las personas a su cargo, aun cuando esas personas estén contraviniendo el sistema... –sonríe muy satisfecha, sin hacer ningún esfuerzo por terminar la frase.

–Pues no te sigo.

Martha pone los ojos en blanco.

–Tú espera y verás, corazón. He plantado una semilla. Y si las cosas se salen de madre... Mejor dicho, cuando las cosas se salgan de madre, que se saldrán, él recordará mis palabras y pensará que han sido idea suya.

No entiendo nada.

–¿Qué creerá que ha sido idea suya?

–La luz del sol, corazón. La libertad de expresión –sacude la cabeza–. La verdad, me decepciona un poco que no se te ocurriese a ti primero.

–¿Te digo una cosa, Martha? Lo de la libertad de expresión sí que se me ocurrió. Si creamos ese blog fue precisamente para animar a los demás alumnos a expresar sus quejas y sus opiniones.

–Ah, pero lo que cuenta es la estrategia, pajaruela. Hacer que Folger crea que se le ha ocurrido a él –Martha se pone en pie–. Y ahora dime: ¿cuándo vas a quedar con tu guapísimo Rajás?

Buena pregunta; me muero de ganas de estar a solas con Rajás en algún lugar que no sea el paraíso carpintero que nos hemos montado. Pero todo el resto, lo de la estrategia y la semilla del señor Folger...

Eso me ha quedado tan claro como un libro cerrado.

He quedado con Rajás para el viernes por la noche. Martha tiene un encuentro del GPMS y Jacinda trabaja de canguro, así que Rajás y yo estaremos solos y sin nada que nos obligue a separarnos. Más tarde, a las once, recogeremos a Jacinda en el centro cuando termine de trabajar; se va a quedar a dormir en *maison* Cúpula.

Rajás ha aparcado el Contaminante Azul junto a un parque poco frecuentado que hay al borde del pueblo, cerca del McDonald's y el cementerio.

La luna brilla tanto que apenas se ven las estrellas. Noto que el frescor del aire me enrojece las mejillas como dos manzanas. Rajás ha extendido una manta de pícnic en el capó del Contaminante; nos hemos tumbado y hemos estado besándonos durante horas... o minutos... o semanas. Ya no soy consciente de nada salvo de su lengua, sus labios, sus manos, su aliento, sus ojos...

Me desvanezco en él.

Al menos, hasta que algo zumba en mi bolsillo. Mi teléfono vibra y luego empieza a sonar.

–Pasa de él –murmura Rajás a medio beso.

–Eso pensaba hacer –respondo, y meto el teléfono bajo la almohada.

Sea quien sea, puede esperar. Esto es lo más... lo único que... No encuentro las palabras para describirlo: lo aguzados que tengo los nervios, el cosquilleo en cada centímetro de mi piel... La mano de Rajás se desliza bajo mi sudadera. La camiseta se arruga a medida que la palma de su mano avanza por mis costillas. Su pulgar está tan cerca de mi pecho que creo que voy a dejar de respirar de un momento a otro.

Damos una vuelta sobre la manta, aplastando el bocadillo que ha traído Rajás para cenar. Nos besamos más y luego otro poco más, y la luna está casi llena, tan rebosante de luz como si pudiera explotar en un fogonazo de calor. Creo que eso es justamente lo que ocurrirá con mis pechos cuando al fin los toque... Los dedos de Rajás pueden provocar incendios.

–Espera un momento –digo.

Tomo aliento para darme valor, me siento y empiezo a quitarme la camiseta. La expresión de Rajás –una mezcla de sorpresa y alegría– me da fuerzas.

–No me digas que es la primera vez que ves hacer esto a una chica –bromeo.

–Bueno, es la primera vez que lo veo así –sonríe–. Normalmente soy yo quien lo hace.

El corazón se me cae a los pies como si lo hubieran atado a un cubo de piedras. Vuelvo a meterme la camiseta por la cabeza y me la bajo.

–Ya –digo.

–Eh, no lo decía con mala intención.

Se inclina hacia mí, pero veo que se ha disgustado. ¿Será porque me ve incómoda, o porque he vuelto a ponerme la camiseta?

–Mira, estoy aquí contigo. Eso es lo único que importa –dice enarcando las cejas, como si eso lo explicase todo.

–Ya sé que esto no debería importarte, pero te lo tengo que preguntar. ¿Ha habido muchas?

–¿Muchas qué?

–Muchas chicas.

Me contempla con cara de guasa. No está dispuesto a ponérmelo fácil.

–¡Ya sabes a qué me refiero! –protesto–. Hablo de personas tipo novia y esas cosas.

–Cientos –responde–. Miles –me acaricia el puente de la nariz con un dedo–. ¿Eso hace que te sientas mejor?

–No.

–¿Y si te digo que no he tenido ninguna?

–Tampoco, porque sé que no es cierto.

–Pues lo es. No creo en eso de ser novios.

–Porque odias las etiquetas, ¿no?

–Eso es. Mi novio, mi novia... Es degradante. Las chicas sois personas por derecho propio; nadie debería identificaros por vuestra relación con un chico. Y además, esa etiqueta no hace más que complicar las cosas.

Bueno, vale, compro eso de que las chicas somos personas por derecho propio. Lo que no entiendo es por qué una etiqueta va a complicar una relación. No es que me encante la palabra «novia», pero en este momento no me vendría mal... Aclararía mucho las cosas, me indicaría dónde estamos Rajás y yo. La verdad es que me encantaría que me adjudicasen esa etiqueta...

–Vale, bien. Bueno –mascullo, mirando al suelo por si encuentro el corazón que se me acaba de caer; tiene que estar por aquí cerca, seguro–. Lo que pasa es que creí...

–Eve, me gustas muchísimo. Quiero estar contigo. ¿Por qué tenemos que ponerle un nombre a ese sentimiento?

Trago con esfuerzo el nudo que se me ha formado en la garganta y logro responder con voz débil.

–De acuerdo –respiro hondo–. Sí. Lo entiendo; yo también odio las etiquetas. Soy una chica antietiquetas. Y antitalleres de confección donde explotan a la gente. Y antipesticidas. Pero, sobre todo, antietiquetas. Etiquetas, caca. A no ser que pongan «producto ecológico» o «comercio justo» o «producto del trabajo digno»... –no puedo parar de hablar; debo de sonar como una idiota. ¿Por qué no puedo parar?–. O «libre de ftalatos» o...

Rajás me acaricia la mejilla y me besa.

–¿Estás bien?

Asiento sin decir nada, no vaya a salírseme una parrafada sobre las ventajas del café de comercio justo, ecológico, sostenible, madurado a la sombra y de cultivo compatible con las aves locales.

En la cara de Rajás aparece esa sonrisa torcida que me vuelve loca. Su mirada parece nublarse.

–Eve, podemos hacer o no hacer lo que tú quieres. Si te apetece, nos tumbamos para charlar y mirar las estrellas.

Mierda: me estoy comportando como una chica insegura y celosa. No me gusta nada; me niego a ser así. Esta chica es diferente. Esta chica es honesta consigo misma. «¿Qué quiero?», me pregunto en silencio. «Esto», me respondo. Me incorporo, busco con la mirada los ojos candentes de Rajás y vuelvo a quitarme la camiseta. Le sonrío y me atuso el pelo, que se me ha levantado por la electricidad estática de ponerme y quitarme la ropa. Lentamente, Rajás extiende una mano hacia mi pecho, y ¡zas! Otra vez estoy metida de lleno en el momento. Burbujeo, me estremezco, me evaporo...

Otro zumbido: mi teléfono vuelve a sonar. Rajás suelta un taco en voz baja. Busco el teléfono a tientas y lo apago.

Sus manos exploran. Mi cuerpo se eleva para encontrarse con el suyo.

El teléfono no para de vibrar.

Rajás gime de pura frustración.

–¡Páralo, por favor!

–Estoy en ello.

Abro el teléfono para apagarlo y, al ver la lista de perdidas, frunzo el ceño.

–¿Por qué habrá llamado Jacinda tantas veces? Y ha mandado también tres mensajes pidiendo que le devuelva la llamada... Dice que es una emergencia.

–Mira que le pedí que no nos molestase... –Rajás se frota la cara.

El teléfono empieza a vibrar otra vez.

–¡No! No lo...

–¿Diga? –contesto, encogiéndome de hombros para pedirle perdón a Rajás.

–¿Evie? ¡Ay, por fin! ¡Necesito ayuda! –exclama Jacinda, con voz tan chillona por el pánico que parece un delfín.

–¿Qué ha pasado? Cálmate, Jacinda. Baja una octava el tono, anda; solo un cetáceo podría entenderte.

Escucho sus atropelladas explicaciones.

–De acuerdo –digo cuando termina de hablar–. Enseguida estamos allí.

–¡Eh, ni hablar! –protesta Rajás agarrando el teléfono; por un momento me pregunto si estará de broma, pero su tono es extrañamente intenso–. Jay, no seas ridícula. Estamos ocupados.

Apaga el teléfono con energía y lo lanza por la ventanilla al interior del Contaminante.

–Bueno, ¿por dónde íbamos? –pregunta, atrayéndome de nuevo hacia él.

–Rajás... Me encantaría quedarme, de verdad –replico, hablando deprisa porque, como empiece a derretirme de nuevo, me olvidaré de lo que tengo que decir–. Pero Jacinda me necesita.

–Yo también te necesito.

–Y me tendrás –respondo recuperando mi camiseta–. Pero antes tengo que ayudar a Jacinda. Se ha escapado una serpiente...

–Aún no, pero puede escaparse en cuanto tú me digas –añade con un guiño pícaro.

–Menudo pringado estás hecho –digo con una carcajada mientras me pongo la camiseta–. No era ninguna indirecta acerca de tu... –arrugo la nariz, sin saber cómo continuar. «Pene» suena absurdo, como a libro de texto, pero las demás opciones no son mucho mejores: pito, rabo, polla, paquete... Algunas suenan infantiles, otras muy fuertes; no hay término medio. Decido tirar por otro lado–. El niño al que está cuidando Jacinda tiene una serpiente de mascota. Ahora anda suelta... –vaya, esto también podría malinterpretarse–. Jacinda no logra contactar con los padres del niño y está histérica.

Rajás deja escapar un suspiro pesaroso.

–En fin... Vamos, sí.

Al llegar a la dirección que me ha dado Jacinda, la vemos esperándonos en el porche. Tiene el teléfono aferrado contra el pecho, y está tan nerviosa que da saltitos sin moverse del sitio. El menor ruidito le hace dar un respingo, como si en cualquier momento pudiera materializarse una víbora gigante con colmillos goteantes de veneno.

–Ten cuidado, Jay –le dice Rajás mientras cierra la puerta del Contaminante y sube de dos en dos los escalones del porche–. Las serpientes son rápidas como el rayo –añade, haciendo un movimiento de kárate para dar más énfasis.

Jacinda le dedica una mueca avinagrada y se abalanza sobre mí para abrazarme.

–¡Ay, muchísimas gracias por venir! A ver... Vosotros dos podéis ir pasando. Yo me quedaré dentro del Contaminante y seguiré tratando de localizar a Brook...

Rajás se queda helado.

–¿A quién dices que tienes que localizar?

Jacinda se tapa la boca, con los ojos abiertos de par en par.

–Así que esta es la casa de Brookner –constata Rajás con tono agrio.

¿Por qué estará tan enfadado? Le miro primero a él y luego a Jacinda.

–Lo es, ¿verdad? –presiona Rajás.

–Vale, ya sé que no te cae bien y que sospechas de él, pero no hay nada raro. La canguro que suele venir a su casa tenía otra cosa hoy, así que me llamó a mí para ver si podía venir. ¿Qué hago? ¿Dejarle en la estacada solo porque mi primo, que está un poco paranoico, ha oído un cotilleo por ahí? –se cruza de brazos–. Ni en broma; habría sido una actitud muy poco profesional. No pienso faltar al código ético de los canguros.

–¿Tiene Brookner tu número?

–¡Todo el mundo tiene mi número! Llevo meses pegando anuncios por todo el pueblo para ofrecer mis servicios.

Rajás sacude la cabeza.

–No pienso meterme a fisgar en casa de ese tipejo en busca de una serpiente fugitiva.

Me vuelvo para mirarle a la cara, sorprendida por su tozudez. ¿Qué mosca le habrá picado? ¡Si Jacinda y él están siempre dispuestos a ayudarse! Son como el paradigma de los buenos primos.

–¿Por qué te pones así? –le pregunto–. ¡No puedes dejar tirada a tu prima!

Él me mira con cara rara.

–Eve, hay cosas mucho más importantes que preferiría estar haciendo en este momento. Además –se vuelve hacia Jacinda–,

Brookner no es solo un tipejo: es un tío cero recomendable, y tú lo sabes, Jay. ¿No te acuerdas de lo que nos contó Nishi?

Nishi es hermana de Rajás y, obviamente, prima de Jacinda. ¿Qué tendrá que ver con todo esto?

El ceño de Rajás se hace aún más pronunciado.

–¿Y qué es eso de que Brookner no contesta al teléfono? ¿Y su mujer? ¿Es que ella no tiene teléfono propio?

Jacinda se cruza de brazos.

–No vive aquí –responde–. Están divorciados.

Rajás suelta un bufido.

–Vaya, qué sorpresa. Seguro que lo dejó por ser un sátiro.

–Lo que tú digas, Raj. Muchas gracias –replica Jacinda; suena molesta y parece asustada, quizá por lo de la serpiente. Se vuelve hacia mí–. Mira, Booker está en su cuarto. Solo tienes que cruzar...

–Un momento –la interrumpo–. ¿Has dicho que el niño se llama Booker? ¿En serio?

Ella asiente con la cabeza.

–Booker Brookner –dice Rajás quitándome las palabras de la boca–. Le ha puesto a su hijo Booker Brookner. Si no estaba seguro de que este tipo es un gilipollas, ahora ya lo estoy.

Suspiro y repito la frase que he tenido que decir un millón de veces en mi vida:

–Los padres tienen derecho a poner a sus hijos el nombre que quieran.

–En realidad no lo piensas –replica Rajás.

–No, tienes razón –respondo, sin querer entrar en lo que de verdad pienso sobre el tema–. A ver, ¿dónde cree Booker que puede estar la serpiente?

Jacinda sonríe, como si le aliviase que la conversación vuelva a su cauce normal, y se despeina con los dedos.

–El cuarto del niño está en la primera planta, en la parte trasera de la casa, junto a la cocina –se estremece–. Booker la está buscando por allí.

Asiento y le hago una mueca malhumorada –medio en serio, medio no– a Rajás.

–¿De verdad no piensas ayudarme?

–Ni de co...

–Vale, vale –le corto–. Vuelvo enseguida.

Abro la puerta de entrada y paso a la casa de Brookner.

No se parece en nada a lo que yo habría esperado. Si me hubieran preguntado, habría dicho que sería una casa pulcra, ordenada, literaria, llena de estanterías de madera oscura. Quizá con algunos muebles de diseño colocados sobre alfombras de piel falsa, a juzgar por las gafas modernitas de Brookner y su estilo decente vistiendo. Pero este lugar es un auténtico desastre. Un futón manchado y sin funda, tirado de cualquier manera sobre un armazón de madera sin barnizar, con dos pilas de cajas de pizza a los lados en vez de mesitas. Una lámpara halógena de pie, que pone de relieve las telarañas y las grietas del techo. En la escalera hay montones de ropa. No hay ni un libro a la vista; ni una revista siquiera.

–¡Hola! –llamo, pero no contesta nadie.

Avanzo hasta la cocina; es luminosa y funcional, menos cochambrosa que el resto de la casa. ¿La habrá ordenado Jacinda?

–¡Hola! –repito.

–¡Aquí! –contesta una voz de niño, agudizada por el pánico–. Normalmente se mete debajo de mi cama, pero esta vez no la... –suena un estrépito sordo–. ¡Jolines! ¡No lo veo por ninguna parte!

La habitación de Booker está atestada: juguetes, ropa tirada, una litera, libros, cajas, trastos... El chaval está de espaldas, arrodillado para mirar debajo de la cama.

–Le gustan los sitios oscuros –dice, dándose la vuelta a gatas para mirarme–. No lo encuentro...

Tiene la cara congestionada de tanto llorar. Le echo unos ocho o nueve años, aunque nunca se me ha dado bien calcular la edad de los niños.

–No te preocupes. La encontraremos –le aseguro.

–¿Y si se pierde o se hace daño?

–La encontraremos. ¿Cómo se llama?

–Javier. Es macho –Booker empieza a apartar a manotazos los juguetes y la ropa que hay esparcidos por el suelo–. Es una boa cola roja de Colombia.

–Seguro que es preciosa –respondo, examinando el terrario desierto que hay en un lado de la habitación–. Mola que estés más preocupado que asustado porque ande suelto...

El niño deja de hurgar entre los juguetes y me fulmina con la mirada.

–¿Por qué iba a asustarme? –replica–. ¿Qué te crees, que soy una chica?

Toma ya. Hola, machistita en ciernes...

–Por si no te has dado cuenta, yo soy una chica. Y parece ser que he venido a ayudarte –sonrío para quitar hierro al asunto–. Considera esto como tu primera lección de feminismo.

Reviso la estancia con la mirada y señalo el radiador.

–Al menos no tenéis aire acondicionado, así que no hay conductos por los que pueda colarse. Eso nos facilita mucho las cosas –observo, y él asiente con el mentón tembloroso por el llanto reprimido.

Los dos nos ponemos a buscar en serio.

Una hora más tarde, cuando ya hemos revisado toda la primera planta, Booker y yo nos dirigimos a la segunda. El chaval apenas puede contener las lágrimas.

–¿Y si se muere de hambre? ¿Y si sale a la calle y lo atropellan? –gime, y se frota los ojos.

Subo las escaleras, con cuidado de no pisar los montones de ropa.

–Echamos un vistazo aquí arriba, y si no está... ¿Tenéis sótano?

Él asiente sorbiéndose los mocos.

–¿Y buhardilla?

Asiente otra vez.

Uf, esto sería mucho más fácil si viviesen en una yurta.

–Seguro que Javier prefiere un sitio calentito a uno frío –digo–. Así que, si no está en esta planta, lo buscaremos primero en la buhardilla.

–Vale –responde, con las cejas tan fruncidas que se le unen en el medio–. Tú ve a la habitación de mi padre y yo miraré en la biblioteca.

–Ah, no, ni hablar –replico, porque se me cae la cara de vergüenza solo de pensar en meterme en la habitación de Brookner.

El niño se encoge de hombros.

–Como quieras –accede–. Mira, la biblioteca está allí.

La biblioteca... Ah, esto sí que es lo que yo esperaba y más aún. La enorme mesa de escritorio, la anticuada butaca de madera, el ordenador encaramado a una pila de papeles... Hay todo lo que tiene que haber. Un diccionario abierto, un intercomunicador de esos que se usan para controlar a los bebés, un teléfono. Encima de la mesa hay colgado un viejo cartel de madera que dice: «El paraíso del gandul». La tarima de roble cruje a cada paso que doy; el suelo está combado por el peso de los libros.

Libros... Cubren todas las paredes de la estancia. Los repaso rozando sus lomos con las yemas de los dedos; parece que Brookner ha separado la narrativa del ensayo, luego los ha ordenado por categorías y, para terminar, los ha dispuesto por orden alfabético. En los estantes, entre ellos, hay gruesos cirios. Es un altar dedicado a adorar la literatura. Busco en las estanterías mi canon propio, mis favoritos, los libros a los que regreso una y otra vez por placer, en busca de inspiración o para comprobar que otras personas sienten lo que yo siento, saben cómo expresarlo y lo han escrito. Es como una medicina para el alma.

Y resulta que Brookner tiene todo mi canon, del primer libro al último. *Mi Antonia*, de Willa Cather. *La mujer de Acab*, de Sena Jeter Naslund. *La Biblia envenenada*, de Barbara Kingsolver. *Sé más fresco*, de Ned Vizzini. Toda la serie de *La casa de la pradera*. La trilogía de *La materia oscura*, de Philip Pullman. Incluso está *Alan Mendelsohn, el chico de Marte*, de Daniel Pinkwater. También encuentro los ensayos fundamentales: *Lenguaje de patrones,* de Christopher Alexander. *Pedagogía del oprimido,* de Paulo Freire. *Teoría feminista, del margen al centro,* de bell hooks. *La otra historia de los Estados Unidos,* de Howard Zinn. *Incidentes en la vida de una esclava,* de Harriet Ann Jacobs. *Endurance: El increíble viaje de Shackleton,* de Alfred Lansing.

Bueno, vale. Este hombre tiene un millón de libros; tampoco es tan sorprendente que encuentre aquí mis favoritos. No es que me haya apoyado las yemas de los dedos en las sienes, haya leído mi aura y haya determinado por su color cuáles son los libros que más me gustan. Y sin embargo, algo de eso hay, extrañamente... Esa es la paradoja de Brookner: tan pronto resulta interesante y atractivo como se te planta incómodamente pegado a ti.

Estoy sacando de la estantería una versión en cartoné de *La mujer de Acab* cuando oigo algo. Me quedo inmóvil y aguzo el oído. A ver... Sí, en la parte trasera de la estantería suena un ruido rasposo: escamas de reptil deslizándose sobre el suelo de madera.

Dejo en libro en su sitio y voy de puntillas hasta el lateral de la estantería. En efecto, Javier se está colando por detrás; solo asoma algo menos de la mitad, rematada en la cola de color ladrillo.

De pronto, suena un crujido y se oyen dos voces. ¿De dónde salen, si aquí no hay nadie más que yo? Ah, claro: del intercomunicador para bebés. El piloto brilla cada vez más, a medida que la conversación gana en intensidad.

Son Jacinda y Brookner.

Voy hacia el aparato para apagarlo. Me da la impresión de que no tengo por qué oír de qué hablan.

Pero a mi espalda suena un nuevo roce: Javier ha vuelto a ponerse en marcha. Mierda.

–Ven aquí, hermoso –susurro tratando de infundir energía positiva a mi voz–. No voy a hacerte daño.

Justo antes de que desaparezca, logro aferrar la puntita de la cola. Voy tirando muy muy despacio, agarrándolo con una mano y luego con la otra. El bicho es pesado y musculoso, pero se deja manejar.

–Muy bien, Javier... Así se hace, bonito...

En cuanto puedo lo alzo en vilo, agarrándole la cabeza con una mano y sosteniendo el cuerpo con la otra. Se da la vuelta para echarme un vistazo y saca la lengua rápidamente. Qué maravilla de animal.

–Hola, precioso. ¿Qué tal huelo? –susurro acariciándole–. ¡Booker, ven! He encontrado... –me interrumpo, sobresaltada; acaba de sonar mi nombre en el intercomunicador.

Si ahora están hablando de mí, sí que tengo derecho a escuchar, ¿no? Pero seguro que no es nada: Jacinda le estará contando lo de la Operación Salvar a la Serpiente.

Me apoyo a Javier en un hombro y busco con la mirada el interruptor del intercomunicador. No puede ser tan difícil apagar este cacharro...

De pronto, otro nombre: Rajás.

Javier desliza la cabeza por mi pelo y se enrosca a mi alrededor como si me conociese de toda la vida. ¿Dónde narices estará ese interruptor?

–¿Cómo? ¿Que les has dicho que vengan aquí? –dice Brookner. Suena enfadado.

–¡Necesitaba a Evie! –contesta Jacinda, suplicante–. Si hubieras contestado al teléfono, como dijiste que harías, no habría tenido por qué hacerlo, ¿sabes? –dice, ahora en un tono irritado que revela una extraña familiaridad con Brookner.

Se hace un silencio que solo dura unos segundos. Lo rompe Brookner.

–Si hemos planeado todo esto, ha sido porque necesitábamos una excusa para que yo te llamase y pudiéramos vernos fuera del instituto...

–¡Lo de la víbora venenosa no formaba parte del plan!

Ay, Dios. Jacinda, ¿en qué te has metido? ¿Brookner y tú teníais un plan? ¿Por qué queríais veros fuera del instituto?

El estómago se me revuelve. Me aterroriza intuir lo que están haciendo; prefiero no saberlo. Por favor, quiero estar equivocada.

Pero la forma que tiene Brookner de acercarse demasiado, de rozarte la palma de las manos con los dedos cuando te da un justificante... De repente, todas las piezas empiezan a encajar.

Pero no puede ser. Brookner es un buen profesor, preocupado por enseñar a sus alumnos cosas que realmente les interesen... Aunque tal vez se pase de interesante.

Rajás tenía razón. No me extraña que estuviese mosqueado.

No quiero oír ni una palabra más. Agarro el cable del intercomunicador y lo desenchufo de un tirón.

–¡BOOKER! –berreo–. ¡HE ENCONTRADO TU SERPIENTE!

Puede que Javier se inquiete por mis chillidos, pero necesito que la casa entera me oiga; cualquier cosa con tal de interrumpir la conversación entre Jacinda y Brookner.

–¿ME HAS OÍDO? –insisto–. ¡TENGO A JAVIER!

La boa, nerviosa, se estrecha alrededor de mí. Pero en este momento, esa es la menor de mis preocupaciones: confío mucho más en Javier que en el reptil que está hablando con mi amiga en el piso de abajo.

Booker sale a la carrera del cuarto de su padre, tambaleándose de puro alivio.

–¡Graciasgraciasgracias! –exclama sin respirar–. ¡Eres la mejor, Evie!

Acaricio a Javier, presionando suavemente para desenroscarlo. Booker le agarra la cabeza mientras yo termino de desprenderme de él, susurrando una retahíla de palabras amorosas:

–Javier dónde estabas no sabes el susto que me has dado ven aquí conmigo y no vuelvas a hacerlo nunca más...

Los dos vamos al piso de abajo. Brookner y Jacinda nos esperan en la cocina. La tensión se palpa en el aire. Jacinda tiene los brazos cruzados y da pataditas rítmicas; Brookner está recostado en la encimera. Ajeno a todo, Booker desaparece en su cuarto sin dejar de susurrarle naderías tiernas a su mascota.

Yo dejo escapar el aliento y sonrío con esfuerzo.

–Bueno, pues aquí estamos –comento.

Brookner se ajusta las gafas.

–Buenas noches, Evie. Me alegro de verte –ladea la cabeza hacia Jacinda, sin volverse para mirarla–. Jacinda me ha contado que el gran Javier ha vuelto a fugarse... –se despega de la encimera y se balancea adelante y atrás–. Muchas gracias por... Por tu ayuda. Al parecer, mi canguro tiene fobia a las serpientes.

Jacinda frunce los labios. Está envarada.

–Evie sabe que las serpientes me dan un miedo horrible. Por eso ha venido a rescatarme.

Miro a la una y luego al otro. No parecen darse cuenta de que están repitiendo las mismas cosas y que, además, son cosas que yo ya sabía.

En la encimera, tras la espalda de Brookner y al lado de la puerta de su hijo, está la otra parte del intercomunicador. Aunque Booker ya no es un bebé, esta es una casa grande y vieja, llena de crujidos; por eso debe de usar el intercomunicador Brookner por las noches, cuando el niño se va a la cama y él sube a la biblioteca para trabajar. ¿Se dará cuenta de que el de arriba está desenchufado? Quizá suponga que tiré sin querer del cable mientras buscaba a Javier. Lo último que quiero es que se dé cuenta de que los he oído.

–No ha sido gran cosa –respondo–. De todos modos, tal vez sea buena idea poner algo pesado sobre la tapa del terrario de Javier.

Brookner da una palmada.

–¡Magnífica idea! –aprueba–. La pondremos en práctica a la mayor brevedad.

Se hace un silencio incómodo.

–Bueno, Jacinda, ¿nos vamos? –digo al fin.

–Pues... Sí, vámonos –contesta ella, cabizbaja–. Bueno, adiós –le dice a Brookner–. Me voy a casa de Evie; esta noche duermo allí.

Brookner levanta una ceja, como si ya conociera ese dato. Jacinda se echa el bolso al hombro y desfila hacia la puerta.

–Oye, Jacinda –le digo, y ella gira en redondo para mirarme–. ¿No vas a... a despedirte de Booker?

–Ay, sí, claro, Booker...

Cuando entramos en su habitación, el niño está apilando libros de bolsillo sobre el terrario.

–Yo que tú usaría libros de tapa dura –le aconsejo–. Pesan más. Miro de reojo a Jacinda. No parece que quiera decir nada.

–Bueno, nos vamos –concluyo–. Hasta otro día.

–¡Muchísimas gracias, Evie! –exclama Booker mientras coloca un libraco de Harry Potter en la tapa del terrario–. Javier está muy contento de haber vuelto a casita. ¿A que sí, Javier? Pues claro.

Agarro a Jacinda de la mano y la saco de la casa. Al vernos, Rajás baja resbalando del capó del Contaminante.

–¿Ya se ha solucionado la crisis? –murmura acercándome a él para darme un beso.

–No del todo –contesto.

Rajás entrecierra los párpados y me recorre la cara con sus ojazos negros, como si pudiera leer en mis facciones lo que no le estoy diciendo.

–Luego hablamos –le digo.

Jacinda, a nuestro lado, está de pie con la mirada perdida. Es como si estuviera en otra dimensión.

–¿Puedes llevarnos a mi casa? –le pido a Rajás.

–¿Ya? –replica con una mueca–. Como quieras... Pero que sepas que me debes una tarde sin interrupciones –se gira hacia su prima y la apunta con el índice–. ¿Lo has oído, Jay?

–¿Eh? –Jacinda levanta la cara–. Ay, perdón. Se me había ido la olla.

–Son los efectos tóxicos de estar cerca de Brookner. Hala, vamos a largarnos con viento fresco de...

–... Pandora –completo, y él me mira con una sonrisa.

–¡Exacto!

Jacinda se gira para mirar una vez más la casa de Brookner. Tiene la frente arrugada, y sus largas pestañas casi le ocultan los ojos. Abro la puerta del Contaminante y la invito a subir con un gesto.

Tenemos mucho de que hablar cuando lleguemos a casa.

15

Casi todas las personas son capaces de soportar las adversidades; pero si quieres poner a prueba el carácter de alguien, dale poder.

Abraham Lincoln
(1809-1865)
presidente de EE. UU.

El viaje hasta la Casacúpula se me hace largo y tenso. En la mirada de Rajás hay un brillo de irritación porque Jacinda nos haya interrumpido. Jacinda, por su parte, va callada mirando por la ventanilla. Yo no me molesto en buscar temas de conversación; estoy demasiado ocupada dando vueltas a lo que oí hace un rato. Brookner dijo algo de buscar excusas para llamar y de un plan para verse fuera del instituto... De modo que Jacinda y él tenían un plan. ¡Un plan! El estómago vuelve a ponérseme del revés al recordarlo. ¿En qué diablos te has metido, Jacinda?

Rajás maniobra para emprender la subida hacia mi casa. Al llegar, nos inclinamos y nos damos un beso de buenas noches. No nos dejamos llevar demasiado porque Jacinda está en el asiento de atrás, pero aun así nos abrazamos. Me muero de ganas de pasar más tiempo con Rajás... Pero no puede ser: tengo que hablar con Jacinda.

Me despido de él con la mano. Cuando las luces traseras del Contaminante desaparecen camino abajo, dejo escapar un largo suspiro que se aleja arrastrado por la brisa otoñal. La Chati está aparcada delante de casa; hoy, Martha ha vuelto temprano. Una faena, porque habría preferido hablar a solas con Jacinda.

–¡Hola, chicas! –exclama Martha levantando la mano en la que no sujeta su copa de vino para indicarnos que entremos. Nos abraza con el brazo libre, primero a Jacinda y luego a mí, y da un sorbo–. Menuda velada he pasado... Los muermos salidos eran esta noche un dechado de suspense y emoción.

–Pero te has retirado muy temprano, ¿no? –comento procurando ocultar mi decepción.

Ella suelta una carcajada y hace girar el vino en la copa.

–Bueno, es que la cosa terminó abruptamente. *C'est la vie...* –da otro sorbo–. ¿Y tú, corazón? ¿Qué tal te lo has pasado?

–Bien.

Ella enarca una ceja.

–¿Solo bien? ¿O bien bien bien?

Jacinda se deja caer en una silla y suspira.

–Evie ha tenido que ayudarme.

Perpleja por el abrupto giro en la conversación, Martha la mira a ella y luego a mí. Yo me encojo de hombros y me siento también, porque el tobillo aún me molesta si paso mucho tiempo de pie.

–Ha sido una noche muy larga –comento.

–¡Soy toda oídos, chicas! –exclama Martha, poniendo boca abajo la botella de vino para apurar su contenido en la copa.

Miro a mi amiga: está acurrucada en la silla, con la cabeza gacha.

–Creo que Jacinda y yo tenemos que hablar –le digo a Martha, y vacilo por un instante antes de rematar el comentario–. A solas.

Martha se desinfla.

–Ah, vale –da un sorbo de vino y lo paladea–. Bueno, ya me contaréis después.

Me vuelvo hacia Jacinda.

–¿Salimos un poco?

Ella hace un mohín de contrariedad, pero al final se encoge de hombros.

–Vale.

Las dos caminamos hasta el cobertizo. Respiro hondo los aromas terrosos y familiares de la vaca, las gallinas y el heno. Al entrar, aprieto el interruptor y una nube de motas doradas se arremolina en torno a la bombilla. Saco una manta vieja de un rincón, la extiendo y le hago un gesto a Jacinda. Ella se sienta y se remete la falda bajo las piernas dobladas.

Me acercó a Hannah Bramble y le palmeo el tibio flanco.

–Eh, hermosa, ¿qué tal te ha ido el día?

Ella menea la cola y se ladea para dejarme sitio.

–Ay, Hannah, no. Solo he venido para charlar –exclamo, y justo en ese momento, los gatos se acercan por todas partes y empiezan a maullar–. Creen que he venido a ordeñar –le explico a Jacinda.

Ella trata de sonreír y no acaba de conseguirlo. Extiende un brazo para agarrar uno de los gatitos, pero él se escabulle. Jacinda frunce el ceño; hasta eso lo hace con elegancia.

–No te lo tomes como algo personal –le digo–. Si le damos un poco de leche, se dejará acariciar.

Apoyo la cabeza en el tibio hueco que hay entre la tripa de Hannah Bramble y su pata trasera. Si no la ordeño un poco, va a estallar un motín felino. Me siento, recojo el cuenco de los gatos y empiezo a ordeñar. Cuando los primeros chorros de leche golpean el fondo del cacharro, miro a Jacinda.

–¿Quieres intentarlo? –pregunto.

–¿El qué? –contesta ella mientras se tapa con los bordes de la manta.

–Ordeñar.

Me mira con los ojos desorbitados, como si no diera crédito a lo que acaba de oír.

–Ay, madre. ¡Pues claro que no!

–Al final acabarás por probar, seguro. Dame unas semanitas y te convenzo.

Ella responde con una sonrisa desvaída.

Cuando ya hay suficiente leche, me seco las manos en los vaqueros y coloco el cuenco en el medio de lo que ya es un remolino gatuno. Los maullidos se aquietan a medida que los mininos se asoman por el borde. Cuando ya no queda nada de leche, Jacinda se agacha, agarra a uno de los gatitos y se lo pone en el regazo. Él se queda tan tranquilo, lamiéndose los restos de leche de las patas y los bigotes.

–Este es Tigre Feroz –le explico.

–¿Por qué? ¿Por las rayas?

–Ajá.

Jacinda presiona suavemente una de las zarpas del gato e inspecciona las garras. Roza las puntas y deja que se retraigan. Luego acaricia el lomo del minino, que ronronea y frota la cara contra la palma de su mano.

Sé cómo se siente Tigre Feroz en este momento: igual que yo cuando Rajás me toca. Cuando siento su contacto, todo mi cuerpo se adelanta para responder.

Por favor, que no sea eso lo mismo que siente Jacinda por Brookner...

Y, sobre todo, espero que no sea eso lo que Brookner siente por Jacinda. Siempre he defendido que hay que seguir lo que dicta tu corazón; pero la máxima no se aplica si tu corazón es un lobo viejo e indecente que pretende seducir a una cachorrita.

–Bueno... Pues qué raro ha sido lo de antes en casa de Brookner, ¿no? –comienzo.

Estar sentada en la banqueta, por encima de Jacinda, me da una impresión extraña, como de interrogatorio. Me dejo caer al heno. Ella no despega la mirada del gatito que tiene en el regazo.

–Ya –responde–. Si no me gustaban las serpientes, ahora me gustan menos aún. Me gustan igual a cero.

Me ajusto la coleta.

–Parece que Brookner y tú habéis... Os habéis hecho amigos, ¿no?

Jacinda levanta la cara con tanta brusquedad que Tigre Feroz protesta con un maullido.

–¿A qué te refieres?

Reflexiono un momento; quiero elegir bien las palabras.

–A que parece... No sé, como si tuviera mucha confianza contigo. Y tú con él.

Ella baja la mirada hacia el gatito, con las mejillas ruborizadas.

–¿Te parece? –responde en el mismo tono que usaría yo si estuviésemos hablando de Rajás.

Esto no tiene buena pinta.

–Pues sí –respondo retorciéndome la coleta para hacerme un moño.

–¿Y en qué lo has notado? –insiste Jacinda sin levantar la vista.

Ay, no... Está buscando que le dé detalles para regodearse. Tengo que dar un giro a esta conversación, pero ya.

–Mira, no te enfades; pero cuando estaba en el piso de arriba buscando a Javier, escuché una cosa sin querer.

Me mira sobresaltada.

–¿El qué?

–En el despacho había uno de esos intercomunicadores para escuchar a los bebés. El transmisor estaba en la cocina, junto a la puerta de la habitación de Booker –explico.

Jacinda, pálida de pronto, me mira sin decir nada, con la mano suspendida sobre Tigre Feroz.

–No era mi intención escucharos, pero el receptor estaba encendido...

–¿Qué oíste? –pregunta, y empieza a dar golpecitos con el pie sobre la manta. Su mano se posa en el lomo del gatito, pero se olvida de acariciarlo.

–No mucho, pero parecía como si hubiera algo raro.

–¿Qué quieres decir?

No me lo está poniendo fácil... Vale: mejor soltarlo de una vez.

–¿Se ha pasado de la raya Brookner contigo? ¿Estáis...? –me devano los sesos en busca de una palabra adecuada–. ¿Estáis metidos en una relación? Amorosa, me refiero.

Las mejillas de Jacinda pierden el poco color que les quedaba.

–No creo que eso sea cosa tuya.

–No es mi intención entrometerme, pero estoy preocupada. Jacinda, puedes hablar conmigo.

Ella mira hacia otro lado y acaricia la cabeza de Tigre Feroz. Parece perdida en sus pensamientos. Abre la boca para hablar, pero vuelve a cerrarla de inmediato.

Yo sigo a la espera.

–Madre mía, estoy hecha polvo –dice por fin, desperezándose como si quisiera demostrarlo.

Vale, le hace falta un poco más de tiempo. Seguiré con mi estrategia: presión suave, preguntas concisas, paciencia. Que sea ella quien se acerque a mí cuando decida hacerlo.

–Vamos –digo ofreciéndole la mano–. Tenemos que dormir un poco. Si quieres, puedes traerte a Tigre Feroz.

–¿No le importará a Martha?

–No solemos meter a los gatos en casa por si tienen pulgas o garrapatas, sobre todo en verano. Pero ya te habrás dado cuenta de que nuestras normas no son muy estrictas... Además, ya hace bastante fresco, así que no creo que tenga nada. Y pareces caerle bien, además.

A la mañana siguiente, las dos nos ponemos la chaqueta y nos abrigamos los pies con calcetines gruesos y botas de goma. Jacinda me sigue al gallinero taza en mano, dando sorbos de vez en cuando (le he hecho café de verdad en lugar de mate, para que su introducción a la vida hippie-campestre no sea tan abrupta).

–¿Siempre os levantáis tan temprano? –pregunta, rodeando la taza con las manos para calentárselas–. Hace un frío horrible.

–Hannah Bramble y las gallinas piraña no esperan a nadie. Normalmente, Martha y yo nos turnamos; pero como tuvo que hacerse cargo de todo mientras a mí se me curaba el tobillo, ahora estoy en deuda con ella.

Abro la puerta del gallinero y voy levantando las gallinas de una en una para recoger los huevos.

–¡Puaj! ¡Están llenos de tierra!

No es tierra sino caca de gallina, pero decido reservarme el dato por ahora.

–¿Y nos vamos a comer estos huevos? –pregunta.

Me echo a reír.

–Vamos a ver, ¿de dónde creías tú que salían los huevos, exactamente?

–Exactamente, del supermercado –responde con un estremecimiento.

–Estás helada... En el cobertizo hará más calor. Ve entrando, yo voy enseguida.

–Vale.

Cuando entro, la veo ya sentada en la manta. Acerco el taburete, lavo las ubres de Hannah Bramble y coloco en su sitio el cuenco de los gatos. Todos salen en tromba desde los más remotos confines del cobertizo.

–¡Aquí está Tigre Feroz! –exclama Jacinda.

El gatito desapareció en algún momento de la noche. Supongo que Martha le abriría la puerta para que saliese.

Nos quedamos un rato calladas. Jacinda sorbe su café. Los gatos maúllan hasta que les ofrezco su cuenco de leche, aún humeante. Aspiro con fruición el aroma cálido y honesto de Hannah Bramble, acerco un cubo limpio y la ordeño en serio. Al cabo de un rato, el pie de Jacinda empieza a agitarse.

–¿Eres capaz de guardar un secreto? –me dice, y yo me echo a reír sin dejar de ordeñar.

–¿No deberías habérmelo preguntado antes de crear el RAP? –replico, ladeando la cabeza para esquivar la cola de Hannah Bramble–. Más te vale que lo sea, porque, si no, despídete de Cornell.

Ella esboza una sonrisa.

–Lo mismo te digo, porque el chantaje funciona desde los dos extremos –suspira–. Bueno, a ver. Mira, la conversación entre Brookner y yo que escuchaste ayer...

–No la escuché, la oí. Fue sin querer.

–Vale, como quieras decirlo –se encorva para recoger a Tigre Feroz y se lo pone en el regazo–. Pues mira, sí. Brookner y yo llevamos un tiempo... hablando. Por internet.

–¿Te refieres a que os mandáis correos para hablar de los trabajos que hay que entregar y esas cosas? ¿O es que os escribís en plan...?

No, no, por favor. Me viene a la mente la imagen de Jacinda mirando su teléfono en busca de mensajes, diciendo que se reserva para... No puede ser.

–¿Es Brookner tu amante anónimo? –barboto.

–¡Eh, para el carro! –protesta, aunque parece casi complacida de oírlo–. ¡No es mi amante! Pero... Sí, es la persona con la que he estado... escribiéndome por internet.

–Jacinda, eso no está nada bien –replico en un tono tan brusco que Hannah Bramble muge para protestar.

Respiro hondo. Relájate, no te dejes llevar. Cuando me noto más calmada, continúo:

–No está bien. Lo sabes, ¿verdad? –palmeo el costado de Hannah Bramble para indicarle que ya he terminado de ordeñarla–. Como profesor mola mucho; pero es un profesor, Jacinda.

–¡No es lo que piensas! Sabe que aún soy muy joven y...

Suelto un bufido de desdén y me arrepiento nada más hacerlo.

–Mira, te agradecería mucho que dejases de prejuzgarme –me espeta Jacinda. Tigre Feroz baja de un salto de su regazo y empieza a pasearse por el cobertizo.

–Lo siento mucho, de verdad. Pero es que...

–No vamos a hacer nada –me corta ella, concentrada en quitarle bolitas a la manta–. Y no es porque yo no quiera. La semana pasada, en su casa, le dije que...

–¿La semana pasada? ¿Pero es que habéis quedado más veces? –no me lo puedo creer.

Ella suspira, como si le impacientara que yo sea tan corta de entendederas.

–Solo una vez. Aparte de la de anoche, claro.

–¿Por qué no me lo contaste? Espera... ¿Lo sabe Rajás?

Jacinda me sostiene la mirada sin decir nada. Vale, no lo sabe. Lógico: si se enterase, explotaría.

–Tienes que parar, Jacinda. Está mal. Es nuestro profesor, por Dios...

–¡Es una relación platónica! –exclama ella, dando un puñetazo en la manta que levanta una nube de polvo–. Dice que tenemos que esperar a que me gradúe para hacer nada.

Clavo la mirada en el costado de Hannah Bramble.

–Mira, Jacinda: lo mires como lo mires, esto se pasa de la raya. Existen límites que hay que respetar.

Ella se levanta de un salto.

–¡Ya me lo advirtió él! Me dijo que esto ocurriría; que al final tú reaccionarías como todos los demás. ¡Y yo que te defendía...!

–¿Habéis hablado de mí?

–¡No! Solo me dijo que tal vez no fueras tan guay como pareces –espira con fuerza–. No sé, Evie... Estoy decepcionada. Me esperaba más de ti.

Su comentario termina de dejarme perpleja.

Ella me mira y prosigue con voz temblorosa.

–¿No eras tú la que discutía siempre la autoridad? ¿La que quiere oponerse al poder establecido? Y ahora nos juzgas solo porque él es mayor que yo. ¡Eso es discriminar en razón de la edad! En serio, creí que eras diferente.

Mierda: eso ha sido un golpe bajo. Soy diferente, claro que lo soy. ¿De verdad estaré opinando con precipitación? ¿Me estaré dejando llevar por mis prejuicios? ¿O es que Brookner se ha dado cuenta de que yo me opondría y ha manipulado a Jacinda?

–¿No lo ves, Jacinda? Brookner quiere que nos enfrentemos. Divide y vencerás...

Ella me mira con los ojos desorbitados, como un animal fuera de sí por el pánico. Hago un esfuerzo por bajar el tono.

–El que un profesor tenga una relación amorosa con una de sus alumnas es un abuso de poder –asevero–. ¿Le has contado esto a alguien más?

–¡No! –responde Jacinda, cruzándose de brazos y dejándolos caer de inmediato. Empieza a pasear de un lado a otro, tan agitada que ni siquiera le importa estarse llenando de paja sucia–. ¡No lo es! El abuso de poder es lo que hizo la Gliss con Marcie cuando la llamó gorda, por ejemplo. Eso sí que es abuso de poder. John jamás haría nada así.

–¿John? ¿Tenéis tanta confianza que ya le llamas por su nombre de pila? –trago saliva e intento acallar mis emociones–. Jacinda, no está bien –insisto, con la esperanza de que así vea la luz–. Esto está tan mal como lo que hace la Gliss, aunque sea diferente.

Pero aún hay otra cosa que me inquieta. Me vienen a la mente todas las veces en que Rajás nos ha advertido acerca de Brookner, en que ha hablado de rumores sobre él y de «lo que nos contó Nishi», la desconfianza visceral que le inspira el profesor...

–Un momento –digo–. ¿Ha hecho Brookner esto antes con otras chicas?

Es como si hubiera apretado un interruptor. Los ojos de Jacinda casi se salen de sus órbitas.

–¡No tienes ni idea de esto! –chilla–. ¡Eres virgen, ni siquiera habías ido nunca al instituto!

Se saca el teléfono del bolsillo y empieza a toquetear la pantalla.

–¿Qué haces, Jacinda?

Me da la espalda sin responder. Se lleva el teléfono al oído y sacude la cabeza; quien sea no debe de estar contestando. Vuelve a teclear y levanta el teléfono otra vez.

–¡Hola! –dice con una animación evidentemente falsa–. Siento molestarte tan temprano, pero... ¿podrías hacerme un favor grande?

Necesito que me vengas a buscar. ¿Podrías pedirle el coche a tu madre? –hace una pausa–. Ah, vale. Bueno, gracias de todos modos –otra pausa–. No, no, estoy bien. No pasa nada. Mañana te veo.

–¿Con quién hablas? –le pregunto.

Ella me ignora y vuelve a teclear.

–Soy yo –dice esta vez–. Necesito que vengas a recogerme –pausa–. No, sigo en casa de Evie. ¿Cuánto tardarás en llegar?

Es Rajás, no puede ser nadie más; es el único que sabe dónde vivo. Jacinda debe de haberlo intentado primero con sus amigas, pero ¿cómo podrían encontrar el camino? La Casacúpula no aparece en Google Maps, precisamente.

Jacinda asiente con la cabeza, sin soltar el teléfono.

–Vale. Ah, otra cosa: sé que Evie va a tratar de convencerte de algo. No la creas. Es todo mentira –me lanza una mirada gélida–. Mira, yo solo te digo una cosa: Evie no es tan guay como parecía.

16

El intento de combinar sabiduría y poder solo ha fructificado en contadas ocasiones, y aun entonces ha sido fugaz.

ALBERT EINSTEIN
(1879-1955)
físico y ganador del premio Nobel

EL LUNES, el camino al instituto se me hace eterno. Martha va enfurruñada en el asiento del copiloto, como si el hecho de que no quiera contarle todo lo que ha pasado fuera una afrenta personal. Cuando Jacinda se marchó, Martha quiso saber qué había pasado. Yo le conté que habíamos discutido a causa de un tipo con el que estaba viéndose, uno del insti que no le convenía nada. En el fondo no falté a la verdad, pero Martha se dio cuenta de que no era toda la verdad. Esta es la primera vez en nuestra vida que Martha es ajena a algo de lo que me pasa. Y yo siento mucho no ser del todo sincera con ella, pero hay cosas que no puedo contarle. Al menos, hasta que tenga tiempo de pensar y hablar con Rajás y Jacinda. Tengo que trazar un plan de acción antes de hacer nada, porque si Martha descubriera que se trata de un profesor, iría al instituto para cubrirlo de alquitrán y plumas, le dijera yo lo que le dijera. ¿Un hombre adulto abusando de su posición de autoridad con una amiga de su hija? Buena suerte, Brookner, porque la ibas a necesitar.

Jacinda y yo no hemos vuelto a hablar desde que se marchó de mi casa. No ha respondido a ninguna de mis llamadas ni a mis mensajes, y se empeñó en que Rajás la llevase a casa sin darme tiempo siquiera a darle un beso. Más tarde, cuando llamé a Rajás, él se mostró brusco y distante. «Tengo que colgar», dijo. «Mi madre me ha pedido que la ayude a reparar el camino de entrada».

¿Reparar el camino de entrada? Me senté sobre las manos durante veinte minutos y al final le escribí: «Stas bien?».

Me respondió al cabo de un par de horas: «Tnms q hblr. Almrz lnes».

Tuve que leerlo cinco o seis veces para entenderlo todo: «Tenemos que hablar. Almuerzo lunes». El estómago se me cayó a los pies.

«Pq?», respondí.

No hubo respuesta. Fue un fin de semana de silencio total.

Y ahora ha llegado el momento de ir al insti. Mientras freno para entrar en la carretera asfaltada, le pido a Martha por millonésima vez que mire mi teléfono por si me ha llegado algún mensaje.

–¿Hay algo? –pregunto.

–Nada. Lo siento, hija –contesta Martha acariciándome el pelo–. Sé fuerte; ya verás como al final todo sale bien.

Martha solo deja de acariciarme el pelo cuando llegamos a Walmart. Agarra la bolsa de símbolos pacifistas que hemos hecho (para pegarlos en las pistolas de juguete; esta semana le toca reponer en esa sección) y me besa en la mejilla.

–Llámame si me necesitas, ¿vale? –dice mientras se pelea con la manecilla de la puerta–. Pero ten cuidado de que la autoridad competente no te pille.

Entro en el insti sin saber casi ni dónde estoy. Me resulta difícil hasta moverme, tan tensa me siento por dentro, pero recorro los pasillos buscando a Rajás antes de que suene el timbre de comienzo.

No lo veo por ninguna parte.

Al llegar a la clase de Visión del Mundo Global, me dirijo a mi asiento. Jacinda, que está hablando con Marcie, se calla al verme entrar, se sienta con los brazos cruzados y empieza a menear el pie. Brookner no ha llegado aún.

–Hola, Jacinda.

¿Se dará cuenta de que no sé ni dónde meterme? ¿De que estoy hecha un lío, entre nuestra pelea, su silencio, lo de Rajás y el hecho de que esté enrollada con el profesor que está a punto de entrar, por Dios?

–Pues... ¿Qué tal te ha ido el fin de semana? –insisto al ver que no dice nada.

Ni me mira. Vuelvo a la carga.

–¿Has hecho algo divertido?

Ella se abraza el torso.

–No –contesta.

Bueno, al menos ha dicho algo. No habría podido soportar su silencio ni un segundo más.

–¿Sabes si... si Rajás se ha enfadado?

–¿Cómo voy a saberlo?

–No me ha llamado ni me ha escrito este fin de semana, y al ver que tú tampoco lo hacías, empecé a preocuparme... Oye, ¿quieres que quedemos después de clase? Tengo una hora libre antes de que Martha salga del trabajo.

Ella mantiene los ojos fijos en la puerta, como si se muriese de ganas de ver a Brookner.

–No. Tengo entrenamiento.

De pronto, endereza la espalda y se pone como un tomate: Brookner acaba de entrar.

–Y no se te ocurra comentar la cita hoy –me dice en un susurro casi inaudible, haciendo un gesto hacia la frase sobre la sabiduría y el poder que hay escrita en la pizarra.

Antes le encantaba que yo entablase discusiones sobre las citas... ¿Y ahora quiere que me quede callada?

Brookner nos mira por un instante, pero no cambia de expresión. Se queda de pie frente a la pizarra, se balancea adelante y atrás, se agarra las manos... Uf; estaba tan preocupada por Jacinda y por Rajás que ni siquiera me he parado a pensar cómo sería volver a ver a Brookner. No quiero ni mirarle; solo verle la cara me da asco. ¿Qué tipo de profesor hay que ser para pensar que está bien enrollarse con una alumna? Es repugnante.

–Tranquilizaos, por favor –dice Brookner–. Buenos días. La cita de hoy es de Einstein y aborda el tema del poder. Veamos... ¿Algún comentario? ¿Alguna reflexión?

Nadie responde, por supuesto.

Brookner se coloca bien las gafas.

–Evie, ¿no quieres decir nada?

Mirarlo me da dentera, como si tuviera alguna enfermedad repelente e infecciosa. Como si su carencia de límites fuera una sustancia viscosa que le rebosara por los poros.

–¿Evie? –insiste.

El susurro de Jacinda aún resuena en mi mente. La garganta me escuece mientras me oigo decir a mí misma:

–No.

–¿No tienes nada que decir? –repone Brookner, que parece verdaderamente sorprendido.

Clavo la mirada en el tablero de la mesa. Noto el estómago anudado, y de pronto me doy cuenta de que estoy furiosa. Vale, sí: Jacinda es mi amiga. Pero no es mi guardiana; yo no tengo por qué acatar órdenes de nadie. ¿Por qué voy a cortarme de hablar ahora? Esa no soy yo, o al menos no es quien yo quiero ser. Esta chica es diferente.

–Bien; en ese caso, comenzaremos la clase. Por favor, abrid el libro por la página...

Alzo la mano.

–En realidad, sí que tengo algo que decir.

Jacinda da un respingo. Su pie se detiene.

–Estoy de acuerdo con Einstein –comienzo, sin saber cómo va a reaccionar Jacinda. ¿Se pondrá furiosa?–. Es raro que coincidan la sabiduría y el poder; de hecho, casi nunca ocurre.

Brookner sonríe.

–Bueno, es lógico. Al fin y al cabo, la sabiduría es un bien escaso, ¿no te parece?

Le sostengo la vista sin pestañear.

–Eso no es pertinente.

–¿Por qué?

–Lo que quiere decir la frase es que la sabiduría solo importa de verdad cuando su poseedor ostenta poder sobre otra persona. Imaginemos un médico y un paciente, por ejemplo. El que el paciente sea sabio carece de relevancia, porque no está en una posición de poder –enderezo la espalda–. Lo que no es aceptable es que la persona que ostenta poder carezca de sabiduría.

El pie de Jacinda vuelve a agitarse con tanta rapidez y violencia como la cola de una serpiente de cascabel. Está tensa, como si se preparase para lanzarse sobre una presa. Brookner, por su parte, parece relajado. Se alisa la corbata y aguarda a que yo prosiga.

–Un médico –continúo, mordiéndome la lengua para no decir «o un profesor»– debe ser sabio. Respetar los límites. Si no lo hace, debería renunciar a su poder. O lo uno o lo otro... El poder sin sabiduría es la quintaesencia de la arrogancia.

–Bien planteado. Gracias, Evie.

¿No se habrá dado cuenta del sarcasmo? ¿O es que todo esto le divierte?

Miro de reojo a Jacinda. Su cara es una máscara hostil.

La clase avanza con lentitud. En cuanto suena el timbre, me vuelvo hacia Jacinda.

–Escúchame, por favor –le digo–. Yo...

–Ni me hables. De verdad, no me puedo ni creer que tú... –baja la voz hasta convertirla en un susurro rebosante de desprecio–. ¡Es como si quisieras que se enterase la clase entera!

–¡No, Jacinda! Yo no...

–Que no me hables –me espeta con rabia.

Hecha polvo, busco a Rajás entre clase y clase. No está en ninguno de los sitios que suele frecuentar. ¿Me estará evitando? Para cuando llega la hora del almuerzo, tengo los nervios de punta y el estómago del revés. Me planto delante de la puerta del taller, aterrada. ¿Y si no está abierta? ¿Se habrán acabado las sesiones de besos a la hora del almuerzo? Con la cabeza llena de miedo y el corazón lleno de esperanza, trato de girar el pomo de la puerta. Cede; la puerta se abre. Respiro hondo, aliviada. Rajás está esperándome dentro.

Pero algo va mal. En lugar de saludarme con un beso, está de pie, inmóvil. En su rostro hay una expresión seria.

El corazón se me sube a la garganta.

¿Qué le habrá contado Jacinda? ¿También él va a dejar de hablarme? O, aun peor –no puedo imaginar nada más catastrófico–, ¿querrá cortar? No me lo creo. En todo caso, ¿podemos cortar cuando ni siquiera estábamos saliendo oficialmente? Mi corazón, que coletea en el pecho como un pez agonizante, parece creer que sí.

He perdido a mi mejor amiga, y ahora voy a perder al chico del que me he enamorado. Los dos en un solo día.

¿Cómo pueden haber derivado las cosas en tan poco tiempo desde la normalidad a este choque de trenes, pasando por un esguince y un corazón feliz?

Abro la mano para hablar, sin saber bien lo que voy a decir, pero Rajás se me adelanta.

–No lo soporto más –dice en un tono que rezuma odio–. Tiene que acabarse de una vez.

14

Las mujeres que se portan bien rara vez hacen historia.

Laurel Thatcher Urich
(1938)
historiadora

Me llevo las manos al estómago como si me hubiera dado un puñetazo. Quiere cortar. ¿Qué le habrá dicho Jacinda para hacer que me odie así?

Aunque también puede ser que sus sentimientos hayan cambiado, sin más.

¿Se habrán desvanecido? ¿Será que nunca fueron tan fuertes como yo pensaba?

No sé qué me hace más daño.

Soy incapaz de hablar.

Rajás se acerca con las manos levantadas.

–¿Eve? –dice agarrándome de los codos.

–Déjame –digo entre dientes.

Si quiere cortar conmigo, tiene todo el derecho. No pasa nada, sobreviviré. Pero hacerlo de forma tan fría, tan cruel –«Tiene que acabarse»–, y luego fingir que se preocupa por mí... No, por aquí no paso; es humillante. Me libero de un tirón.

–Vale, de modo que se ha terminado –me seco las lágrimas y aprieto los dientes.

Él me mira, con la frente arrugada en un gesto de incomprensión.

–¿Qué pasa? Creí que estarías de acuerdo conmigo.

–¿De acuerdo? ¿Por qué iba a estar de acuerdo?

–Porque Brookner es un mal bicho. Es repugnante.

–Que Brookner... ¿Cómo? –sacudo la cabeza, perpleja.

–Sí, lo de Brookner y Jay –aclara–. Tiene que acabarse de una vez.

El corazón empieza a galoparme en el pecho.

–Un momento –digo, notando que me invade una oleada de esperanza y alivio–. ¿No quieres cortar conmigo?

Sus ojos se abren de par en par.

–Eve, ¿por qué voy a querer hacer eso? Además, ni siquiera me gusta eso de «cortar»; es como una etiqueta que... –de pronto palidece–. ¿Por qué lo dices? ¿Es que tú sí que quieres?

–¡No!

–Ah, menos mal –me dirige una de sus sonrisas torcidas–. Joder, por un momento me asustaste.

–¿Que yo te asusté? ¿Y tú a mí, qué? ¿Por qué has pasado de mí todo el fin de semana?

–No he pasado de ti. De hecho, me he acordado mucho de ti.

Le dirijo una mirada severa. «Contesta a la pregunta», vengo a decir sin palabras.

–Bueno –comienza–, es que tenía que ayudar a reparar el camino de entrada, como te dije. Y tuvimos lío de familia todo el fin de semana. Jacinda estuvo todo el tiempo por allí, así que no podía hablar con libertad.

–¿Y no encontraste ni un minuto para llamarme?

–Tienes razón, debería haberlo hecho. Lo siento.

–Estaba preocupada.

–Pues ven que te quite la preocupación –dice abrazándome.

Nos besamos. Yo me dejo ir, pegándome tanto a él que lo hago retroceder hasta apoyarse en un banco de trabajo. Echaba tanto esto de menos, lo necesitaba tanto... El mundo se disuelve a nuestro alrededor.

Aún estamos besándonos cuando suena el timbre.

–Joder, Eve –dice Rajás con voz ronca–. Cómo me gustaría no estar en el insti ahora mismo.

–Lo mismo digo.

Nos volvemos a besar. Es que no me harto de él...

–Eve, tenemos que marcharnos.

Nos despegamos con esfuerzo y salimos al pasillo.

–Bueno... Volviendo a lo de antes –me dice Rajás, lo bastante bajo para que solo pueda oírlo yo–, lo de Jacinda y Brookner es indignante. Tenemos que acabar con ello, pero ya.

–Totalmente de acuerdo –respondo–. Pero ¿cómo?

Rajás y yo nos vemos en el aparcamiento, detrás de las clases. Nos acurrucamos en la parte trasera de la Chati y nos evaporamos el uno en el otro.

Al cabo de un rato, me separo de mala gana.

–Martha saldrá del trabajo en veinte minutos –digo.

Rajás me acaricia la mejilla con los ojos entrecerrados.

–Aún nos queda un poco de tiempo.

–Sí –murmuro entre beso y beso–, pero tenemos que hablar de Jacinda.

–¿Seguro? –replica mientras sus manos se deslizan bajo mi camiseta y rozan mis costillas con las yemas de los dedos.

–¿Cómo te enteraste de lo de Brookner y ella? –insisto–. No te lo contaría Jay, ¿verdad?

Él suspira.

–No. Cuando la recogí en tu casa, me dijo que te estabas pasando con ella.

Pensar en el enfado de Jacinda hace que comience a hundirme, pero estar con Rajás me ayuda. Su contacto me mantiene a flote.

–Me pareció muy raro –prosigue encogiéndose de hombros–. No te imagino en plan abusona.

–Ah, ¿no? –respondo poniendo cara de tipa dura.

Él sonríe y me recorre la cintura con el pulgar. ¿Se dará cuenta de los saltos que me pega el estómago?

–Jacinda lleva una temporada portándose de manera extraña. Y luego, el viernes...

–En casa de Brookner, ¿no? –pregunto para ver si logro concentrarme en lo que dice y no en el roce de sus manos.

–Eso es. La cosa es que parecía fuera de sí... Entonces supe que pasaba algo raro. Y al fin logré sonsacárselo ayer. Ya te dije que ese tipo es lo peor –dice, y del fondo de su garganta sale una especie de gruñido de furia–. ¿A ti te lo contó sin más? ¿Cómo te enteraste?

–Oí sin querer una conversación entre Brookner y ella mientras buscaba la serpiente.

Los dedos de Rajás se detienen durante un momento eterno.

–Hay rumores. Se dice que no es la primera vez que se enrolla con una de sus alumnas, y...

–Un momento –le interrumpo–: ¿tiene esto algo que ver con tu hermana? ¿No le dijiste un día a Jacinda algo como «recuerda lo que nos contó Nishi»?

Él se aparta y se tumba de espaldas; el momento ha quedado arruinado por esta conversación.

–Sí... Nishi nos dijo que Brookner había tratado de liarse con su mejor amiga.

–Nishi es la mayor, ¿verdad? –le pregunto, porque sé que tiene dos hermanas.

Rajás asiente.

–¿Y por qué no le llamas por teléfono? –propongo incorporándome–. Tal vez ella pueda hablar con su amiga para averiguar lo que pasó de verdad.

–Pero aunque no hable con su amiga, e incluso si habla con ella y resulta que la historia no es cierta...

–... aun así, lo de Jacinda sí que lo es –remato.

–Eso –se frota la nariz–. Es como una canción mala de los 80: *Colada por mi profe*.

–¿Por qué no abordamos directamente a Brookner y le decimos que sabemos lo que pasa?

–No creo que sirviera de nada. No se detendría, y le contaría a Jacinda que hemos hablado con él. Seguro que ella dejaría de hablarnos.

–Es que a mí ya no me habla.

Rajás me mira sorprendido.

–¿En serio?

–Desde la clase de Visión Global de hoy.

Él me da la mano, como si percibiese lo doloroso que me resulta el silencio de Jacinda.

–Sabía que estaba furiosa, pero no creí que llegase a tanto –comenta.

Trago saliva; tengo la garganta seca y dolorida.

–Hoy la frase de Brookner iba del poder.

–Huy, qué sorpresa.

–Jacinda me pidió que no dijese nada. Pero me puse cabezota y al final hablé.

–¡No me digas! ¿Tú? ¿Te pusiste cabezota y te expresaste en público? –menea la cabeza, sonriente–. No me lo puedo creer.

–Sí, sí, lo sé... Pero no te imaginas cómo se puso ella. Me dijo que no volviera a hablarle.

Rajás exhala una bocanada de aire.

–Es lo que te decía: desde hace una temporada, no parece ella. Hace cosas irracionales.

–Es el amor –me recuesto y apoyo la cabeza en su hombro–. El amor puede producir inseguridad, miedo... Puede llevarte a hacer cosas irracionales, sí. Es como si te volviera loca.

–¿El amor te vuelve loca?

El corazón me retumba en el pecho. Contengo el aliento. Rajás cambia de postura.

–¿Estás hablando de Jay o... de nosotros? –pregunta.

Hago una respiración de yoga y me armo de coraje.

–De las dos cosas.

Él se queda quieto y callado durante un instante en el que me creo morir. Luego, me envuelve con sus brazos.

–Conque amor, ¿eh? –susurra con la cara enterrada en mi cuello–. Bueno, puedo aceptar esa etiqueta para esto, para ti y para mí. Pero no para «colada por mi profe».

A pesar de que mi corazón está pegando saltos de alegría («¡Amor! ¡Me ama!»), consigo ponerme seria.

–Ajá, ya lo entiendo. El amor no puede existir entre profesor y estudiante. Sin embargo, sí que puede existir entre novio y...

Rajás suelta un gemido.

–Ay, qué despistada –digo, abriendo mucho los ojos en plan comprensivo–. ¿En qué estaría yo pensando? ¡Tú y yo no somos novios! Somos... somos... –frunzo el ceño, ahora seria de verdad–. ¿Qué somos?

–Somos esto –dice Rajás, y me besa.

Volvemos a perdernos el uno en el otro. Un teléfono suena a lo lejos.

No, a lo lejos no. Suena en mi mochila. Me incorporo de golpe.

–¡Ay, no! ¡Me olvidé de Martha! –busco mi teléfono y lo abro–. ¡Llego en dos minutos! –exclamo, y lo cierro de golpe para no tener que escuchar la bronca que seguro que iba a echarme–. Tengo que marcharme. Mierda... ¿Cuándo vamos a hablar de qué hacer con...?

–Ya, con lo de Brookner –completa Rajás, ceñudo.

–Ven –le indico mientras me siento al volante–, te llevo hasta tu coche.

–Vale –contesta acomodándose a mi lado–. Entonces, ¿crees que Jay está realmente enamorada de él?

Asiento y meto la llave en el contacto.

–Pero ¿cómo vas a saber si estás enamorado de alguien si no le has dado un beso siquiera? –insiste y, de pronto, en su cara aparece una expresión horrorizada–. ¡La madre que...! ¿Se habrán besado? Es que le voy a...

–¡No, no, no! –exclamo haciendo aspavientos–. Aún no: según Jacinda, Brookner dice que tienen que esperar a que ella se gradúe.

A Rajás casi se le salen los ojos de las órbitas.

–¿Que Brookner dice qué? ¿Cuando se gradúe? ¿Y después qué?

–Cálmate, anda –le digo con voz suave, porque veo que va a estallar–. Respira.

Su respiración es casi un gruñido.

–A mí no me dijo nada de eso –masculla.

–Ya, eso suponía.

Por fin, el motor de la Chati resuella, tartamudea y arranca. Recorro los quince metros que nos separan del coche de Rajás, sin dejar de dar vueltas a todo esto.

–¿Y si se lo contamos al señor Folger?

Rajás niega con la cabeza.

–No me siento capaz de traicionar así a Jay. Por no hablar de que sería nuestra palabra contra la de ellos dos, que lo negarían en redondo.

–Sí, cierto. Y eso la haría alejarse aún más de nosotros...

–Claro –Rajás se frota la cara.

Aún cavilando, me detengo junto al Contaminante.

–Espera... ¡Lo tengo! –exclamo dando una palmada al salpicadero–. ¡Un rayo!

Rajás me mira perplejo y luego sonríe lentamente.

–Ah, bien visto –asiente–. Es perfecto.

La cabeza me da vueltas.

–Pero Jacinda sabrá quién ha sido...

–Da lo mismo –replica Rajás–; para entonces, el asunto habrá salido a la luz. Y no tenemos por qué mencionar a Jay para nada...

–Sí, sí, lo veo. A Brookner le dará tanta vergüenza que dejará sus manejos.

–Si es que le queda vergüenza, claro.

–No podemos darlo por supuesto, es verdad.

Rajás desliza el pulgar por el salpicadero, concentrado.

–Jay podría delatarnos –comenta.

–¿Al señor Folger? ¿Pero cómo explicaría que sabe que somos nosotros? Tendría que admitir su culpabilidad en la creación del RAP y en el rayo contra la Gliss. El señor Folger la haría confesar, seguro.

–Bueno, tendrá derecho a guardar silencio.

–Huy, no creo que le permitan invocar la quinta enmienda. Si los derechos que garantiza la primera enmienda no valen en el instituto, y no hay libertad de expresión ni de prensa, ¿por qué van a respetarse los demás?

Rajás alza una ceja ante mi discurso.

–Eh, no me mires con esa cara. Eres tú el que ha sacado a relucir las enmiendas constitucionales.

–¿Las meriendas qué? Me suena de algo, pero no acabo de recordarlo... ¿Dónde lo habré oído antes?

–Si estudiaras en casa, amigo mío, me temo que repetirías curso.

–¡Ay, qué vergüenza tan grande! –se ríe–. No te preocupes: empollé bien mi Historia Básica de América.

–¿Historia Básica de América? Suena a manual antiguo.

–A ver –dice ignorando mi último comentario–: la primera enmienda habla de la libertad de religión, expresión y prensa. La segunda trata de las armas. La tercera era anacrónica, razón por la que mi cerebro renunció a almacenarla. La cuarta va de pesquisas y aprehensiones arbitrarias. La quinta es lo del derecho a permanecer en silencio –me mira con aire satisfecho–. ¿Me pone un sobresaliente, profe?

–No creo en las notas: no son más que etiquetas.

Se echa a reír, y yo le beso.

–Huy, huy, huy... Otra relación entre profesora y alumno –bromea; pero cuando los dos pensamos de verdad en lo que ha dicho, nos separamos, pensativos.

Las facciones atezadas de Rajás están fruncidas en una mueca de preocupación. Como antes, solo podemos pensar en Jacinda y Brookner.

–Si señalamos a Brookner con un rayo, Jacinda se va a poner furiosísima –comento–. Creo que va a echar espumarajos por la boca.

–Ya los echa –replica Rajás.

–Cierto –digo; solo de recordar su silencio se me retuercen las entrañas–. Pero es que, si atacamos a Brookner, tu prima se va a pasar años sin hablarme.

–Ya se le pasará. A Jacinda nunca le duran mucho los enfados. Podemos esperar unos días antes de hacerlo. Hasta la semana que viene, por ejemplo –estira el brazo y me agarra de la mano–. Para entonces, seguro que ya te habla de nuevo; de hecho, puede que estés harta de oírla cotorrear –su boca se ladea en una de sus famosas sonrisas torcidas–. Además, ¿qué es lo peor que podría pasarnos?

–Pues no sé... ¿Que no pueda ir a Cornell?

–Sí, bueno. Eso sería una faena –reconoce–. Pero me refiero a tu relación con Jay. No puede estar más enfadada contigo de lo que ya está, ¿no?

–Bueno, sí –me agarro el estómago–. Entonces, ¿por qué me apetece vomitar cada vez que pienso en lo que queremos hacer?

–Mira: incluso aunque todo salga mal, me tienes a mí. Estamos juntos en esto: uno para todos y todos para uno.

–Ajá... Creo que me suena de algo –replico.

18

La transparencia se alaba justamente por ser un remedio para las enfermedades sociales e industriales. Se dice que la luz del sol es el mejor desinfectante, y la luz eléctrica, el policía más eficaz.

LOUIS BRANDEIS
(1856-1941)
juez de la Corte Suprema
de los EE. UU.

SUSPIRO Y ROZO CON LOS DEDOS la pared de hormigón, de camino a mi primera clase. A estas alturas, Visión Global se ha convertido en mi noveno círculo del infierno particular. No aguanto ver a Brookner, porque me dan arcadas cada vez que lo imagino sobando a Jacinda o a otras chicas. No dejan de venirme a la cabeza imágenes de él en plan chupasangres procaz, aficionado a las jovencitas y hambriento de poder.

La actitud de Jacinda, que sigue sin dirigirme la palabra, es aún peor. ¿Cómo podrá oírse tantísimo el silencio? A pesar de que Rajás me asegura cada dos por tres que Jacinda va a perdonarme, por ahora lo cierto es que ni me mira. Los últimos días han sido una tortura. En las películas, todos los personajes odian su instituto, y estoy empezando a comprender por qué. No tiene nada que ver con la pedagogía ni con la filosofía educativa, sino con los seres humanos.

Como dijo Sartre en *A puerta cerrada,* «el infierno son los otros». Una cita perfecta para la pizarra de Brookner.

Lo cierto es que estoy cada vez más harta. Martha se lo achacaría a la institución educativa, y la verdad es que, en el fondo, lo que más me gustaría es estar ahora mismo estudiando en casa, diseñando comunidades sostenibles, escardando el huerto, mirando las nubes, limpiando el establo, haciendo trabajos online, saliendo a ver bichos... Bueno, no: en realidad, lo que más me gustaría es estar con Rajás. A solas. Solo de pensarlo, la tripa se me alborota y las mejillas se me encienden.

Pero lo primero es lo primero: ahora toca Visión Global. En otras palabras, Jacinda y Brookner. Pero... Eh, un momento. ¿Qué es ese alboroto? Mis compañeros están arremolinados alrededor de la puerta de la clase. Me acerco y capto fragmentos de conversaciones:

–*¿Este para quién va?*

–*¿Quién habrá sido?*

–*Me dijeron que se estaba cociendo algo...*

Levanto la mirada: en la puerta de la clase de Brookner hay un enorme rayo. Tiene escrita dentro la web del RAP, trazada con una pintura roja que ahora, a medio secar, parece sangre seca. Rajás y yo decidimos no hacer nada hasta dentro de una semana para dar tiempo a que Jacinda se calmase. Pero entonces, ¿quién ha hecho esto?

El corrillo entero se da la vuelta al mismo tiempo, como si la gente estuviera teledirigida. Me da la impresión de enfrentarme a un muro de miradas.

–Tranquilizaos, por favor –dice la voz de Brookner.

Me doy la vuelta y lo veo a mis espaldas. Avanza y mis compañeros retroceden a su paso, como si no quisieran estar demasiado cerca de él. Brookner llega a la puerta, mete la llave en la cerradura y abre como si no pasara nada.

–Entrad, chicos –nos pide con un ademán.

Debajo del otro brazo lleva un ordenador portátil.

Todos nos dirigimos a nuestros sitios respectivos. La pizarra está en blanco, lo cual indica que Brookner no está tan calmado como aparenta. ¿Vería antes el rayo y saldría huyendo? ¿Pero adónde? ¿Al servicio? ¿A la sala de profesores?

Jacinda no ha venido. Saludo a Marcie; desde que apareció el rayo de la Gliss, me trata con más cordialidad. Los susurros vuelan por el aula mientras Brookner coloca el ordenador sobre su mesa. Arrastra el carrito de la tele para que todos lo veamos. No me lo creo: ¿va a ponernos la web del RAP? ¿Cómo se le ocurre? ¿De verdad puede estar más preocupado por lo que hayan escrito de él que por el hecho de que hayan escrito algo, para empezar?

Bueno, mejor que mejor: quiero saber lo que pone la web.

–Disculpadme. Me temo que hoy... –comienza Brookner, y se interrumpe para conectar el ordenador–. Hoy no he podido escribir la cita de costumbre. Como habéis visto con vuestros propios ojos, está siendo una mañana agitada –sonríe, levanta la mirada y juguetea con su corbata.

A Marcie se le escapa una risita nerviosa. Por un momento nuestras miradas se encuentran, pero ella aparta enseguida la suya. Miro a Brookner: está balanceándose adelante y atrás.

–Bien, bien –dice mientras elige un rotulador.

Lo destapa, se acerca a la pizarra y escribe una frase que habla de la luz del sol y de su función desinfectante. Me suena... Claro, es la semilla que Martha plantó en el oído de Folger. Puede que el director se lo haya comentado a Brookner.

A mi alrededor, la gente intercambia miradas de asombro. Marcie, Matt y Steve me miran como si esperasen que yo supiera más que ellos. Cuando el timbre suena, Brookner da un respingo que emborrona la última letra de «Brandeis». El gesto delata lo nervioso que está, a pesar de la serenidad que intenta transmitirnos. Borra el garabato, tapa el rotulador y, mirándome directamente, abre la boca para hablar; pero antes de que pueda hacerlo, Jacinda entra en la clase y pasa a grandes zancadas por delante de él, cabizbaja. Todo el mundo la contempla con extrañeza mientras deja sus cosas en la mesa y se alisa la minifalda para sentarse. Es rarísimo que Jacinda llegue tarde.

Saco mi cuaderno y garabateo una nota: «¡No ha sido quien tú piensas!». La repaso, lo tacho todo y vuelvo a empezar. Lo que me gustaría escribir es: «¡No hemos sido Rajás y yo! ¿Quién lo habrá hecho?». Pero no puedo escribir nuestros nombres; sería demasiado arriesgado. Al final me decido por «Tenemos que hablar, por favor» y arranco la hoja lentamente para no hacer ruido. En cuanto Brookner se da la vuelta, le paso el papel a Jacinda.

Ella lo deja caer al suelo, se gira a cámara lenta y me clava una mirada torva.

Brookner ya ha conectado el ordenador a la tele.

–He elegido la frase de hoy porque... –duda por un momento–. Porque es cierto que la luz del sol es el mejor desinfectante –concluye al fin, recostándose en el borde de su mesa–. Lo que Brandeis quiere transmitir es que las cosas se abordan mejor a plena luz, ¿no creéis? Cuando se oyen rumores o acusaciones, lo más sano es airearlas.

Lo miro con atención. Está más pálido de lo normal.

–Hay que exponer esas cosas –prosigue–, impedir que fermenten. La luz despeja todas las sombras. El concepto clave aquí es la transparencia, hacer que la realidad sea transparente –se quita las gafas, examina los cristales y usa la corbata para limpiarlos; es como si necesitara distraerse con esos gestos para no derrumbarse delante de nosotros–. Bien, bien. ¿Por qué no entramos sin más en la página web? ¿Alguien recuerda la dirección del blog?

Silencio.

–¿Nadie? –se cruza de brazos–. ¿Evie, quizá?

Niego con la cabeza, abochornada.

–¿No? –insiste como si estuviera decepcionado–. Bueno. Por suerte, tenemos un recordatorio a mano.

Se acerca a la puerta y la abre. El señor Heck –el conserje– lo mira sobresaltado, espátula en mano. Ya ha logrado retirar la mitad del rayo. Brookner recoge los dos pedazos más grandes y los examina.

–Esta vez es de cartón, por lo que veo –comenta.

Sin más, le cierra la puerta en las narices al señor Heck, vuelve a su mesa y teclea la dirección en el ordenador. El blog del RAP aparece en la pantalla.

–Los que tengáis un smartphone ya lo habréis visto; los que no, podéis leerlo ahora. Veamos: «Quienes componemos el movimiento de Reacción Ante el Poder (RAP) queremos poner de manifiesto las siguientes verdades...». Esto ya estaba el otro día... –baja con el cursor–. Ah, aquí está: «Primer rayo: Sra. G., por discriminar debido al género». Bla, bla, bla... «Segundo: el RAP ha colocado un rayo en la puerta del aula de Brookner. Porque se pasa de la raya con sus alumnas».

Brookner se deja caer en su silla.

–Ah, interesante –comenta–. Muy interesante... Veamos –parece haberse quedado sin palabras; es la primera vez que lo veo así. Se ajusta la corbata y vuelve a limpiarse las gafas. Me mira–. Esta entrada tiene un estilo muy diferente al de la primera, ¿no os parece?

Asiento con la cabeza, en un movimiento casi imperceptible que no delata el tsunami de alivio que acaba de inundarme. Al menos, Brookner se da cuenta de que esta vez no he sido yo. Ahora solo tengo que convencer a Jacinda... Alargo el pie para recuperar la nota; tengo que volver a intentarlo. Justo cuando voy a pisarla, Jacinda se me adelanta y, sin desdoblarla, la coloca en su mesa y la oculta con las manos. Luego, me fulmina con la mirada y alza la mano.

–¿Sí, Jacinda? –dice Brookner, inquieto. Se pone en pie y se balancea levemente–. ¿Deseas...? ¿Deseas participar con algún comentario?

Por el tono en que habla, más bien parece que lo que quiere decir es esto: «Muchacha, por lo que más quieras, haz el favor de quedarte calladita».

Ella asiente con la cabeza.

–Muy bien. Ilumínanos, pues.

Las uñas pintadas de Jacinda repiquetean en la mesa como si retransmitieran su agitación.

–Creo que la frase de hoy habla sobre la confianza –dice mientras su pie empieza a agitarse velozmente.

–¿La confianza? –Brookner frunce el ceño–. ¿En qué sentido?

–Porque, aunque pensemos que la luz del sol es lo mejor, en realidad no lo es. Porque lo que no podemos hacer es confiar en la gente. La gente miente. Y esa gente debería saber –sus dedos se detienen– que hay personas que también tienen luz del sol.

–Ajá. De acuerdo –Brookner pestañea, perplejo por la desconcertante intervención de Jacinda. Su mirada oscila entre ella y yo; claramente, se da cuenta de que hay algo podrido en Amigalandia, aunque no sepa qué es exactamente–. Bien. ¿Alguien más?

Alzo la mano de mala gana.

–Para mí, la frase viene a decir que cualquiera puede sacar cosas ocultas a la luz y decir lo que desee sobre ellas. Puede que ni siquiera llegue a descubrirse la identidad de quien habla.

–Sí... Ahí está el quid de la cuestión, ¿verdad? –responde Brookner con una sonrisa traviesa.

Me sorprendo a mí misma devolviéndole la sonrisa; por un momento me he olvidado de mí misma, contenta de recuperar al Brookner provocador, el profesor que disfruta saliéndose de las líneas al colorear la realidad. Pero... No, no. Enrollarse con una alumna es pasarse de la raya, y nunca mejor dicho. Es colorear por fuera un dibujo que no debería ni existir. (No es que esté familiarizada con el mundo de los dibujos para colorear; mi infancia estuvo llena de paredes forradas de papel de estraza y pinturas de dedos churretosas).

Brookner se pone serio también.

–El problema es que, una vez que alguien alza la voz, pierde el control de sus palabras.

–Exacto –respondo levantando las manos con las palmas hacia arriba–. Qué le vamos a hacer... Ese es el precio de la democracia y la libertad de expresión: cualquiera puede decir lo que desee.

Me entran ganas de dar una patada a la silla de Jacinda y chillarle: «¿Es que no te das cuenta?».

–Bueno, bueno... Podemos decir lo que queramos, siempre y cuando no sean calumnias o difamaciones –Brookner se queda pensativo por un momento–. Un tema de lo más interesante –comenta al fin, y se acerca a la tele para quitar de un tirón el cable que la conecta al ordenador–. Bien, ¿cambiamos de tema? ¿Qué os parece si seguimos con el temario de Visión del Mundo Global?

Va hasta la pizarra, elige un rotulador y comienza a escribir. Yo respiro hondo. Esto puede acabar en una catástrofe: alguien se ha apoderado del RAP y de la idea de los rayos, y Jacinda piensa que he sido yo. Pero... Venga, respira, Cálmate. Piensa. Tú no has hecho nada mal. No es el fin del mundo. Tienes a Rajás de tu lado. Las cosas terminarán por aclararse.

Aun así, sigo preguntándome si todo este experimento de la institución educativa merecerá la pena. Al fin y al cabo, no conocí a Rajás y a Jacinda en el insti, sino junto a un arroyo en medio del bosque. Aunque hubiera seguido estudiando en casa, Rajás y yo podríamos habernos enamorado de todos modos. Y Jacinda y yo no habríamos reñido... Si no fuéramos juntas a la clase de Brookner, si yo hubiera tenido la boca cerrada, si no hubiéramos empezado lo del RAP... Y si Cornell no estuviera en la cuerda floja...

Pero son un montón de condiciones, y entre unas cosas y otras han caído muchos rayos de todo tipo.

Vuelvo a respirar hondo.

Una nota aterriza en mi mesa. Es de Jacinda. Por favor, por favor, que se haya dado cuenta de que no hemos sido Rajás y yo.

Es el mismo papel que le pasé antes; ha escrito por encima sin molestarse en desdoblarlo. El corazón se me encoge al ver su letra redondeada: «Ten cuidado con lo que deseas: libertad de expresión, democracia... TÚ no eres INMUNE».

¿Qué me quiere decir con eso? Empiezo a garabatear una respuesta, pero unos golpes rápidos me detienen.

Alguien ha llamado a la puerta de la clase.

Se abre. Es el señor Folger, de pie junto al conserje.

Las facciones de Brookner se tensan en una máscara de temor; esta vez no puede esconderse.

–Disculpe la interrupción, Brookner –dice el director–. Vosotros también –añade recorriendo la clase con la mirada. Luego, se inclina sobre Brookner y le susurra algo. El profesor asiente con los labios apretados.

Cuando el director termina de hablar, Brookner tiene el aspecto de un condenado a muerte cuya ejecución ha sido aplazada... de momento.

–Evie, por favor –me dice–, ¿te importaría acompañar al señor Folger?

Me pongo en pie, con el cerebro invadido de planes de futuro que dan vueltas y se precipitan por un desagüe. Este instituto es un váter gigantesco, y mi esperanza de entrar en Cornell está a punto de colarse por él.

19

Siempre he mantenido una premisa optimista:
que, si entregamos herramientas a la gente,
sus capacidades naturales y su curiosidad las desarrollarán
de formas que jamás habríamos sospechado.

BILL GATES
(1955)
fundador de Microsoft

ME SORPRENDO AL VER A MARTHA. Se asoma por la puerta del despacho del director para recibirme; parece haber estado jugando con su colección de muelles, porque ahora están todos bajando de los estantes a los archivadores y de la mesa a la silla. Se acerca a mí y me abraza fuerte.

–Hola, corazón –me dice.

–¿Cómo has llegado aquí?

–En taxi –se vuelve hacia la señora Franklin y le sonríe–. Gracias por el té, Melinda.

–No hay de qué –responde ella, dejando en su mesa la lata de Coca-Cola Light que sostenía.

Martha me suelta con el brazo derecho para remarcar sus próximas palabras con el dedo extendido.

–Una cosa sí que voy a decirle: debería dejar ese mejunje. Esos edulcorantes artificiales van a matarla.

La señora Franklin clava la mirada en la lata de refresco.

–Vale –responde–, lo tendré en cuenta.

–Las multinacionales se hacen ricas envenenándonos; sus beneficios son tóxicos.

Martha se pasa la lengua por los labios como si fuese a comenzar con una de sus soflamas; de hecho, me huelo que acaba de ocurrírsele una nueva campaña de pegatinas. Pero en ese momento aparece el señor Folger, que no tiene tiempo que perder.

–Entren, por favor –nos pide mientras pasa a su despacho y nos señala las sillas–. Señorita Mornin... –sacude la cabeza y se corrige–: Evie. Y señora... –frunce el ceño y se corrige otra vez–: Martha. Por favor, siéntense.

Le obedecemos. Me da la impresión de que el diploma de Cornell se ha hinchado hasta hacerse tres veces mayor de lo que era el otro día; ahora es tan grande que sombrea todo el despacho. Martha me agarra de la mano.

El señor Folger da un toque a uno de los muelles que Martha ha movido, y contemplamos cómo desciende de una superficie a la siguiente hasta caer en su silla. Lo recoge y se acomoda en su butaca.

–Evie, ¿has sido tú esta vez?

Así, sin más: «¿Has sido tú esta vez?», como si estuviera seguro de que la primera fue cosa mía pero no esté tan seguro en esta ocasión.

Martha habla antes de que yo pueda contestar.

–Hija, el señor Brookner te... ¿te hizo algo?

–No –niego con la cabeza–. No fui yo.

–¿No fuiste tú la chica a la que le hizo algo, corazón? –dice Martha, y en cuanto acaba de hablar interviene el señor Folger:

–¿O no fuiste tú la que ha...?

–Ni Brookner me ha hecho nada ni he sido yo quien puso el rayo.

Martha reflexiona unos segundos y me da una palmadita en la mano.

–Aunque lo hubieras hecho, hija, no hay nada de malo en hablar libremente –levanta la mirada y lanza una mirada penetrante al director–. ¿No es así, señor Folger?

Él esboza una sonrisa forzada.

–Analicemos un momento esa afirmación, si no le importa, Martha. Y Evie –carraspea–. ¿Está mal hablar libremente? Sí y no. Desde luego, valoro la libertad de expresión; pero también creo firmemente que esa libertad comporta una responsabilidad. Son dos caras de la misma moneda, por así decirlo. No se debe ir por ahí haciendo acusaciones arbitrarias... –se pasa el muelle de una mano a otra–. Mi cometido es dirigir este centro. Debo cuidar del alumnado y proteger el buen nombre del cuerpo docente.

Martha se remueve en el asiento; me apuesto lo que sea a que está pensando que este discurso corporativista es tanto causa como efecto de la jerarquía que atenaza a la institución educativa.

El director deja el muelle sobre el tapete de la mesa.

–Te confesaré que me caes bien, Evie. Es obvio que posees un intelecto agudo y una fuerte base moral. Tal vez deberías modular tu tendencia a precipitarte y a formar prejuicios, pero sospecho que eso ocurrirá con el tiempo y la experiencia. Pero, aun así, me temo que la ley es la ley. La difamación es un delito. Manchar el buen nombre de alguien cuando...

–Si las acusaciones son ciertas, no es difamación –le interrumpe Martha; sé que está haciendo un tremendo esfuerzo por mantener la voz calmada y no hacer aspavientos.

–Si se hallan pruebas que respalden las acusaciones, así es: no se trata de difamación –replica el señor Folger–. Les aseguro que investigaré esas alegaciones; de hecho, me las tomo muy en serio. Ya me he puesto en contacto con el señor Jones, que es el inspector de este distrito escolar. Mientras tanto, no obstante...

–Vale, vale... Ya lo capto –le interrumpo–. Mientras tanto, tiene que cumplir con lo que se espera de usted, sea eso lo que sea.

Él ladea la cabeza como si esperase que yo añadiera algo más. Martha me mira fijamente, supongo que asombrada por mi aparente docilidad.

–Pero es que no fui yo –continúo, rogando para mis adentros que esto no me estropee la oportunidad de ir a Cornell–. Yo no he acusado a Brookner. ¿No se ha dado cuenta de que este mensaje tiene un estilo completamente diferente del otro?

–Ah, ¿lo tiene? –el director se reclina sobre la mesa–. ¿Y cómo lo sabes, Evie?

Martha extiende un brazo protector ante mí.

–¡No le contestes, hija!

Yo le aparto el brazo con suavidad.

–Tranquila, Martha –me vuelvo hacia Folger–. Lo sé porque Brook... El señor Brookner nos lo ha enseñado en clase.

Las cejas del director se enarcan.

–¿Os lo ha mostrado?

–¿Por qué habrá...? –pregunta casi al mismo tiempo Martha, que parece igual de sorprendida.

–Porque, según dijo, la luz del sol es el mejor desinfectante.

–Vaya –el señor Folger se recuesta y junta las manos ante él, con las yemas de los dedos pegadas–. Muy interesante: el juez Brandeis y su concepto de transparencia –le dirige a Martha una mirada de curiosidad–. Interesante, sí.

Martha se remueve en el asiento.

–Pues... Lo cierto es que es un concepto que he oído varias veces últimamente –sacude la cabeza como si necesitase aclararse las ideas–. Dicho esto, el concepto de transparencia ha sido ampliamente usado por las corrientes más generalizadas, y también por algunas minoritarias, de la...

–Martha, por favor –la corto.

–Vale, vale –se cierra la boca con una cremallera imaginaria–. Te toca, corazón.

Me vuelvo hacia Folger.

–Por eso sé que los dos mensajes tienen un estilo distinto –explico, escogiendo las palabras con cuidado–. Desde luego, parecen ser obra de dos personas diferentes.

El director agarra el muelle de arcoíris y lo sopesa como si estuviera considerando las opciones que se le ofrecen.

–Yo también he detectado la diferencia –concede–. Aunque, obviamente, eso no supone ningún consuelo para Mandy Gliss y John Brookner.

–John Brookner... –de pronto, Martha parece encontrarse a mil kilómetros de aquí.

¿Qué le estará pasando? Intento cruzar una mirada con ella, pero no me hace caso. El doctor Folger también la observa con intriga, pero al final prosigue:

–Muy ingenioso, eso de crear un blog de forma que cualquiera pueda participar en... –inclina el muelle– en el debate, ¿verdad?

–Debate no, revolución –le corrige Martha, aún con la mirada un poco perdida, y luego murmura–: La revolución no será televisada.

–Televisada no, pero quizá sí escrita en un blog –replica Folger con una sonrisa.

Martha le corresponde con otra.

–Eso parece –asiente.

Parece que ya está de nuevo implicada en la conversación y que, a su pesar, le está cayendo bien el director. Me alivia; quizá así se modere un poquito.

–En fin, yo solo espero que esto no se descontrole –digo–. Si no está bien lanzar rayos a los profesores a no ser que haya pruebas concluyentes, tampoco lo estará acusar a una alumna sin pruebas concluyentes. ¿No cree?

–¡Ahí le has dado! –exclama Martha.

–Sí, tienes razón –asiente Folger–. Aun así, ya sabes lo que pienso: donde hay humo suele haber...

–... ¡un petardo! –le interrumpe Martha con una risita.

La fulmino con la mirada; a veces me dan ganas de matarla.

–¿Qué? –me dice ella encogiéndose de hombros y señalando los diplomas de la pared–. Al fin y al cabo, el señor Folger ha sido universitario.

Aunque ella no ha hecho ninguna carrera, está convencida de que todos los universitarios fuman porros.

El señor Folger frunce el ceño, pero en sus ojos brilla un destello de humor.

–Bueno, sí. En fin: lo que quiero que sepas es que estaré atento a tus acciones, Evie. Los acontecimientos recientes me preocupan mucho.

Me quedo callada, rogando para mis adentros que Martha haga lo mismo.

El director agita el muelle arcoíris.

–Según me dicen, has hecho amistad con Rajás Messer y Jacinda Harrod.

El estómago me da un vuelco. Aprieto la mano de Martha para pedirle que se calle.

–Ellos no... –empiezo, pero dejo la frase sin terminar. ¿Cómo voy a dar fe de su inocencia sin incriminarme yo?

–No hace falta que digas nada, Evie; lo único que quiero es que sepas que también estaré pendiente de ellos dos –Folger deja el muelle en la mesa–. Mientras tanto, sería muy conveniente que el blog del RAP desapareciese de internet.

–¿Y cómo va Evie a asegurarse de eso? –interviene Martha, indignada.

Folger la mira un momento.

–Tiene razón. Aun así, facilitaría muchísimo las cosas.

Mierda. Una vez más, me ha dejado sin palabras. ¿Qué hago, invoco la quinta enmienda? ¿Voy a por la primera? ¿Me pongo a llorar y le pido clemencia? ¿Berreo que Rajás y Jacinda son inocentes? Me agarro un mechón de pelo y lo retuerzo. Yo solo quiero hacer bien las cosas; lo malo es que no sé cómo se consigue eso en esta situación.

El título de Cornell es ya tan grande que, si se cayese de la pared, nos aplastaría a los tres.

Al final opto por quedarme callada, salgo cuando el director nos lo indica, le doy las llaves de la Chati a Martha y dejo que me lleve a casa.

20

Esta vida de aislamiento se puede comparar
con un sueño, un fantasma, una burbuja,
una sombra, una gota de rocío, un relámpago.

Buda (príncipe Siddhartha Gautama)
(563-483 a. C.)
fundador del budismo

El corazón se me acelera al oír el rugido que hace el Contaminante al subir por la cuesta de casa. Llevo esperando este sonido como agua de mayo desde que me fui del insti a media mañana. Rajás me mandó un mensaje a la hora del almuerzo para preguntarme si podía visitarme después de ayudar a su madre en no sé qué. Desde entonces, el tiempo ha avanzado con lentitud de tortuga. Necesito su apoyo, su capacidad de escucha, sus consejos. Y sus labios, para distraerme. Y también tengo una pregunta que hacerle.

Deshago mi asana de yoga (la barca), me inclino rápidamente para saludar a los árboles y a las nubes y luego voy corriendo desde mi trozo de hierba favorito hasta el camino. Tengo bien el tobillo (y mal todo lo demás). El Contaminante se detiene. Agarro la mano de Rajás para llevarle al cobertizo.

–¿Y Martha? –me pregunta.

–Ha vuelto al trabajo, y le he sugerido que haga después su turno de trabajo voluntario en el grupo de consumo.

–Entonces, ¿estamos solos?

–Bueno, con los gatos, las gallinas piraña y Hannah Bramble.

–Vamos adentro –propone.

–Espera: primero tengo que preguntarte algo. No fuiste tú, ¿verdad? Dime que no pegaste tú el rayo en la puerta de Brookner.

–Acordamos esperar unos días, ¿no? –responde.

Uf, qué alivio.

–Menos mal... No creía que hubieras sido tú, pero tenía que preguntártelo –le vuelvo a agarrar de la mano–. Ven, quiero enseñarte una cosa.

Le hago subir por la escalera del cobertizo hasta el altillo. Arriba hay un columpio amarrado a las vigas, con tanto vuelo que te hace sentir que planeas.

Cuando Rajás lo ve, se le ilumina la cara.

–¿Lo pusisteis vosotras?

–No. Ya estaba aquí cuando vinimos.

Nos columpiamos un poco y luego empezamos a besarnos. Como siempre que estoy con él, pierdo la noción del tiempo. Entre besos en el cuello, me dice:

–Qué romántico, esto de enrollarnos sobre el heno.

–Está bien, ¿eh? Si no fuera por lo que pincha la paja... –suelto una carcajada, dándome cuenta de que mi comentario puede entenderse de varias maneras.

Estamos envueltos en una manta; yo me he quedado en camiseta y ropa interior, y él solo lleva los calzoncillos. Por más que me apetezca sentir su piel sobre la mía –toda su piel sobre toda la mía–, me estoy conteniendo. Estar desnudos del todo sería demasiado tentador, y me he prometido a mí misma –y a Martha– que no haría el amor hasta estar completa, perfecta e indudablemente preparada en cuerpo, alma y corazón. Me niego a rendirme a las hormonas y los calentones del momento; mi decisión será racional y deliberada. Esta chica es diferente.

Diferente, y feliz de la vida en este momento.

Rajás vuelve a deslizar la mano debajo de mi camiseta y da vueltas con el pulgar alrededor de uno de mis pezones. El estómago me da un salto mortal. Si me muriera en este momento, moriría feliz... Aunque no puedo olvidar el universo paralelo que hay suspendido sobre mí: un lugar en el que estoy metida en un lío espantoso, en el que puede que no entre en Cornell, en el que Jacinda no me habla.

Me aparto, me tumbo boca arriba y suspiro.

–¿Preocupada?

Asiento sin decir nada.

–Ya me parecía –contesta Rajás, tirándome suavemente del pelo para que apoye la mejilla entre su cuello y su hombro.

Escucho el reconfortante ritmo de su corazón mientras contemplo cómo su estómago sube y baja. Encima, en el pecho, hay algo de vello oscuro; no abundante en plan neandertal ni ralo en plan prepúber, sino la cantidad justa. Rajás parece contento, satisfecho. ¿Será por las cosas que acabamos de hacer, o simplemente por estar junto a mí? Una vez más, me pregunto si ponernos la etiqueta de novios haría que dejase de preguntarme estas cosas.

Al menos ya tenemos la etiqueta del amor, y la verdad es que me encanta. Entonces, ¿por qué sigo estando tan picajosa? (Además de por el picor del heno, ja, ja, ja). Suspiro. Lo que me inquieta es la falta de transparencia, de apertura. Cuando una chica y un chico reconocen que son novios, se lo proclaman al mundo entero. Por eso la gente cambia su estado de Facebook a «En una relación».

–¿Qué es lo que más te mosquea? –pregunta Rajás.

Estoy a punto de contestar: «Lo de que no reconozcamos que estamos saliendo juntos», cuando caigo en la cuenta de que se refiere al instituto, al RAP y a Jacinda. Me encojo de hombros, notando cómo mi brazo resbala sobre su pecho. Esto me recuerda al día en que nos conocimos y a cómo nuestras pieles se rozaban mientras me llevaba al Contaminante para antirrescatarme. A estas alturas, los dos sabemos que yo jamás seré una damisela en apuros; soy fuerte, tanto como él. Pero también estoy aprendiendo que, de vez en cuando, es agradable dejar que te lleven en vilo.

–Lo de que Jacinda no me hable es un auténtico rollo –digo–. Y la segunda reunión con Folger tampoco fue plato de gusto –suspiro otra vez, sin saber si contarle que el director habló de Jacinda y de él. Decido hacerlo más tarde, si acaso–. Martha dice que esta es mi primera lección seria de activismo social.

–¿Por...?

–Dice que es mi asignatura de Introducción a la Justicia Social –le explico, haciendo círculos con el índice en su pecho–. Y que consiste en aprender lo que ocurre cuando la revolución que has iniciado se da la vuelta y te muerde en el trasero.

–¿En el trasero? –me aprieta el mío–. Pues aquí hay un ejemplo excelente.

Nos besamos un poco más y nos acariciamos, hasta que el ruido que hace Hannah Bramble al chocar con su pesebre nos trae de vuelta a la tierra, al granero, a las tareas que me toca hacer.

–Tengo que ordeñar a Hannah Bramble.

–Pues *sayonara, baby* –dice rodando hasta quedar encima de mí–. Igual ni sabes de dónde sale eso, ¿no?

–Pues claro que lo sé. *Terminator 2*, 1991.

Suelta una carcajada.

–Ay, Eve... Eres una caja de sorpresas.

–¡Viva Sarah Connor! –exclamo.

Ah, si no fuera por internet...

Los dos nos echamos a reír y luego volvemos a besarnos. Poco a poco, la risa se nos pasa y nos besamos en serio, con intensidad, cada vez más pegados el uno al otro. La mano de Rajás desciende hasta más abajo de mi camiseta.

–¿Crees que podemos...? –susurra, y noto su aliento ardiente en mi oído.

–No lo sé –me echo hacia atrás y hago un esfuerzo por centrarme y respirar–. Yo... aún no. ¿No podemos seguir así hasta que esté completa y definitivamente segura?

Sus facciones se nublan por una fracción de segundo –¿o me lo habré imaginado?–, pero sonríe de inmediato.

–Sí, claro –responde.

Sin embargo, el momento ya se ha roto. Me recoloco la poca ropa que llevo aún encima.

–De verdad que tengo que ordeñar a Hannah –digo.

Esta vez, Rajás no protesta. Los dos nos vestimos en silencio.

Al vernos en el piso de abajo, los gatos maúllan como locos hasta que les doy su cuenco de leche. Luego me siento junto a Hannah Bramble y me pongo a ordeñar en serio.

Rajás mastica un tallo de paja, sentado junto a mí.

–Tienes las manos fuertes, chica vaquera.

–Nadie lo sabe mejor que tú.

Se echa a reír, disipando por fin la tensión de antes.

Hannah se desplaza y su cola me golpea la mejilla, como hace cada vez que la ordeño (y lo hago dos veces al día). Mientras el cubo se va llenando, respiro hondo para llenarme de los aromas de la leche, el haya, la vaca... Son olores confortables, conocidos. Es el olor de mi hogar. Cada persona debería tener un lugar en el que se sienta tan en paz como me siento yo aquí... Un mundo de comunas agrícolas... Empiezo a hacer esbozos mentales. Casitas de una altura alrededor de campos y graneros colectivos; núcleo comunitario, bordes privados; turbinas eólicas, paneles solares...

–Eh, Eve. Chica vaquera, ¿por dónde andas?

–Ay, perdón. Se me había ido la olla.

–¿Pensando en diseños de comunidades?

–Ajá.

–Mola –se rasca la nariz–. ¿Estás bien? Con todo lo que está ocurriendo...

–Sí... Bueno, no –pienso un poco–. Me gustaría saber quién ha puesto el último rayo.

–¿El de hoy? –pregunta, y observo cómo el tallo de paja se agita entre sus labios al hablar–. Da lo mismo, ¿no?

–Pues claro que no.

Me pongo en pie y me estiro. Hannah Bramble se apoya en mí y yo le acaricio el morro aterciopelado para darle las gracias. Le pongo la tapa al cubo para que los gatos no se beban toda la leche ni se caigan dentro. Luego me quito la goma de la coleta, dejo que el pelo me caiga sobre los hombros y voy desenredando con los dedos los nudos que se me han hecho antes.

–¿Qué tal está Jacinda? –pregunto.

–Fatal; jamás la había visto así. La pelea contigo, y ahora lo del rayo de Brookner y los rollos del equipo de animadoras...

–Bueno, por lo menos la Gliss ha dejado de hacer insinuaciones sobre el peso de las chicas. Eso me ha dicho Marcie...

Rajás asiente.

–Sí, es cierto. Supongo que tiene cuidado porque la están vigilando; Jay dice que un tipo de la junta escolar la sigue de cerca, y que ella se está cortando bastante. Lo malo es que ahora está aún de peor humor.

–¿Quién? ¿Jacinda o la Gliss?

–Las dos. Dentro de poco actúan en una de esas asambleas escolares que hay antes de las competiciones, y todas están como locas con el asunto.

Nos quedamos callados un rato. Vuelvo a estirarme y termino en la postura del árbol, sobre un pie solo, para fortalecer el tobillo. De pronto se me ocurre algo:

–¿Y si ha sido la propia Jacinda?

–¿A qué te refieres?

–¿Y si fue ella quien puso el rayo y el mensaje en el blog del RAP? –digo, cambiando de pie porque ya empiezo a tambalearme–. Puede que Brookner cortara con ella... A lo mejor lo ha hecho para vengarse.

–Qué va. Está más colada por él que nunca –dice haciendo una mueca–. Se le nota.

–Ya... ¿Y si ha sido alguna otra chica con la que Brookner se ha querido liar? No sé por qué, me da la impresión de que podría haber sido Marcie.

–¿También anda liado con Marcie? –exclama Rajás con rabia.

–¡Eh, tranquilo! No tengo ni idea. No sé, puede ser absurdo. Pero como fue precisamente Marcie la razón de que pusiéramos el primer rayo, sería de justicia que hiciera ella el segundo –me separo la melena en tres mechones y empiezo a hacerme una trenza mientras reflexiono–. Tiene que ser alguien que pueda entrar en el instituto de noche.

–O alguien que entrase esta mañana muy temprano, en cuanto lo abrieran.

–Imposible: la pintura estaba casi seca. Lo tuvo que hacer alguien por la noche, alguien con una llave.

Rajás selecciona otro tallo de heno, le quita la primera capa y empieza a mordisquearlo.

Doy un respingo: se me acaba de encender la bombilla.

–¡Ha sido un profe, seguro! –exclamo, y Rajás me mira con escepticismo–. Escucha: los profesores tienen la llave del instituto. ¿Y si alguno averiguó la verdad sobre Brookner y Jacinda y quiso decir algo de manera anónima?

–Dejando que le echaran la culpa a algún alumno...

Suelto un bufido.

–A algún alumno, no: a mí.

La frente de Rajás se frunce; parece que le duele recordar el jaleo en el que estoy metida.

–Puede que no se dieran cuenta de que te culparían a ti.

–Pues era obvio.

Sus oscuros ojos resplandecen por un instante.

–Bueno. Al fin y al cabo, tú te lo has buscado.

–¿Cómo? –pregunto, tan asombrada por este ataque que doy un paso atrás–. ¿Por qué dices eso?

Él tira al suelo el tallo de heno.

–Porque sí, Eve. Muchas veces haces que las cosas sean difíciles.

–Ah, muy bien. De modo que me lo merezco, ¿verdad? Merezco no ir a Cornell y perder una amiga solo por hablar claro y actuar para que se haga justicia.

–¿Por qué tienes que atraer siempre todos los conflictos? ¿Por qué tienes que verlo todo de manera tan distinta a los demás?

Lo miro fijamente.

–Qué curioso –replico–. Tenía la impresión de que era justamente eso lo que te gustaba de mí.

Su expresión se suaviza.

–Y es cierto –dice arrugando la nariz–. Sí, sí: es cierto.

–Vaya. ¿Tanto te cuesta convencerte de ello?

–No –se queda pensativo–. Es que... a veces me cuesta pillarte. En eso eres muy distinta a todas las demás chicas.

Joder. «Todas las demás chicas»... Ya puesto, podría haberme apuñalado el corazón. ¿Cómo que «todas»? ¿Con cuántas ha estado? Pero Rajás sigue hablando, de modo que respiro hondo –aunque siento como si los pulmones me rozasen el corazón– e intento hacerle caso.

–... y eso es lo que me atrae de ti. ¿Pero por qué tienes que ser siempre tan guerrera? ¿Por qué cada cosa que haces tiene que ser una lucha o una revolución? Podrías relajarte un poco...

–Vale, ya lo entiendo. Debería hacer que las cosas fueran más fáciles para ti. Por ejemplo, podría hacer lo que haces tú y esconderme en el taller, ¿no?

Las mejillas se le tiñen de rojo.

–Vamos, Eve. No hace falta que te pongas...

–Un momento –digo, notando que me recorre un destello helado.

Una desagradable intuición se abre paso por mi interior. Hay algo en su comportamiento, en la forma en que ha pasado de defenderse a atacar...

–Antes no contestaste a mi pregunta –le digo–. ¿Pusiste tú el rayo? Me dijiste que acordamos esperar unos días, pero no negaste que hubieras sido tú.

Él me mira fijamente durante un momento eterno y luego baja la mirada hasta sus manos.

–Dime que no tengo razón –le presiono.

Él no levanta la cabeza.

Mi voz se convierte en un susurro furioso.

–Dime que no fuiste tú.

Nada.

–¡Lo hiciste a mis espaldas! Quedamos en que esperaríamos unos días. Y tú... permitiste que Folger me echara la culpa a mí.

Su espalda se encorva más aún.

–Eve, si hubiera sabido lo que iba a pasar, que acusarían a ti...

–¡Pues no hacía falta ser muy listo para suponerlo! –intento hacer una respiración de yoga, pero no puedo; es como si una pitón me estuviera estrujando el pecho–. ¿Y Jacinda? ¿Te molestaste en contarle quién lo había hecho de verdad?

Él suelta un suspiro pesaroso.

–Está convencida de que fuiste tú.

–¡Pues díselo! ¡Cuéntale la verdad!

–No puedo, Eve. Dejaría de hablarme para siempre. Bastante furiosa está ya...

–¡Cuéntame algo nuevo, Rajás! No sé si recuerdas que a mí ya no me habla.

–No puedo correr el riesgo. Jacinda no puede quedarse sola...

–¿Y por qué narices no esperaste, como habíamos acordado?

–Porque Jacinda cada vez está peor. ¡Me dijo que se ha enamorado de él! Tenía que hacer algo.

–¿Estás de broma? ¿Tenías que hacer algo? Claro, y ese «algo» consistía en apuñalarme por la espalda y dejarme en la estacada –digo, conteniendo las lágrimas de rabia que me provoca esta traición brutal.

Él hunde la cabeza entre las manos.

–Mira, Eve: si Jay supiera... Si le dijese a alguien que he usado la llave del taller para... –se estremece–. Podría perder la beca, ¿sabes?

–¿Tu beca? ¿Y qué hay de Cornell? –me seco las lágrimas con rabia–. ¿Y qué hay de nosotros dos? Creí que estabas... Que estábamos...

–Lo estamos, Eve. Estamos juntos –dice, avanzando por el heno para agarrarme de las manos. Tiene las mejillas húmedas; él también está llorando–. Te quiero –susurra.

Me suelto las manos de un tirón, con el corazón desgarrado.

–Te quiero, Eve.

–Pues peor para ti.

–Te quiero.

–¡Mentira! Tú no me quieres; si me quisieras, no me habrías vendido como lo has hecho.

Mi cerebro, azuzado por el dolor y la furia, se ha vuelto a poner en marcha, recobrando la capacidad de razonar con lógica.

–Si me quisieras, le contarías la verdad a Jacinda –le espeto–. Aceptarías la responsabilidad de tus acciones y aguantarías lo que ella te dijera. Además, reconocerías que estamos juntos, en lugar de eludir cualquier responsabilidad con el subterfugio de las etiquetas.

–¿El refugio de las etiquetas? ¡Ni siquiera sé a qué te refieres!

–He dicho subterfugio, no refugio. ¡A ver si abres un libro de vez en cuando y aprendes alguna palabra nueva! Palabras como «responsabilidad», por ejemplo. ¿Te suena de algo?

Él sacude la cabeza.

–No puedo... No se lo puedo decir a Jacinda; eso nos separaría del todo, y ahora me necesita. Estoy preocupado por ella.

Extiende la mano hacia mí, pero yo vuelvo a rechazarla.

–Además –murmura agachando la cabeza–, no podría permitirme perder mi beca.

–No me digas –contesto, pasando de fría a gélida.

–Eve, yo no tenía intención de causar todo esto –se frota la cara–. Debería haber previsto que Jay te echaría la culpa a ti, y que también lo haría Folger. Yo... Lo siento. Lo siento mucho.

Está sollozando. Respiro hondo.

–No voy a permitir que me trates de este modo.

–Lo siento –musita.

–¡Eso no es suficiente! Tienes que estar a las duras y a las maduras, no puedes escaquearte.

–¿A qué te refieres?

Me zumban los oídos solo de pensar en las próximas palabras que tengo que decir, pero no puedo dejar de decirlas:

–O das la cara y le dices a Jacinda que lo hiciste tú solo... o esto se terminó.

–No me obligues a elegir, por favor. Jay es mi prima...

–Eso tendrías que haberlo pensado ayer por la noche, cuando te colaste en el instituto a mis espaldas. Es una decisión sencilla, Raj: tienes que hacerte responsable de tus acciones y afrontar las consecuencias. No puedes dejar que el golpe caiga sobre mí. Si no lo haces, no puedo seguir contigo.

–Jay es de mi familia. No puedo elegir algo que me aleje de ella –me lanza una mirada llena de ira–. ¡Y tú eres una hipócrita, con tanto hablar de responsabilidad! ¡Fuiste tú quien decidió que el RAP y los rayos fuesen anónimos!

–Entonces ya has elegido, ¿verdad?

Su mirada se endurece aún más.

–No: eres tú quien lo ha hecho.

–Me parece asombrosa la facilidad que tienes para esquivar la responsabilidad de tus acciones. ¿Es que nunca reconoces nada?

–Mírate en el espejo, ¿quieres? –replica.

Señalo la puerta del granero.

–Vete.

Él ladea la cabeza, furioso y resentido. Luego se va.

Cierro la puerta con tanta fuerza que rebota y se vuelve a abrir.

Las luces del freno del Contaminante emiten un brillo difuso en la oscuridad. Oigo cómo se aleja por el camino de tierra y grava.

Me desintegro sobre el heno y trato de respirar. Me miro los dedos: los tengo entumecidos y me hormiguean, como si hubiera sufrido una descarga eléctrica. Me viene a la cabeza el verso de Whitman: «Yo canto al cuerpo eléctrico...». Muy apropiado. ¿Cuántos rayos me han golpeado ya? Y aquí estoy, igual que cuando comenzó esta historia: dañada, perdida y sola.

21

Es más difícil, y requiere de más altas cualidades del alma, vivir como un mártir que morir como un mártir.

Horace Mann
(1796-1859)
educador

Ya entiendo por qué se pasa lista en la institución educativa: si no fuera obligatorio asistir, ¿quién acudiría un día tras otro? Yo no, desde luego.

Especialmente, después de una ruptura. Aunque ni siquiera puedo llamar así a lo que ha ocurrido; Rajás no lo haría. ¿Romper una relación no oficial otorga derecho a tener el corazón roto? Si un árbol cae en mitad de un bosque y nadie actualiza su estado sentimental en Facebook, ¿hace ruido? Pensamientos profundos y desesperados... Posapocalípticos, por así decirlo.

Piso el freno de la Chati para dejar a Martha en el trabajo. Mis ojos se niegan a permanecer abiertos, pese a los litros de yerba mate que llevo bebidos esta mañana. Me los froto para tratar de despejarme. Martha y yo nos hemos quedado despiertas toda la noche, hablando. Necesitaba amortiguar de alguna manera el dolor de que Rajás me hubiera traicionado, y el que me produjo su respuesta a mi ultimátum. Tenía que conseguir que mi corazón avanzase al mismo paso que mi estúpido, obstinado, tozudo orgullo. No puedo ni imaginarme cómo me sentiré cuando lo vea hoy. Y por si fuera poco, lo de Jacinda...

Martha me acaricia el pelo.

–Tal vez haya recapacitado, corazón.

Se me saltan las lágrimas al oírla.

–Me habría llamado o mandado un mensaje. Algo...

Ella me abraza y me seca las mejillas con los pulgares.

–Si es lo bastante estúpido para preferir cualquier cosa antes que a ti, que le den –frunce el ceño y se corrige–: No lo digo de manera literal, que conste.

–Tuvo sus razones para actuar como lo hizo. Quizá no debería haber sido tan dura.

Ella pega su frente a la mía.

–No vaciles, corazón. Hiciste lo que tenías que hacer. No puedes permitir que pasen por encima de ti, ni Rajás ni nadie.

Trago saliva.

–Llámame si me necesitas, ¿vale? –añade besándome en el moflete–. Estaré allí en un minutito –abre la puerta con esfuerzo y se baja tarareando *You've Got a Friend*, de James Taylor.

Le digo adiós con la mano y pongo en marcha la Chati. Conduzco lentamente, sorbiendo mi yerba mate y mirando el reloj cada poco. Queda un cuarto de hora para que empiece la primera clase: Visión Global, la cruz de mi existencia. Y tres horas y media después vendrá el almuerzo... sin Rajás.

Se me vuelven a saltar las lágrimas. Caen en el mate, volviéndolo salado y amargo.

Dejo la Chati en el aparcamiento y camino lentamente hacia la entrada. Voy con la cabeza gacha, escondida tras la cortina de mi melena castaña, rogando por que nadie se dé cuenta de que he llorado. Pero a mi paso los demás alumnos se quedan callados, me miran fijamente y rompen a cuchichear en cuanto les doy la espalda. Al fondo del corredor, donde está mi taquilla, se oye jaleo. Es como una repetición de lo de ayer, con un corrillo creciente de personas que murmuran mirando algo.

De pronto, el corazón se me cae a los pies.

Lo que la gente mira es mi taquilla.

Susurros. Cabezas que se giran para mirarme. Bocas cerradas, ojos que me escrutan. Flashes en los teléfonos. Personas que pasan a mi lado dando un rodeo para alejarse. Lo mismo que ocurrió ayer con Brookner.

Ay, no. No, no, no.

Me detengo y dejo caer la mochila. El corazón me deja de latir.

Hay un rayo pegado a una taquilla. La mía.

Y escrito con gruesos trazos de rotulador rojo: ¡EVENSONG SPARKLING MORNINGDEW es una HIPÓCRITA! ¡HIPÓCRITA! ¡HIPÓCRITA!

Dios...

¿Qué hago? ¿Qué puedo hacer? ¿Desaparecer? ¿Decir algo? ¿Chillar? ¿Echar a correr?

Miro a mi alrededor en busca de algún aliado, alguien que me ayude. Pero no tengo a nadie. No hay quien quiera darme apoyo o defenderme.

Me encorvo para recoger mi mochila. Al caer se ha abierto, y su contenido se ha desparramado por el suelo. Tampones, bolígrafos, folios...

–*¿De verdad se llama así?*

–*¡Dice que es una hipócrita!*

–*Ya os dije que era una hippie chalada.*

–*Nicki me dijo que le habían contado que Jacinda dijo...*

Tengo que salir de aquí. ¿Dónde están las llaves de la furgoneta? ¡Dios! Me tiemblan las manos. Martha, necesito llamar a Martha... Rebusco en el interior de la mochila. ¡Aquí está el teléfono! Se me resbala de la mano y cae con estrépito al suelo. Me arrodillo para recuperarlo...

Hay una chica a mi lado, ayudándome a recoger mis cosas. Y otra un poco más allá. ¿Habrá recapacitado Jacinda? Levanto la mirada.

Es Marcie. Me mira con una sonrisa triste. A la otra chica ni la conozco.

Una mano se apoya con suavidad en mi espalda. ¿Será Rajás? Por favor, por favor, que sea Rajás. Pero no.

–Vamos, cariño –dice una voz de mujer–. Ven conmigo, anda. Marcie y Sarah terminarán de recoger tus cosas.

Es la señora Franklin. Me rodea con el brazo y tira de mí para alejarme del lugar.

–Ya verás como al final todo sale bien –susurra.

Camino mirando al suelo. Cuando entramos en la oficina principal, tan bulliciosa habitualmente, se hace el silencio. La Gliss, que está en un grupo con dos o tres profesoras más, levanta la vista. Su mirada es fría, pero en ella brilla algo que me parece lástima.

La señora Franklin me deja en la oficina del director, que en este momento está desierta. Marcie y la otra chica (Sarah, creo que la llamó antes la señora Franklin) entran, dejan mis cosas en la otra silla y se van sin decir nada. Fuera, la señora Franklin les dice algo. Recorro con la mirada la colección de muelles de Folger. No soy capaz ni de pensar.

Sarah vuelve a entrar en el despacho, con un vaso de plástico en la mano.

–Toma, un chocolate caliente –me dice depositándolo en el borde de la mesa.

Lo miro. Tiene impreso un dibujo de un niño que empuja una puerta en la que pone «Tire». Sarah se recoge el pelo detrás de las orejas.

–Puede ahora que te lo parezca –me dice–, pero créeme: no es el fin del mundo.

Se da la vuelta y se va.

No sé por qué, me viene a la mente Hannah Bramble: su energía tranquila, el suave meneo de su cola... Si pudiera hablar, Hannah también diría que esto no es el fin del mundo. Pero todo lo que me rodea –el diploma de Cornell en la pared; el rayo en mi taquilla; mi corazón, roto por Rajás; los ecos de las risas en el pasillo...– afirma a gritos que esto es el Armagedón.

Alguien llama a la puerta.

–¿Puedo entrar? –dice la voz de Folger.

Miro hacia la puerta y lo veo asomado.

–Hola, Evie –saluda.

Yo me oculto la cara con las manos.

–Esto va de mal en peor... murmuro.

–Y que lo digas –asiente Folger con voz grave, acomodándose en su silla–. ¿Qué tal estás?

–Mal. Bien.

–El señor Heck ya se ha puesto a limpiar tu taquilla. Siento mucho lo ocurrido. ¿Sabes quién ha podido hacerlo? –dice; por su forma de preguntarlo, él ya tiene alguna hipótesis–. Quien haya sido conocía tu nombre completo.

–O conoce a alguien que conocía mi nombre completo –replico.

Como Jacinda, que conoce a Brookner. Por ejemplo.

Tengo el pelo pegado a la frente por el sudor. Me lo peino con la mano y me echo la melena sobre un hombro.

–La verdad es que puedo imaginar quién lo ha hecho –afirmo.

Él mueve un muelle diminuto. Los dos nos quedamos callados un rato.

Al final, Folger se remueve en el asiento y tose para aclararse la garganta.

–Lo que más complica las cosas, obviamente, es que los mensajes sean anónimos; el hecho de que la libertad de expresión quede desvinculada de la responsabilidad por lo que se dice.

Me lo quedo mirando unos segundos. Claramente, mi papel en la creación del RAP es un secreto a voces, al menos entre nosotros dos; pero si quiero conservar alguna esperanza de ir a Cornell, no puedo confesar. Y menos ahora que las cosas se están poniendo tan negras.

–Puede que... que quienes crearon el RAP pensasen que el anonimato sería beneficioso –digo–. Al fin y al cabo, para los alumnos es difícil oponerse a la autoridad de sus profesores. Asusta, especialmente cuando tu futuro está en la balanza.

–No me cabe duda de que eso es lo que pretendía la alumna... o el alumno que lo creó –responde Folger con una mirada cargada de intención–. De hecho...

–Es como las elecciones –le interrumpo; aunque estoy muerta de miedo, quiero dejar clara mi postura–. La gente no tiene por qué firmar la papeleta con su nombre, porque si lo hicieran podrían sufrir presiones para alterar el sentido de su voto, o para que no votasen.

–Bueno, hay un fallo en tu argumentación: en una papeleta electoral, lo que se expresa está limitado por las opciones disponibles.

–Pero puedes votar a quien quieras.

–Aun así, tu voto se limita a un nombre. Y las papeletas electorales no están diseñadas para hacer daño a nadie; no pueden ser usadas como armas arrojadizas. Me temo que el blog y los rayos, sin embargo...

–Sí que están haciendo daño a algunas personas –me examino las manos con atención.

–Así es.

Cierro los ojos.

–Pero eso no altera el hecho de que a los alumnos nos cueste expresar nuestra opinión. En este instituto no hay democracia real.

–Tienes toda la razón, Evie. Has dado en el clavo: en este centro no hay democracia real, y no estoy nada seguro de que deba haberla.

–Pero eso es... es...

–¿Una herejía? –levanta el dedo índice–. ¿Y si un centro escolar, por definición, no pudiera ser una institución democrática? ¿Invalida eso necesariamente todas las cosas beneficiosas que hacemos aquí? Solo te pido que abras la mente para reflexionar sobre ello.

La señora Franklin golpea el marco de la puerta con los nudillos y me entrega un justificante.

–Buena suerte, cariño –me dice.

Folger inclina su silla hacia atrás y me despide con un gesto de cabeza.

–Puedes volver cuando quieras si necesitas aislarte un poco, Evie.

–Gracias –replico, y recojo mis cosas.

Cuando llego a la taquilla, el señor Heck está retirando los últimos fragmentos del rayo.

–Muchísimas gracias –le digo.

–Es mi trabajo –responde él.

Cierra la caja de herramientas y se lleva los fragmentos de cartón.

Espero a que desaparezca por una esquina del pasillo, saco un boli y me pongo a maquillar el justificante que me ha entregado la señora Franklin. Por suerte, su letra se parece mucho a la de Martha y a la mía.

Cuando termino, respiro hondo y me dirijo a la clase de Brookner.

Todo el mundo está sentado, con el libro abierto por la misma página. Stiv, de pie, lee en alto. Brookner no está: en su lugar, tras la mesa, hay una mujer joven. Frunce el ceño y coloca un bolígrafo sobre el libro como si quisiese marcar la página. Stiv deja de leer.

En la pizarra hay algo escrito, pero la letra no es la de Brookner, sino una elegante cursiva. Se trata de un mensaje: *Soy la sra. Bemis, y voy a sustituir al sr. Brookner durante su baja administrativa. Os ruego no me pidáis más detalles.*

Alargo la mano para enseñarle el justificante.

Jacinda escruta su libro como si esperase verlo cobrar vida en cualquier momento. Marcie me dedica una sonrisa desvaída.

La señora Bemis entrecierra los ojos mientras lee el papel.

–¿Y también tienes que regresar tú?

Asiento.

–Muy bien, voy a marcar la justificación en la lista. A ver: Evie... –dice recorriendo los nombres con el índice.

–¡Querrá decir Evensong! –grita alguien desde el fondo del aula.

–¡Evensong Morningdew! –exclama otra persona.

En las últimas filas se levanta un coro de risitas.

Las únicas que no levantan la mirada son Jacinda y Marcie.

–¿Jacinda Harrod? –dice la profesora, sin molestarse en reprender a quienes se ríen. Jacinda levanta la cabeza, sobresaltada–. Tienes que acudir a dirección.

Todo el mundo se queda en silencio. Jacinda despega la vista de la señora Bemis y me mira a mí, con aspecto de ir a matarme en cuanto cerremos la puerta de la clase. Esto no va a ser fácil...

22

Eres una criatura del universo, del mismo modo en que lo son los árboles y las estrellas; tienes derecho a estar aquí. Y tanto si lo percibes con claridad como si no, no cabe duda de que el universo se está desarrollando como debe.

Max Ehrmann
(1872-1945)
abogado y escritor

–Y ENCIMA, CHIVATA –me espeta Jacinda con rabia en cuanto cierro la puerta a nuestra espalda, mirando a un lado y a otro para asegurarse de que no hay nadie más en el pasillo–. Folger ya me hizo ayer un interrogatorio de tercer grado. No sé por qué no le dije que lo habías hecho tú...

–Porque eso equivaldría a reconocer también tu culpabilidad –replico y, apretando los dientes, echo a andar.

–Perdona, pero el despacho del director está hacia el otro lado.

–Y la Chati está hacia este.

–¿Y qué? ¿No tenemos que...?

Freno en seco, me vuelvo hacia ella y extiendo el índice para dar más énfasis a lo que voy a decirle.

–Escucha: yo no te he delatado. Y tampoco fui yo quien le lanzó el rayo a Brookner, ¿vale? Tenemos que hablar.

–No pienso meterme en esa furgoneta apestosa.

–De acuerdo –digo.

Me acerco a la puerta de una clase que parece vacía y pruebo a girar el pomo. Se abre.

–Podemos hablar aquí –indico–. No alces la voz.

Ella me sigue, con una expresión de furia desdibujada por la perplejidad.

–¿Dónde está el director?

–Ni está ni va a venir. He modificado el justificante que me dio la señora Franklin para que la profesora pensase que te reclamaba. En realidad, solo vamos a hablar tú y yo.

–¿Cómo? ¿Sin Raj? Me sorprende que tengas el cuajo de...

–Hemos cortado.

Ya lo he dicho. Uf.

–¿Habéis... cortado? –se asombra Jacinda, con una mueca de incredulidad que se me hunde como una bala en el pecho.

Asiento con la cabeza, incapaz de responder con palabras.

–¿Por qué? –pregunta.

–Nos peleamos –digo, y hago un esfuerzo por tragar el nudo que se me ha formado en la garganta–. Por el rayo de Brookner.

La furia de Jacinda resurge al oír ese nombre. Las mejillas se le encienden.

–John no ha hecho nada malo. ¡Estábamos enamorados, y ahora están investigando su vida privada! Es inocente y... –se echa a llorar abrazándose el torso–. Y ahora... ahora... ¡ha dicho que teníamos que terminar! ¡Ha roto conmigo!

–¿Por lo del rayo?

Ella se dobla por la cintura, vencida por los sollozos. Le pongo una mano en el hombro; aunque me alivia muchísimo que Brookner haya cortado la relación, me duele ver a Jacinda destrozada. Ella se retuerce para apartarse de mí, se seca los ojos y me encara, aún más rabiosa que antes.

–¿Sabes qué? ¡Te mereces lo que te ha pasado!

–Yo no puse el rayo de Brookner, Jacinda. Tenía intención de hacerlo –me llevo las manos al corazón–. Lo pensé, pero no fui yo quien lo hizo. Puedes creerme.

–Ah, ¿no fuiste tú? –pregunta con los ojos entrecerrados–. Entonces, ¿quién fue?

–¿Crees que eso importa?

Esto mismo me preguntó ayer Rajás a mí. En aquel momento, yo tenía clara la respuesta. Sin embargo, ahora no le veo sentido a agrandar aún más la brecha entre Rajás y ella.

–¡Pues claro! –responde ella, indignada–. ¡Claro que importa! –recalca dejándose caer en una silla.

–Te he traído para hablarte de una cosa –digo sentándome en la silla contigua y recorriendo con la mirada los desconchones de la mesa–. Creo que deberíamos eliminar el blog.

Ella resopla con desdén.

–Claro: ahora que pone algo sobre ti, quieres que desaparezca. Pues mira, no.

Me encojo por dentro: si lo del rayo ha sido horrible, ¿quién sabe lo que pondrá el blog?

–Ni siquiera lo he visto –respondo.

–Pues no dice nada que no sea cierto. Dice que eres una hipócrita porque prometiste no hacer cosas raras sin contárselo antes a tus amigos y luego faltaste a tu promesa. Y también dice que te crees más inteligente que nadie del instituto. Te parece que estás por encima de todos.

Apoyo la frente en la mesa.

–¿Cómo sabes lo que dice? –le pregunto–. Esta vez no estaba Brookner para ponernos el...

–¡Lo sé y ya está! –replica.

Pero ya es tarde. No ha sacado el teléfono al salir de clase, de modo que no puede haberlo mirado en internet. Las dos sabemos que lo ha escrito ella.

Sin despegar la frente de la mesa, giro la cabeza a un lado y a otro deseando que todo esto se desvanezca.

–Creo que deberíamos cerrar el blog. Pero, a pesar de lo que opinas de mí, no soy ninguna hipócrita, así que no voy a romper mi promesa. No lo eliminaré si tú no estás de acuerdo.

–Pues no lo estoy, que lo sepas.

Me llevo las manos a la cabeza y me doy un masaje. Me duele el cerebro. Y el corazón.

–Tú piénsalo, por favor. Solo te pido eso.

Ella no responde. El silencio se prolonga tanto que, al cabo de un rato, miro hacia ella para saber si sigue ahí. Sí que está: me mira fijamente, con los brazos cruzados y el pie agitándose furioso.

–No creo que a Raj le cueste mucho olvidarte, ¿sabes?

Contengo el aliento: ha ido a por mi yugular.

–Para empezar –añade–, la gente ni siquiera sabía que estabais juntos. Raj no quería que se enterasen. ¿Nunca te preguntaste por qué se escondía contigo en el taller?

–Vale, Jacinda. Ya lo he entendido.

Las lágrimas se me escapan sin que pueda evitarlo. Para esto, preferiría que no me hablase.

–Me tenías engañada, de verdad. Creí que eras diferente, pero al final resulta que eres igual que todo el mundo. Igual de mala persona y de liante, y además...

–Jacinda.

–¿Qué?

–¿Cómo crees que pude entrar para poner el rayo de Brookner? No tengo llave del instituto. ¿No se te ha ocurrido pensar en eso?

Ella pestañea y frunce los labios.

–Pues... yo...

–Tal vez deberías confiar un poco más en mí.

–Pues yo creo que tú ya tienes confianza en ti misma para dar y tomar –masculla, no tan agresiva como antes.

Me levanto para marcharme. Ya he dicho todo lo que podía decir.

–Y pensar que te cubrí las espaldas... –dice Jacinda en voz más baja, pero aún rebosante de rabia–. Tuve que defenderte de todo el mundo, ¿sabes? La gente decía que eres una sabelotodo y un bicho raro. Pero Raj y yo te respaldamos, les dijimos a todos que eras una chica majísima. Bueno, pues eso se acabó: te has quedado sola.

–No me importa. Estoy acostumbrada –replico, con la mano ya apoyada en el pomo.

–Todo el mundo te odia porque es culpa tuya que hayan echado a Brookner.

–Seguro –digo empujando la puerta.

–Y la señora Gliss sabe que fuiste tú quien puso su rayo. Me lo contó. Dijo que...

Se acabó. Hasta aquí hemos llegado. Cierro de nuevo la puerta y me doy la vuelta.

–Supongo que no te molestaste en contarle que tú también participaste, ¿verdad? ¡Joder, Jacinda! ¡Cuando creamos el RAP éramos un equipo! Tú sabías perfectamente que la Gliss se estaba pasando, ¡querías hacer algo por tus compañeras! No hacías más que hablar de la discriminación por ser chicas y de la presión con el físico que sufrís las animadoras. Y ahora mírate: de vuelta junto a la Gliss, haciéndole la pelota como una animadora buena –cierro los puños, furiosa–. ¿Te parece que yo no soy diferente? Vale, piensa lo que quieras. Pero deberías mirarte un poquitito por dentro antes de poner un rayo que me llame hipócrita a mí.

Abro la puerta sin esperar a su respuesta, deseando contra toda razón que cruzar el umbral me conduzca a un mundo distinto de este: una casa en la que estudiar en paz, una comunidad sostenible diseñada por mí... Lo que sea, con tal de que se encuentre lejos de este lugar.

23

En el concepto bancario de la educación, el conocimiento es un regalo otorgado por aquellos que se consideran sabios a aquellos a los que consideran ignorantes... El docente se presenta a sus estudiantes como su opuesto necesario; al considerar absoluta la ignorancia de los estudiantes, justifica su propia existencia.

Paulo Freire
(1921-1997)
educador y pensador

A la mañana siguiente, picoteo el desayuno mientras Martha me trenza el pelo. Nos vestimos en silencio. Hoy, ni siquiera Hannah Bramble puede hacer que me sienta mejor. Estoy atascada. Como diría Rich, he plantado la tienda de campaña en una mierda de mofeta y ahora tengo que dormir en ella. Si me doy de baja del instituto o empiezo a faltar a las clases, Cornell lo averiguará.

Entrar en la Chati para ir al instituto requiere hasta el último gramo de mi fuerza de voluntad. Al menos, ya es viernes; solo me quedan ocho horas para ser libre.

Cuando detengo la furgoneta para dejar a Martha en Walmart, ella me agarra la cara con las manos.

–Sé fuerte –me dice, y me da un beso en la mejilla–. Te adoro, corazón mío.

El instituto parece mucho más animado que de costumbre. El vestíbulo está aún más atascado de lo habitual, con gente que habla a voces y agita el teléfono móvil. Aunque muchos ojos me siguen mientras me abro paso entre el gentío, nadie se calla ni se aparta como hacían ayer.

Y entonces lo veo... Mierda. Otra taquilla marcada por un rayo. Este es de cartulina marrón, con letras trazadas a brochazos. Una chica llora mientras intenta arrancarlo. «DAVINA ES UNA GUARRA». Madre mía... Ruego para mis adentros que esto sea un sueño, aunque, en ese caso, sería la peor pesadilla de mi vida.

Retrocedo para ir a la biblioteca; necesito entrar en la página del RAP.

Por el camino encuentro una nueva muchedumbre delante de otra taquilla: «MATT JOHNSON PONE LOS CUERNOS A SUS NOVIAS».

Acelero el paso hasta casi correr.

En la biblioteca, un rebaño de chavales –miembros del proletariado que no pueden permitirse un iPhone– rodea los ordenadores para tratar de ver la pantalla.

El bibliotecario intenta ahuyentarlos.

–¡Chicos, estos ordenadores están reservados para usos académicos! ¡Son para buscar información, no para leer cotilleos!

Nadie le escucha. En medio del grupo distingo a Matt Johnson, de puntillas y con el cuello estirado. De pronto se oye un quejido colectivo. Me acerco más y veo que las cuatro pantallas se han apagado. El bibliotecario se pone en pie con aire victorioso, enarbolando un enchufe.

–Los ordenadores seguirán apagados el resto del día, y el acceso a internet quedará interrumpido indefinidamente. Hala, marchaos a vuestras clases. ¡Vamos, vamos, aire!

La gente desfila refunfuñando. Matt y otros dos chicos me miran, y uno me dice algo en voz tan baja que apenas distingo sus brutales palabras: «Hippie apestosa, vuélvete por donde viniste». Suelto el aire lentamente. Vale, lo entiendo: he llegado hace poco, he sacudido el cotarro y ahora las cosas se van de madre. Quizá se crean lo que ponía el rayo que Jacinda me dedicó; puede que me tomen por una hipócrita o por algo peor. ¡Pero yo no tengo nada que ver con los últimos rayos! ¿Cómo puedo hacérselo ver?

Seguro que el director se da cuenta de que no ha sido cosa mía.

Por favor, que se dé cuenta.

Decido decírselo yo misma.

La oficina parece más bulliciosa que de costumbre. La puerta de Folger está cerrada.

–Hola, cariño –me dice la señora Franklin–. Ayer tuviste un día durillo, ¿eh?

–Hoy también –repongo–. ¿Está el señor Folger en su despacho? ¿Puedo hablar con él?

Ella frunce el ceño.

–Ahora mismo está reunido.

–¿Puedo quedarme aquí esperando?

Se inclina hacia delante y me indica por señas que me acerque a ella.

–No piensa que tú hayas estado metida en lo de hoy, cariño –me dice en voz baja–. En este momento está reunido con el señor Jones, tratando de averiguar si pueden cerrar el blog del RAP. Tienen que certificar su identidad y convencer a los dueños del servidor de que lo eliminen... Si la persona que lo creó fuera tan amable de cerrarlo sin más... –hace una pausa–. En ese caso, la vida de todos sería más fácil.

El timbre que suena tres minutos antes del comienzo de las clases nos sobresalta a las dos. La señora Franklin da un sorbo a su Coca-Cola Light.

–Ya te llamará el señor Folger si te necesita. Por ahora, será mejor que te vayas a clase. Y piensa en lo que te he dicho, ¿vale?

Siento que mis pies se han vuelto de cemento. Vuelvo a mirar la puerta del señor Folger.

–Vamos, reina –insiste.

–De acuerdo.

Aunque no me quiero ir, decido seguir el consejo que me ha dado la señora Franklin; esta mujer conoce como nadie los entresijos del instituto.

En la clase de Brookner, la señora Bemis trata de imponer algo de orden en el caos reinante. Jacinda me mira fijamente mientras me siento en mi sitio. Su piel, normalmente tan luminosa, parece ahora mate y amarillenta. Su pelo, siempre de punta, está aplastado. Menea el pie con violencia.

La profesora empieza a pasar lista, pero nadie deja de hablar. Un chirrido del altavoz la interrumpe y consigue silenciar a mis compañeros.

–Estudiantes, docentes... Disculpen, por favor –Folger hace una pausa–. Debo recordarles una vez más que el acoso y la difamación, ya sean por medios digitales o impresos, son delito, y que también lo es el causar desperfectos en las instalaciones del centro. No vamos a tolerar ninguna de esas cosas. En estos momentos, un equipo de investigadores de la policía está recabando pruebas.

Mis compañeros cruzan miradas de sorpresa. ¿Será verdad?

–Animo a quienes hayan participado en los recientes acontecimientos a presentarse voluntariamente en mi despacho. Eso es todo. Buen día.

Saco una hoja y escribo rápidamente una nota para Jacinda: «Tenemos que eliminarlo». Se la paso en un momento en que la profesora no nos mira. Jacinda la recoge y la deja en su mesa. Contengo el aliento. ¿Accederá?

Abre la nota y alisa el papel. Luego, agarra el boli y le saca la punta.

–Por favor, abrid los libros por la página ciento ochenta y tres –dice la señora Bemis, en un tono que desprende más súplica que autoridad.

Mientras escribe con la mano derecha, Jacinda alza la izquierda.

–Señora Bemis, por favor –dice.

Ay... ¿Irá a enseñarle mi nota? Debería haber sido más cuidadosa. ¿Será suficiente lo que pone para incriminarme?

–¿Puedo ir al baño? –pregunta Jacinda, doblando el papel al mismo tiempo.

La sustituta recorre el aula con la mirada, como si le preocupase que el dejar salir a alguien tan cerca del inicio de la clase pudiera sentar un mal precedente.

–Acabamos de empezar; no creo que sea buena...

–El señor Brookner sí que nos dejaba –afirma Stiv.

Jacinda le mira con una sonrisa y, dando por hecho que puede hacerlo, se pone en pie y empuja la silla con las pantorrillas.

–Vuelvo enseguida –afirma, y deja caer la nota en mi mesa mientras va de camino a la puerta.

–No me parece que... –la profesora traga saliva, cruza los brazos y decide cambiar de táctica–. De acuerdo, ve –concluye; es lo mejor que podía hacer, porque Jacinda ya está en la salida.

Empujo la nota para hacerla caer en mi regazo y la abro. Debajo de mi súplica, Jacinda ha escrito: «Haz lo que quieras. Yo paso de todo esto».

Antes de salir, Jacinda vuelve la cabeza y me mira. Parece enfadada. Y triste.

Recojo a Martha después de salir del instituto, y ella me enseña una bolsita de galletas Oreo.

–Te traigo presentes –dice, abriendo la bolsa para ofrecérmela.

–Gracias –respondo empezando a mordisquear una galleta; la verdad es que últimamente no me apetece nada comer–. Te das cuenta de que esto es comida procesada, ¿verdad? Sirope de maíz alto en fructosa, saborizantes artificiales... El lote completo.

–Hija, después de la semana que has pasado, creo que puedes enfrentarte a cualquier cosa. Estaba cambiando las etiquetas de la sección de galletas cuando llamaste... –hace un aspaviento y lo deja estar; ninguna de las dos quiere recordar la llamada llorosa que le hice desde la Chati a la hora del almuerzo.

Pego un bocado más grande.

–Hummm... Esto está de muerte.

–Dame una, anda –me arrebata una galleta de la bolsa, se la mete en la boca y se la traga casi entera–. Bueno, al grano: ¿estás segura, corazón? ¿De verdad quieres borrar el blog? No sé si sabes que, cuando las cosas se les pusieron cuesta arriba, las Panteras Negras plantaron cara en lugar de retirarse con el rabo entre las piernas. ¡Anda! –suelta una risita–. He hecho un juego de palabras sin querer... A ver si no se me olvida.

–El RAP no son las Panteras, Martha.

Enderezo la espalda y trato de recordar cosas importantes, o al menos trato de convencerme de ellas: soy una chica fuerte, sé lo que hacer.

–Todo el movimiento que creamos ha degenerado hasta convertirse en algo horrible –prosigo–. Algo maligno. El RAP tenía que dar poder a la gente, no hacerles daño.

–Ajá... No nos convirtamos en el mal que queremos combatir y esas cosas, ¿no?

–Exacto –frunzo el ceño–. ¿Quién dijo eso? Espera, no me lo digas. Fue después del 11 de septiembre, ¿a que sí? Una congresista de California... Barbara... Barbara Boxer no era, ¿verdad?

–No; era Barbara Lee, de Oakland. No en vano fue en ese estado donde surgieron las Panteras Negras –Martha se sirve otra galleta–. Parece que Jacinda te dio permiso para eliminar el blog, más o menos, ¿no?

–Algo así –respondo mientras me sacudo las migas de la camiseta.

–Supongo que la pobre no ha sabido hacerlo mejor.

Doy un volantazo, asombrada.

–¿Es que ahora estás de su parte?

–¡Claro que no, corazón! Claro que no. Lo único que digo es que debe de estar hecha un lío; al fin y al cabo, todo esto de las insurrecciones y la revolución es nuevo para ella.

–Antes de seguir compadeciéndote de ella, recuerda que formó parte activa de la creación del RAP.

–Lo recordaré.

–Y que no tiene el monopolio de estar hecha un lío.

–Lo entiendo.

–Y que no soy Angela Davis ni Huey Newton. Tampoco es que yo tenga tanta experiencia.

–Vale.

–No me sigas la corriente sin más, Martha. Voy en serio.

–¿Seguirte la corriente? Jamás, hija mía. ¡Nunca se me ocurriría hacer tal cosa!

Sonríe, pero yo no estoy de humor para sus bromas. Me da un pellizco en el muslo y empieza a tararear una canción de Feist.

–¿Martha?

Ella me acaricia el pelo.

–¿Sí, corazón?

–Mi novio ha pasado de mí. Mi mejor amiga no me habla. Mi futuro está en la basura. Todo me está saliendo mal. Por una vez en la vida, ¿podrías dejarme ser una típica adolescente enfurruñada?

Ella me tira del pelo. Pues no, parece que no va a dejarme.

Cuando llegamos a casa, enciendo el ordenador y entro en la cuenta del RAP.

OPCIONES: ELIMINAR BLOG

UNA VEZ BORRE SU BLOG, NO PODRÁ RECUPERARLO.
¿ESTÁ SEGURO DE QUE DESEA ELIMINARLO?

SÍ NO

Pincho en el SÍ.

Martha, de pie tras de mí, contempla lo que hago. Las dos nos quedamos mirando fijamente la pantalla, sin verla en realidad, hasta que se abre una ventana.

BLOG ELIMINADO

–Hala, ya está –digo–. La revolución ha muerto –apoyo la cabeza en la mesa–. Al menos esta.

Ella me frota la espalda.

–Siento que no saliera bien, mi amor. Pero no puedes perder la fe; tienes que seguir luchando...

–No más discursos motivadores, por favor –gimo.

–Al menos has provocado que se abra un debate en la institución educativa. Has experimentado en tus propias carnes los peligros de la educación bancaria de Freire. Y has difundido la idea de la transparencia, que es justo lo que el mundo necesita.

Levanto la mano para frenarla.

–Me voy a la cama, Martha.

Ella asiente, captando al fin la indirecta.

–Ahora te traigo una infusión.

–¿No tienes ningún turno en el grupo de consumo, o una actividad con los del GPMS? ¿No vas a salir?

Ella arruga la nariz.

–No voy a ir a más actividades de esas. Creo que he abusado un poco de ellas.

Arrugo el ceño en una pregunta muda.

–Hija, me encanta que disfrutes tanto de mi compañía. Anda, vete a la cama.

Demasiado cansada para discutir, subo al altillo y me desplomo en mi futón. Por lo menos, lo del RAP se ha terminado. Me pongo de lado y tiro de los hilos sueltos de la colcha, tratando de no pensar en Rajás, en Jacinda o en Cornell. Respiro hondo. Lo peor ya ha pasado. Lo peor ya ha pasado. O eso creo.

24

El problema no es que haya demasiados tontos,
sino que las luces no están bien distribuidas.

Mark Twain
(1835-1910)
escritor y humorista

–¿Lo has visto?

–¿Cuál?

Antes de que suene el primer timbre del lunes, una multitud parlotea en torno a una taquilla. Una taquilla con un rayo. Cartulina roja, rotulador negro. «¡NO CONFIÉIS EN JASON DRELLER! ES UN MENTIROSO».

¡Pero si ayer eliminé el blog del RAP! ¿Qué está pasando?

Otra taquilla: «S. J. ES UNA CALIENTA...».

Más allá está el aula donde doy Geometría. Hay un rayo de papel pegado a la puerta: «LA SRA. THEODORE ES RACISTA».

Esto se está convirtiendo en una pesadilla. En el décimo círculo del infierno.

Doblo una esquina y veo un nuevo corro.

Es mi taquilla. Tiene otro rayo. «EVIE MORNINGDEW SE HA CARGADO NUESTRO INSTITUTO».

Me abro paso a codazos entre la gente y tiro de la cartulina para despegarla. Está muy bien pegada.

Detrás de mí, la gente murmura.

–Es cierto.

–¡Lo tiene bien empleado!

–Antes el insti era una mierda, pero ahora es aún peor.

Desesperada, empiezo a dar patadas a la puerta de la taquilla y la abollo. Araño la cartulina con tanta rabia que una uña se me parte, pero no consigo nada. Doy otra patada, otra, otra más. No hay manera. Me derrumbo en el suelo.

–¡El espectáculo se ha terminado! –grito.

Algunas personas se separan del corro y se alejan. Las demás murmuran, pestañean, se quedan mirándome.

–Marchaos, por favor –les suplico luchando por contener las lágrimas.

Me vence el llanto, un llanto de amargura, frustración e impotencia. Me calo la capucha para ocultarme la cara.

–Gente, aquí ya no hay nada que ver –es Stiv–. El señor Folger llegará en nada, y seguro que se enfada si ve a alguien por aquí.

La gente debe de confiar en su palabra, porque oigo pisadas que se alejan en todas direcciones. Stiv, sin embargo, se queda ahí plantado. Igual que yo.

–Gracias –les digo a sus piernas.

Él suspira.

–Vale –dice simplemente, y echa a andar hacia la clase de Visión Global.

Antes de que pueda entrar, otro chaval le detiene.

–¿Ahora estás del lado de esa? –le pregunta mirándome como si yo fuera una cagada de perro–. ¿Por qué? ¿Te la estás tirando? ¿Es tu tipo?

Stiv lo fulmina con la mirada.

–Para el carro, Brian.

Brian le responde con un empujón.

Stiv tira sus libros al suelo.

–Creo que no te conviene montarla, Brian. Créeme, no te conviene.

El corrillo se vuelve a formar de manera casi instantánea; desde aquí solo distingo perneras de vaqueros y deportivas.

Brian vuelve a empujar a Stiv.

–¿Ah, sí? –le espeta.

–Voy a darte una última oportunidad –le advierte Stiv–. Si te metes conmigo, te metes con todo el equipo de fútbol del instituto.

–¡Eso es! –exclama un chico que se abre paso entre la muchedumbre para plantarse junto a Stiv.

–¡Ya ves! –exclama otro del equipo situándose al otro lado.

Los tres se cruzan de brazos, sólidos como un muro. Los ojos de Brian oscilan entre Stiv y sus dos compañeros; debe de estar preguntándose si su orgullo vale una tunda a manos de tres deportistas.

–¿Qué significa esto? –dice de pronto la voz retumbante de Folger.

La gente se dispersa rápidamente.

El director se acerca con la espalda erguida; las hombreras de su americana apenas pueden contener sus anchos hombros.

–Wagner, Beers, Buxford, Cobb, ¿quieren ustedes ir a mi despacho?

–No –responde Brian sacudiendo la cabeza.

–Era una pregunta retórica. Vayan ustedes.

Los cuatros chicos echan a andar y, al pasar a mi lado, bajan la mirada. Parecen rabiosos; un par de ellos tienen cara de estar deseando zurrarme en cuanto Folger los deje en paz y se hayan zurrado entre ellos.

El director se mete las manos en los bolsillos.

–Evie –me dice–, el señor Heck está muy ocupado, pero se encargará de limpiar tu taquilla a la mayor brevedad.

Escruto sus facciones en busca de la calidez que suelen desprender, pero no la encuentro.

–Por favor, levántate y vete a clase –añade antes de alcanzar a los chicos de tres zancadas.

Apoyo la espalda en la taquilla y la golpeo con la coronilla para tratar de reiniciar mi cerebro. «Piensa, Evie. Deja de llorar. Las cosas se te han ido de las manos; esto es un alud, una enorme bola de nieve que rueda por la ladera de una montaña». Vuelvo a golpear el metal con la cabeza. La avalancha ya me cayó encima la semana pasada; ¿qué más me da un metro más de nieve, si ya estoy sepultada en ella? Al menos, el rayo de hoy dice la verdad: me he cargado esta comunidad escolar. Pero ¿y los otros rayos? ¿Se los merecerán quienes los han recibido?

Una bola de nieve, una avalancha. Ni el señor Folger ni el inspector han sido capaces de detenerla; está claro que el enfoque vertical, de arriba abajo, no funciona. Y el enfoque de abajo arriba es lo que ha provocado todo este lío, para empezar... Siento un calambre en el estómago. Esto me abruma... ¿Cómo se puede detener un alud?

Y hay otra cosa que me intriga, esta más concreta: ¿cómo se está colando la gente en el instituto por la noche para colocar los rayos? Se supone que el centro queda cerrado con llave...

Stiv no aparece en la clase de Visión Global. Matt tampoco. Marcie rehúsa mirarme a los ojos. ¿Y Jacinda? Ni siquiera me molesto en tratar de hablar con ella o en escribirle una nota. ¿Para qué? El blog ya no existe. Jacinda ha querido lavarse las manos, tanto respecto del blog como de mí. Sin embargo, el muro que se ha alzado entre nosotras me está matando. No sabía que la amistad también pudiera romperte el corazón; jamás he visto nada así en ninguna película. Y, sin embargo, lo de Jacinda me está haciendo tanto daño como lo de Rajás.

Rajás...

Tengo que hablar con él. La perspectiva me atrae tanto como la de saltar al interior de una picadora de carne.

A la hora del almuerzo, la cafetería zumba como si el instituto estuviera al borde de caer en la anarquía. Es como si una fuerza invisible obligara a todo el mundo a moverse sin parar. La gente va de un lado a otro, rodeando las mesas como si acecharan alguna presa. Aquí y allá estallan peleas. Los profesores –hay más de los que suele haber en la cafetería a esta hora– se acercan a la carrera, tirando sillas en su afán por separar a los contendientes.

La gente que está sentada a las mesas grita en vez de hablar. Ocurre en todas salvo en la de Rajás, que se queda sumida en un silencio sepulcral en cuanto yo me acerco. No veo a Jacinda. ¿Estará entrenando? No puede ser, porque sí que veo a Marcie.

–¿Puedo hablar contigo? –le pregunto a Rajás alzando la voz para hacerme oír sobre el barullo.

Él me sostiene la mirada, impasible salvo por las manchas de color que se extienden por sus pómulos. Ruego para mis adentros que se deban a lo mucho que me echa de menos. Ay, qué audaz es la esperanza... Lo más seguro es que esté avergonzado de que me dirija a él en público, o tal vez le inspire pena. Una oleada de ira hace que los dedos me hormigueen. No necesito su pena, no la quiero. Esta chica es diferente.

–¿Podemos hablar? –insisto.

Él se rasca la nariz.

–Vale –contesta por fin.

–Supongo que preferirás hacerlo en privado...

–Sí, claro –responde; si ha pillado el sarcasmo, no lo trasluce.

Agarra su bandeja y la vacía en la basura antes de salir de la cafetería.

Caminamos en silencio. Cuando veo que va a pasar por delante del gimnasio y que no se detiene, me paro.

–Espera –le digo, porque creo que pretende ir al taller y yo no podría soportarlo.

Las palabras de Jacinda aún resuenan en mi cerebro, por más que trate de reprimirlas: «La gente ni siquiera sabía que estabais juntos. Raj no quería que se enterasen. ¿Nunca te preguntaste por qué se escondía contigo en el taller?».

Mientras estaba con él, siempre pensé que íbamos allí para no tener que hacer caso a nadie más, para hablar y besarnos sin que nos molestasen. ¿Cómo pude ser tan ingenua? Es humillante... Esto tiene que cambiar. No voy a permitir que nadie me arrincone.

Rajás apoya la espalda en la puerta del gimnasio.

–¿De qué querías hablar? –pregunta en tono neutro.

«¡Quiero hablar de nuestra ruptura! ¡Quiero hablar de la forma en que has elegido a Jacinda antes que a mí! ¡De todo eso que decías del amor! ¡Quiero saber si tienes el corazón tan roto como yo!». De todo eso quiero hablar.

Pero, en vez de hacerlo, me trago el nudo que tengo en la garganta y digo:

–Quiero hablar de cómo puede estarse colando la gente en el instituto por la noche para poner los rayos.

Él mira a un lado y a otro para asegurarse de que nadie nos escucha.

–¿Cómo quieres que yo lo sepa?

–Por favor, ahórrame el teatro. Quiero saber la verdad.

Él se pasa la mano por el pelo.

–No lo sé –contesta–. Esa es la verdad.

–¿Y Jacinda? ¿Lo sabrá ella?

–No me habla.

–¿De verdad? ¿Por qué no? ¿Tuviste el valor de confesarle que fuiste tú quien...?

–Eve –me corta, levantando la mano para indicar que no quiere hablar de ello.

Justo en ese momento, un grupo de chicas pasa a nuestro lado.

–Hola, Rajás –saluda una de ellas moviendo los dedos y sonriendo de oreja a oreja.

–Eh, Rosemary.

–¿Nos vemos después de clase?

–Sí, claro –responde él con una de sus sonrisas torcidas.

–¡Hasta luego! –repone la chica alegremente, dando un saltito.

En cuanto se alejan unos pasos, sus amigas y ella estallan en un coro de risitas. Antes de doblar la esquina, todas se vuelven para mirar a Rajás.

«Nos vemos después de clase». Mi corazón está más que entumecido, más que roto; es como si lo hubieran laminado y ahora estuviera estrujándose sobre sí mismo. Es un agujero negro en ni pecho del que no escapa nada, ni siquiera la luz.

–Eve, yo...

–Vale, gracias por la información –digo dándome la vuelta.

Por suerte, consigo reprimir el llanto hasta estar dentro de la Chati.

Meto la llave en el contacto y arranco. Rosemary se llamaba la chica. Me suena de verla por el instituto; creo que es de primero. Siempre risueña, siempre pendiente de los chicos. ¿Habrá estado viéndola Rajás todo este tiempo? Si así fuera, ¿no me lo habría dicho Jacinda? O quizá Rosemary le hubiera echado el ojo y estuviera esperando a que rompiese conmigo... Pero no, eso no tiene sentido porque nadie salvo Jacinda sabía que estábamos juntos.

Piso el embrague y meto la marcha atrás. Sin arrancar, vuelvo a meter la primera. Aún queda media mañana de clases. Doy un puñetazo en el volante y apago el motor. Me duelen los dedos de cuando intenté arrancar el rayo de mi taquilla. Y no puedo parar de llorar.

25

Si no nos empeñamos lo bastante en luchar por las cosas en las que creemos, en algún momento tendremos que reconocer que no nos las creemos de verdad.

PAUL WELLSTONE
(1944-2002)
senador de los EE. UU.

AL LLEGAR EL MARTES AL INSTITUTO, veo un coche patrulla en el aparcamiento. A su lado hay un policía de pie; mira con aire severo a los alumnos, supongo que para disuadirles de montar peleas.

Una taquilla: «ABRAM PAUL ES UN GILIPOLLAS».

La puerta de una clase: «EL SR. WOLMAN HACE LA PELOTA A LOS NIÑOS RICOS».

Tengo que hablar con Folger para... No sé ni para qué. ¿Para transmitirle mi pésame por la degeneración acelerada de la Institución Escolar? ¿Para dar testimonio de la letrina en que se ha convertido este instituto y confesar mi contribución a esta cagada sideral? ¿Confieso o no?

¿Debería haber supuesto que esto ocurriría?

¿Tendría que haberlo visto venir?

Cuando abro la puerta de la oficina, la señora Franklin me indica con un gesto que entre.

–Te está esperando, cariño –me dice.

Antes de llamar a la puerta entornada del despacho, tomo aliento profundamente y lo expulso para despejar tensiones.

Folger, tras su mesa, me mira con aire pensativo. En una mano sostiene un muelle que hace rebotar contra el suelo.

–Entra, Evie –dice.

Me siento. Tengo la garganta seca. ¿Qué puedo decirle? Me apoyo las manos en el regazo e intento no pensar en el diploma de Cornell.

–Señor Folger, yo...

–Evie, déjame que hable yo. Te lo digo por tu bien –deja el muelle en la mesa–. Empecemos por el principio: tengo la sospecha de que tú fuiste quien creó el blog y puso el primer rayo contra la señora Gliss, quizá con ayuda de una o dos personas más.

–Pero yo...

–Basta –me corta, con una dureza que jamás le había oído emplear y que me da ganas de acurrucarme bajo la silla. Junta las manos extendidas bajo la barbilla y se apoya en los dedos–. No obstante, y no sabes la suerte que tienes, Evie, carezco de pruebas que confirmen esa sospecha.

Una oleada de culpabilidad y vergüenza me enciende las orejas, al mismo tiempo que me invade el alivio. Folger no ha logrado conectarnos con el blog y, obviamente, ni Jacinda ni Rajás han confesado. Parece que no me odian lo bastante para destruirse a sí mismos... En fin, algo es algo.

–Si mis sospechas fuesen ciertas, no me cabe duda de que lo hicisteis con ánimo constructivo. No obstante, he de decir que errasteis el tiro por completo. En fin –suspira–, de todo esto ya hemos hablado en otras ocasiones –se recuesta en el respaldo de su butaca, que se inclina hacia atrás–. El blog ha desaparecido, lo cual es un pequeño avance. Aun así, estamos llegando a un punto de no retorno. He ordenado que clausuren el instituto después de la hora de cierre, y vamos a colocar guardias de seguridad en la puerta principal. Ya he enviado una carta a la junta de gobierno escolar solicitando fondos para un sistema de alarma. Pero, como has podido comprobar, hay alumnos que siguen encontrando la manera de colarse en el edificio.

Lo miro impasible. Rajás me ha dicho que no está usando su llave, y yo le creo. Sin embargo, es cierto que hay alumnos que entran. ¿Dónde estará la brecha?

–Todo esto –prosigue Folger– resulta, como mínimo, perturbador. De hecho, los rayos están apareciendo con mayor frecuencia cada día que pasa. Por usar una expresión de mi juventud, ha estallado una tormenta de mierda.

Se me escapa una sonrisa al oír esa frase, pero la expresión de Folger no contiene ni el más mínimo atisbo de humor.

–Me caes bien, Evie; no es la primera vez que te lo digo. Sin embargo, no creo que puedas hacerte idea de lo grave que me parece esta situación –la expresión de sus ojos me causa tantos remordimientos que tengo que apartar la mirada–. Evie, puede que te tengas a ti misma por una gran defensora de la democracia...

–Perdone –le interrumpo–, pero querría...

–No –levanta un dedo en un ademán de advertencia–. Aún no he terminado.

Contrita, asiento con la cabeza y me siento sobre las manos para aguantar las ganas de hablar.

–Bien –prosigue–: si quieres que los demás te tomemos en serio, y si de verdad eres la defensora de la democracia y la justicia que te precias de ser, debes responsabilizarte de las consecuencias de tus acciones. De todas las consecuencias, ya fuesen intencionadas o no. Y si eres el tipo de persona que creo que eres, echarás mano de tus fuertes convicciones y harás todo lo que esté en tu mano para resolver esta situación –agacha la cabeza–. Eso es todo. Puedes marcharte, Evie.

Salgo del despacho con las orejas gachas. La decepción que Folger ha sufrido conmigo es un ácido que corroe los maltrechos restos de mi corazón. No puedo ni mirar a la señora Franklin, porque sé que su sonrisa compasiva acabará de destrozarme. Folger quiere que haga algo, pero yo estoy vacía. ¿Cómo voy a construir nada?

26

El aprendizaje acarrea ciertos peligros,
ya que es imprescindible aprender de los enemigos.

Leon Trotski
(1879-1940)
teórico marxista y revolucionario bolchevique

El miércoles por la mañana hay un policía junto a la parada del autobús y otro en el aparcamiento, al lado del coche patrulla.

Dentro, en una taquilla: «JAMIE CLEARY SE HA OPERADO LA NARIZ».

En la puerta de una clase: «EL SR. CAMPOTO INFLA LAS NOTAS DE LOS DEL EQUIPO DE FÚTBOL».

En otra taquilla: «SCOTTIE FOREST ES MARICÓN».

Un chico solloza mientras intenta arrancar este último rayo. Parece desesperado. Me acerco a la carrera y le ayudo a arrancarlo. Por suerte, sale entero.

–Gracias –me susurra; pero al darse cuenta de quién soy, su expresión se deforma–. ¿Tú? –gruñe–. Por tu culpa estamos metidos en este lío. ¡Déjame en paz!

Me alejo llevándome el rayo. El pobre Scottie ya tiene bastante encima como para tener que preocuparse de que lo asocien con la indeseable de Evensong Morningdew. Estoy tan furiosa que me papita el cerebro. Arrugo la cartulina y la tiro al primer cubo de la basura que veo. Esta deriva homofóbica es, de lejos, lo peor que he visto hasta ahora. Contradice todo aquello por lo que creamos el RAP; es su antítesis. Queríamos encontrar una forma llamativa de denunciar los abusos y la opresión, y hemos conseguido que la lucha por la justicia se convierta en un acoso de toda la vida. Acoso anónimo, por si fuera poco. El más cobarde que hay.

El rayo que lanzó el RAP sobre la Gliss estaba justificado; de eso, al menos, no me arrepiento. Y Brookner se llevó su merecido. En cuanto a los rayos que han caído sobre los demás profesores, me pregunto si responderán a la verdad. No sé... Aunque no soy una gran fan de la señora Theodore, no sé hasta qué punto será racista. Podría ser. ¿Y los rayos contra otros alumnos? Puede que algunos sean de verdad unos gilipollas, o que pongan los cuernos, o que copien en los exámenes, o que se hayan operado la nariz. ¿A quién le importa? Son asuntos personales. No oprimen a nadie. Lanzar rayos por esas cosas es mezquino.

Y llamar a alguien «maricón»... Eso es más que mezquino; es odioso, inexcusable. Es aprovecharse de los rayos para convertirlos en herramientas de opresión.

Folger tiene razón: debo actuar. Pero ¿cómo? Si Rajás y Jacinda estuvieran de mi lado, quizá entre los tres se nos ocurriría algo. No sé qué, la verdad. Y, de todos modos, no están conmigo. Estoy sola; soy la paria del instituto. Golpeada por dos rayos, acusada de haber destruido la comunidad escolar... A estas alturas, tengo tanto poder de influencia como una leprosa encerrada en una cueva.

Coincido con Jacinda en Visión Global. Está pálida y ojerosa. Se pasa la mayor parte de la clase con la cabeza apoyada en la mesa; pero, al menos, está ahí. Últimamente hay días en los que ni siquiera viene al instituto.

A la hora del almuerzo, me refugio en mi Fortaleza de la Soledad –alias Chati–. Trago con dificultad algunos bocados de manzana, medito e intento hacer un rato de respiración yoga. Pienso. Tengo que encontrar alguna solución. Contemplo el familiar diseño de las grietas del salpicadero. Apoyo la cabeza en el volante. Las únicas ideas que se me ocurren son preguntas: ¿por dónde entra la gente en el instituto por la noche para colocar los rayos? ¿Cómo han podido derivar así las cosas? ¿Qué puedo hacer para arreglarlo?

No puedo pensar; tengo que salir de aquí, al menos un rato. Si vuelvo antes de la hora de Geometría, no me pondrán un parte. Arranco y, casi sin saber lo que hago, conduzco hasta el aparcamiento de Walmart. Supongo que he venido por pura costumbre... Ya que estoy aquí, me planteo si llamar a Martha; saldría corriendo en cuanto la telefonease, seguro. Pero ya ha faltado algún día al trabajo para cuidarme. ¿Y si la despiden? No quiero añadir su nombre a la lista de personas damnificadas por todo esto.

Uf...

Una cosa es montar una revolución para defender una causa justa. Otra, hacer daño a tanta gente. Que te lo hagan a ti.

Traiciones. Corazón roto. Jacinda. Rajás. Cornell.

Suelto un gemido, me arrastro hasta el asiento trasero y me tumbo. Se me tiene que ocurrir algo. Algo. Me pasan por la mente Scottie Forest, Matt Johnson, Jamie Cleary, Davina Como-se-llame y todos los demás. Stiv y los chicos que entablan peleas provocadas por los rayos. El instituto entero ha entrado en un proceso de implosión.

Concéntrate, Evie.

Pero mi mente se niega a centrarse en nada que no sea el odio y el dolor que siento.

Me froto las sienes. Ha llegado el momento de reunir un poquito de energía positiva.

De pronto me sobresalto. Alguien acaba de aporrear la puerta de la Chati con tanta fuerza que la furgoneta oscila.

¡Bum, bum, bum!

¿Quién será ahora? ¿Los vigilantes del supermercado? ¡Pero si en los aparcamientos de los Walmart se puede acampar, es lo único bueno que ofrece la empresa! Agarro la manecilla y abro la puerta de un tirón, dispuesta a decirle a quien sea que ya se puede...

Brookner. Es Brookner el que está plantado en el asfalto, ante mí. Se balancea adelante y atrás.

–Evie –dice a modo de saludo.

El estómago se me retuerce, tal es el disgusto y el resentimiento que me provoca verle.

–¿Cómo me ha encontrado?

–Tengo mis métodos.

–¿Se puede saber qué está haciendo? ¿Acaso me persigue? ¡Todo esto ha sido por culpa suya! ¡Todo se ha fastidiado por usted!

–Vamos, no seas tan gruñona. ¿Puedo subir un momento a la furgoneta?

Lo fulmino con la mirada.

–Está de broma, ¿no? ¿De verdad le parece buena idea montar en un vehículo junto a una de sus alumnas?

–Hummm... Quizá tengas razón. Me quedaré aquí fuera –señala su coche con un movimiento de cabeza–. Booker está allí; mejor que pueda verme. Así se quedará más tranquilo.

Miro por encima de su hombro y saludo a Booker con la mano. Está encorvado en el asiento del copiloto, con la cabeza gacha y aspecto tristón.

Brookner sigue mi mirada.

–Ahora se lleva la serpiente a todas partes –explica.

–Por favor, recuérdele que le dé de comer a Javier. Me daría muchísima pena que... –un momento. ¡Ya me ha despistado! Ni hablar; quiero ir al grano–. A ver, ¿qué quiere? –le pregunto sin ambages–. O, mejor, no diga nada y vaya de una vez a hacer la compra.

–No he venido a hacer la compra, sino a hablar contigo.

–Entonces, ¿me está persiguiendo de verdad?

En vez de contestar, se coloca bien las gafas. Me mira fijamente a los ojos, como si acabara de darse cuenta de lo enrojecidos y ojerosos que los tengo por las lágrimas y la falta de sueño.

–¿Has estado llorando, Evie?

–¡No!

Él levanta una ceja. Los dos nos quedamos callados, como si cada uno desafiase al otro a hablar primero. Brookner se apoya en la Chati.

–Supongo que sabrás que estoy de baja, ¿verdad? Me están investigando.

–Le diría que lo siento si no fuera porque se lo tiene bien merecido.

–Ya, bueno. La verdad es que resulta agradable esta tranquilidad. Booker y yo la estamos aprovechando; me deja mucho tiempo para pensar. Puede que lo saque del colegio para educarlo en casa... Me está haciendo mucha compañía, y me echa una mano cuando busco nuevas citas –sonríe–. Tengo una muy buena; se entiende mejor teniendo en cuenta el contexto: «Los grandes espíritus siempre han encontrado una violenta resistencia por parte de las mentes mediocres».

Doy un respingo. Es una de mis citas favoritas de todos los tiempos.

–Einstein –digo.

Él asiente.

Me enderezo, furiosa de nuevo.

–Eso quiere decir que usted se considera un gran espíritu, ¿verdad?

–¿Acaso tú no?

–Pues no, no le considero un gran espíritu.

Se echa a reír.

–¿Sabes qué? Tú y yo nos parecemos mucho.

Me cruzo de brazos.

–Yo no opino lo mismo –replico; sé que sueno como una típica adolescente enfurruñada, pero en este momento no doy para más.

–Claro que nos parecemos: los dos nos tenemos por inconformistas. Idealistas que cuestionan los límites arbitrarios que la sociedad trata de imponernos.

–Yo no hago cosas poco éticas. No hago daño a la gente.

–¿Ah, no? Ya. Me pregunto cómo crees que se sintió Mandy Gliss después de que la golpease el primer rayo.

–Se lo merecía. Además, no debería dar por supuesto que eso fue cosa mía.

–Por favor... –hace un aspaviento de desdén–. Escribir textos anónimos en un blog, sin posibilidad para la aludida de redimirse ni, al menos, de contestar a las acusaciones... ¿Te parece ético?

–Podría haber respondido con otro comentario –mascullo.

–¿Y crees que le habría servido de algo?

No contesto; en el fondo sé que tiene razón, al menos en esto: la Gliss no habría conseguido nada respondiendo. Brookner me mira con un destello de humor en los ojos.

–¿Sabes qué? –me dice–. Quizá no debería utilizar el pasado al hablar de la respuesta de Mandy Gliss.

–¿Qué quiere decir eso?

–Tal vez esté dejando una puerta abierta, por así decirlo, a la posibilidad de diluir las acusaciones en su contra. ¿No crees?

Pestañeo, muda, y él suelta una risita.

–No eres la única persona con ideas en la cabeza y ganas de ponerlas en práctica, Evie. Deberías confiar más en las capacidades de los demás –me espeta, y, sin más, se da la vuelta apoyándose en la puerta de la furgoneta y se aleja.

¿Por qué me dice eso? Yo siempre he tenido confianza en las capacidades de los demás. ¿O no?

Aunque tal vez confíe demasiado en las mías; al menos, eso fue lo que me dijo Jacinda la última vez que hablamos.

–¡Mejor desconfiar de los demás que engañarlos! –grito.

Brookner se da la vuelta y me mira.

–¿Qué quieres decir con eso, Evie? Ilumíname, por favor.

–Usted manipuló a Jacinda. Le hizo creer que estaba bien mantener una relación con un hombre mucho mayor que ella.

Brookner recorre el aparcamiento con la mirada para asegurarse de que nadie me ha oído. Luego vuelve a acercarse a la furgoneta.

–Eso es radicalmente falso. Lo único que hice fue tratarla como a un ser humano con el que me gustaba conversar. Le dejé muy claro que debíamos esperar a que se graduase para que nuestra relación progresara.

–Entonces, contésteme a esto: si estaba tan seguro de que no había nada malo en lo que hacían, ¿por qué rompió con ella?

–¿Además de por el rayo y por la investigación subsecuente? –se quita las gafas y se las limpia con el borde de la camisa–. Digamos que una amistad que tenemos en común me hizo una visita.

Me recuesto, cayendo en la cuenta de repente.

–Folger, ¿verdad? –digo.

Brookner se vuelve a poner las gafas.

–¿Sabes, Evie? Por precoz que te precies de ser, en ocasiones puedes resultar un poco obtusa.

Se dirige a su coche a paso ligero, abre la puerta de un tirón, le dice algo a Booker y arranca. Me quedo mirando cómo se aleja, furiosa.

Este hombre es abominable. Sin embargo, me ha hecho un favor: gracias a las pistas que me ha dado, acabo de localizar una de las últimas piezas del puzle.

Ya sé cómo se cuela la gente de noche en el instituto.

27

Una mujer fuerte es una mujer que se esfuerza.

MARGE PIERCY
(1936)
poeta y novelista

DURANTE VARIAS HORAS después de que suene el último timbre, el instituto parece un páramo industrial. Aún más que de costumbre, quiero decir. En el silencio resuenan crujidos sordos y ecos que rebotan en las paredes y las taquillas. Los entrenamientos deportivos y las actividades extracurriculares ya han terminado; pero aún quedan algunos rezagados, de modo que, si me topo con uno de los nuevos vigilantes, no creo que sospeche de mí.

Veamos: si alguien está dejando abierta una puerta para que la gente se cuele de noche, tiene que ser en algún lugar que los alumnos conozcan, pero que pase inadvertido al director y a los vigilantes. Y si acepto la hipótesis de que la Gliss está metida en esto, tiene que ser alguna de las puertas del gimnasio.

Vacío y sin luces, el gimnasio parece una caverna. En las paredes y las ventanas cuelgan murales de papel pegados con celo: «¡Adelante, Tornados Morados! ¡Enseñadles lo que es bueno!». Son las decoraciones que han preparado las animadoras para la asamblea de mañana, esa que mencionó Rajás que habrá antes de la competición. Rajás... Cada vez que pienso en él, el corazón se me hunde un poco más, dolorido y exhausto.

Reacciono dándome una colleja mental: no es momento para estas cosas. Tengo una misión que cumplir.

Tras asegurarme de que no hay nadie a la vista, me acerco a una de las salidas de emergencia y luego a la otra. Las dos están cerradas con llave. Me cuelo en el vestuario de las alumnas. Algunas taquillas han quedado abiertas y se ven unos zapatos en el suelo, pero no hay nadie a la vista. La única luz es el parpadeo de la señal de «Salida» sobre la puerta que da a los campos de deporte. Esta sería perfecta para que la Gliss la dejase abierta. Reúne todas las condiciones.

Compruebo el picaporte.

No cede.

Mierda. ¿Me habrá lanzado Brookner una pista falsa?

Tal vez la culpable no sea la Gliss.

Suspiro y me doy la vuelta para marcharme. Un momento... Acabo de oír un crujido. ¿Será la puerta de una taquilla? No; me lo debo de haber imaginado. Aquí no hay nadie.

Vuelvo al gimnasio... y sí, ahora estoy segura: he oído un chasquido. Algo se mueve: la puerta del vestuario de los chicos se acaba de cerrar con suavidad. Cruzo el gimnasio con toda la rapidez y sigilo de que soy capaz y me cuelo en el vestuario. El olor me golpea nada más entrar: camisetas sudadas, zapatillas apestosas, hormonas... Es igual que el vestuario de chicas, pero colocado del revés. El despacho del profesor está cerrado. Me acerco de puntillas a la puerta que da a los campos de deporte... Y ahí está la Gliss. Se lleva un rollo de precinto a la boca y corta un pedazo con los dientes. Abre la puerta y la sujeta con el pie. Luego, con la mano libre, baja el picaporte y con la otra pega encima del pestillo la tira de precinto. Corta otro trozo y lo coloca en el marco, donde debería encajar el pestillo. Lo observa y repasa las tiras con los dedos para asegurarse de que están bien adheridas.

Brookner tenía razón: es la Gliss quien deja que la gente entre en el instituto. Quiere que aparezcan rayos. Tiene sentido: cuantos más profesores afectados haya, menos llamará la atención lo suyo. Brookner, Wolman, Campoto, Theodore... ¿Cuál será el siguiente? Toda la plantilla está en la picota. Mal de muchos...

La Gliss, con cuidado, deja que la puerta resbale hasta encajar en el marco. Antes de que se dé la vuelta, me agacho detrás de una fila de taquillas.

–Sé que estás ahí –dice con voz estridente–. Evie, ¿podrías explicarme qué haces metida en el vestuario masculino después de la jornada lectiva?

Mierda. Tengo que pensar rápido. ¿Quiero enfrentarme a ella? Si echo a correr, puede que llegue a la Chati antes de que me alcance. Pero luego tendría que volver para retirar las tiras de precinto. Y no solo esta noche, sino mañana y al otro y al otro. ¿Y si la Gliss empezase a dejar abierta una puerta diferente cada noche? Tendría que buscar por todo el instituto. Sería una tarea sin fin...

Si me quedo, tal vez pueda convencerla de que no lo haga más.

¿Me quedo o escapo? ¿Peleo o huyo?

Salgo de detrás de la taquilla. La verdad es que esta decisión ya la tomé hace mucho tiempo: me quedo. Peleo.

–He visto cómo inutilizaba el pestillo –digo.

Ella empieza a caminar hacia el gimnasio y pasa por mi lado sin detenerse.

–¡Eh, espere! –exclamo, trotando para alcanzarla.

Ya en el gimnasio, ella gira sobre sus talones.

–¿Qué quieres?

–La he visto antes trucando la cerradura.

–¿Ah, sí? Pues te voy a decir lo que he visto yo: he visto a una alumna que se había colado en el vestuario de los chicos. Una alumna que estaba rondando por el instituto en horario no lectivo, sin ninguna justificación válida –mete la mano en el rollo de precinto, como si fuera una gruesa pulsera–. Me temo que debo informar de ello a la dirección, dado que la única explicación de tu presencia es que hayas venido para difamar a alguno de tus compañeros... O, más posiblemente, a algún docente.

El estómago se me encoge.

–Pero yo no... No puede...

–¿No puedo? Lo siento en el alma, pero tengo que cumplir con mi deber. Al fin y al cabo, yo misma he sido víctima de esta campaña –se lleva la mano al pelo y el rollo de precinto le cae hasta el codo. Me mira con la boca estirada en un rictus severo y quizá un poco triste. ¿Será humana, en el fondo?–. Teniendo en cuenta todo lo que ha pasado hasta ahora, mucho me temo que el señor Folger se verá obligado a expulsarte temporal... –chasquea los labios– o permanentemente.

La boca se me seca de repente. ¿Expulsarme? No será capaz de provocar mi expulsión, ¿verdad?

Sí, sí que lo es. Y no sé cómo no me he dado cuenta antes, porque la Gliss no solo está enfadada, sino también dolida.

–Espere... No –protesto, haciendo un esfuerzo por mantener la firmeza–. Es usted la que ha trucado la puerta.

Sus labios se retraen en una mueca.

–¿Y si vamos las dos a hablar con el señor Folger y le planteamos nuestros puntos de vista? ¿A quién te parece que creerá? ¿A mí, que llevo once años en la plantilla del centro enseñando y entrenando a los alumnos, sin incidentes dignos de mención? A excepción del asunto del rayo, claro... –frunce el ceño–. ¿O a ti, una estudiante sin expediente académico que solo lleva en este centro...? ¿Cuánto llevabas? ¡Ah, sí, ya me acuerdo! Llegaste justamente cuando comenzaron todos estos problemas, ¿no es eso? Vaya, qué coincidencia –se da golpecitos con el índice en la barbilla, como si estuviera reflexionando–. Sí, me parece buena idea: vamos a hablar las dos con el director. Creo que será receptivo a lo que tengo que decirle.

Sé que Folger está muy molesto conmigo. ¿Y si cree a la Gliss? Aunque no lo hiciera, se vería obligado a iniciar una investigación. Tal vez el inspector se hiciera cargo del asunto; en ese caso, las manos de Folger quedarían atadas. No me quedaría ningún aliado.

–Pero usted y yo sabemos la verdad –protesto.

–¿Ah, sí? ¿La verdad de cómo te tiraste a mi cuello por ser humana y haber tenido un mal día, provocando que me abran un expediente? ¿O la verdad de cómo este instituto se fue al garete en cuanto empezaste a venir tú, lo que merece sin duda que te expulsen? –da vueltas a su pulsera de precinto–. Pensaba pedirle disculpas a Marcie, ¿sabes? Había comprado yogur helado para todas las chicas del equipo, porque me sentía mal por lo ocurrido. Fue justamente la mañana en que encontré tu sorpresita pegada a mi puerta. ¿Sabes qué, Evie? Soy mejor persona de lo que tú te crees. Mira: por esta vez, te voy a hacer un favor y voy a dejar que te vayas de rositas.

Estoy tan perpleja que no puedo ni siquiera mirarla a los ojos. ¿De verdad tendría intención de pedirle disculpas a Marcie?

–Vale –murmuro.

–Muy bien. Pues ya te puedes marchar.

–Gracias.

Eh, un momento. ¿Acabo de darle las gracias a esta mujer? ¿Le agradezco que me deje marchar, después de que haya sido yo quien la ha pillado con las manos en la masa? No, no: la Gliss tiene que responder por todo lo que ha hecho mal, empezando por lo de Marcie y terminando por esto.

Es todo tan irónico... Porque, si creamos el RAP y empezamos esta dinámica, fue precisamente para que la gente se hiciera responsable de sus actos. Para que la Gliss tuviera que responder de sus acciones.

Cierro los puños.

No quiero ironía. Ni siquiera busco venganza.

Lo que necesito es justicia.

28

La forma más común de renunciar al poder
que todos tenemos es pensar que no lo tenemos.

ALICE WALKER
(1944)
escritora y activista

CRUZO EL APARCAMIENTO CASI DESIERTO, me subo a la Chati y apoyo la cabeza en el volante. Ya ha empezado a anochecer; los días son cada vez más cortos. Me estremezco, sacudida por un escalofrío de humillación, rabia y, sobre todo, impotencia.

No: me niego a dejarme llevar por esos sentimientos. La Gliss no me va a detener. Tengo que pensar algo. Aprieto los dientes y enciendo el motor de la Chati.

Meto la primera con esfuerzo, arranco y hago una ese para esquivar a dos animadoras que acaban de salir del instituto, pompones en mano. Me extraña verlas, porque juraría que ya no había nadie dentro. Deben de haberse quedado para rematar algún detalle de la asamblea y la competición de mañana.

Un momento... Mañana habrá una asamblea antes de la competición. El instituto entero estará ahí para animar al equipo.

Freno en seco, apago el motor, bajo de la Chati de un brinco y voy al instituto a todo correr. La oficina está cerrada; la señora Franklin ha debido de irse ya a casa. Aporreo la puerta, atisbando por el cristal.

Folger está al fondo de la estancia, junto a los casilleros de los profesores. Levanta la mirada y se dirige a la puerta para abrirme, con las cejas enarcadas.

–Evie –me saluda.

–¡Una asamblea participativa! ¡Un micrófono abierto para que el alumnado se exprese! –exclamo, jadeante por la carrera y los nervios–. ¡Eso es lo que nos hace falta!

Folger recoloca el montón de papeles que lleva en las manos y lo deja en la mesa de la señora Franklin.

–Antes me dijo que era mi deber buscar una solución para arreglar las cosas –explico–. Bueno, pues aquí está. ¡Es la ocasión perfecta! Antes de la competición habrá una asamblea a la que asistirán todos los alumnos y los profesores. ¡Todo el mundo!

Él me mira sin decir nada durante un largo momento.

–Vamos a sentarnos, Evie –me propone luego.

Continúo explicándole mi idea mientras lo sigo al despacho.

–Cuando el RAP empezó a funcionar, tenía una razón de ser: dar poder al alumnado para que protestase contra las injusticias, y obligar a los profesores a responder de sus actos para que no pudiesen abusar de su autoridad. Bueno, supongo que se crearía para eso, vaya... Es solo una hipótesis...

Ya dentro del despacho, me dejo caer en la silla de siempre. Folger se acomoda al otro lado de la mesa y se ajusta la americana.

–Los alumnos necesitamos un canal para expresarnos –afirmo–. Alguna forma de hablar entre nosotros y reabrir los canales de comunicación. Algo que sea un toma y daca, a diferencia de los rayos, ¿no cree? –prosigo sin esperar a que responda–. Jamás dejaré de creer en la libertad de expresión. Pero, si el problema del RAP y los rayos es que son anónimos, con una asamblea abierta a la participación...

Folger levanta una mano.

–Perdona que te interrumpa, Evie, pero tengo una pregunta.

–Diga.

–Este tipo de asamblea se convoca antes de las competiciones deportivas para alentar a los alumnos y a los equipos, para levantarles el ánimo con consignas y cánticos colectivos. ¿Te parece prudente abrir el diálogo en un momento de tanto acaloramiento, por así decirlo?

Es una buena objeción, y me desinflo un poco. Él me dedica una sonrisa en la que creo detectar una chispa de camaradería.

–Por otra parte –continúa–, ni los docentes ni el equipo directivo vemos con buenos ojos suspender las clases. Y estas asambleas proporcionan una rara oportunidad para congregar a toda la comunidad escolar sin interrumpir el programa lectivo, como tú misma acabas de señalar –se recuesta en su butaca. Me quedo esperando a que agarre uno de sus muelles, pero no lo hace–. La verdad –añade– es que la idea se me había ocurrido a mí también.

–¿En serio? –respondo asombrada–. Vaya...

–No sé de qué te sorprendes... Yo también, en mis tiempos, he organizado asambleas abiertas –sonríe con picardía–. En fin, no voy a irme por las ramas.

La imagen de Martha me cruza por la mente. Me guiña un ojo y dice: «El truco está en hacerle pensar que ha sido idea suya. Luz del sol...».

–Ya he hablado sobre ello con el señor Jones –continúa Folger–. Debemos hacer algo para atajar este caos, y solo vemos dos posibilidades: o endurecemos la vigilancia, creando una situación de tolerancia cero en un marco de...

–¿... de dictadura fascista?

Folger se ríe con suavidad.

–No es ese el término que yo utilizaría, pero sí que responde a la idea de fondo. La otra opción sería crear una válvula por la que pudiéramos eliminar algo de presión. Si funcionase como es debido, una asamblea participativa proporcionaría una vía segura y efectiva para que el alumnado descargase algo de vapor.

–Y nos daría un canal para expresarnos, ya que los rayos han dejado bien claro que tenemos mucho que decir.

–A decir verdad, no estoy muy seguro de que lo que se ha dicho hasta ahora mereciese ser oído. Gran parte de ello era infundado y poco constructivo.

–Cierto –tomo aliento y recuerdo mis rayos: «¡Evensong es una hipócrita! ¡Evensong se ha cargado el instituto!». Tal vez fueran calificativos fundados, pero no eran nada constructivos. Y, de todos modos, por mucho que me doliesen, no fueron nada comparados con la horrible homofobia de algunos de los rayos.

–Una asamblea abierta –prosigue el director– une la responsabilidad a la libertad de expresión. Cuando alguien habla en público, se hace responsable de sus afirmaciones.

–De este modo –digo asintiendo con la cabeza– nos ahorraríamos las acusaciones mezquinas y anónimas.

–Anónimas no serían, desde luego. Que no sean mezquinas... En fin, eso está por ver –Folger tamborilea con los dedos en la mesa–. Sea como fuere, Evie, me temo que no puedo asumir ese riesgo.

–¿Cómo? ¡Creí que usted respaldaba la idea!

–Como director del instituto –dice lentamente–, yo no puedo asumir el riesgo.

–Como director.

–Eso es –entrelaza las manos sobre la mesa–. En cualquier caso, para que una asamblea participativa tenga éxito, debería ser organizada por los propios estudiantes, ¿no crees?

Agarro el muelle arcoíris y le doy vueltas en las manos para ayudarme a pensar.

–Sí, está claro. Porque si la idea viniera del equipo directivo o de un profesor... Si fuera una idea impuesta de arriba abajo, se percibiría como una estrategia de la autoridad opresora, y la gente la rechazaría.

–Entonces estamos de acuerdo, ¿no?

Frunzo el ceño, perpleja.

–No lo entiendo. Acaba de decirme que no puede aprobar la celebración de una asamblea participativa.

–Eso es.

–¿Y en qué estamos de acuerdo?

En vez de responder a mi pregunta, da la vuelta al asiento para mirar los diplomas enmarcados. Cornell...

–Esto me recuerda a una de nuestras conversaciones iniciales acerca de la construcción de democracia y justicia social –vuelve a mirarme y carraspea. Las arrugas se le marcan en la cara–. ¿Para qué has venido, Evie? –pregunta en un tono de impaciencia que me duele.

–Para contarle lo de la asamblea participativa.

–Querías que te diera permiso. Que te respaldase.

–Supongo que sí.

–Bueno, pues no te lo doy.

Trago saliva.

–En cualquier caso, Evie, no me refería a eso. Lo que quiero preguntarte es por qué estás aquí, en este centro. ¿Para qué te matriculaste?

–Yo... Quería comprobar cómo era ir al instituto.

–Eso, como decíamos en los movimientos asamblearios de mi juventud, es escurrir el bulto.

Vaya. Tiene razón.

–Seamos sinceros, Evie: tú no eres una alumna florero. No viniste aquí solo para observar; si fuera así, nada de esto habría ocurrido. Como bien sabes, este centro ha sufrido un cambio radical causado, en gran medida, por tus acciones.

–Creí que usted apoyaba...

Extiende una mano para que le devuelva el muelle con el que estoy jugueteando. Se lo dejo en la palma.

–Solo te diré una cosa –comienza–, y luego te pediré que te marches a casa y reflexiones sobre ella. Se trata de un concepto tan sencillo como importante, si es que quieres ser consecuente con tu vocación de agitadora en pos de la justicia: no debes ni puedes esperar que la misma autoridad que deseas socavar respalde tus acciones.

Trato de asimilar lo que acaba de decirme.

–Me comprendes, ¿verdad? –remacha.

–Lo que quiere decir es que no puedo esperar que la autoridad opresora me avale.

Sus labios se estiran en una sonrisa plácida.

–Eso es.

–Y que estoy sola en esto.

Se pone en pie sin decir nada. Vale, creo que he captado la indirecta.

Introducción a la justicia social: qué ocurre cuando la revolución que has iniciado se da la vuelta y te muerde en el culo.

Curso intermedio de justicia social: por qué no puedes esperar ayuda de la autoridad opresora ni de quienes colaboran con ella.

En el impreso de matrícula de estos cursos debería figurar una advertencia: «Los estudiantes asumen los riesgos derivados de cursar esta asignatura. Se garantiza que cursarla producirá miedo y soledad, y que quien participe correrá peligros que jamás habría supuesto».

29

Cuando más fuertes son las mujeres
es cuando usan sus debilidades como armas.

Marie Anne de Vichy-Chamrond
(1697-1780)
marquesa du Deffand, mecenas

Contemplo las estrellas que se entrevén por la cubierta translúcida, intentando encontrar algo de consuelo en la belleza de la Casacúpula. Martha me quita la goma de la coleta y me peina con los dedos. Estamos las dos sentadas a lo indio en su cama.

–Estoy segura de que al final podrás hacer que Jacinda vea la luz, hija.

–Me haría falta una bombilla de mil kilovatios, y creo que podría causarle algún daño permanente en la retina.

–Entrará en razón, ya lo verás. Presiónala un poquito, y luego retrocede y dale un poco más de tiempo.

–No me queda más tiempo. La asamblea de estudiantes es mañana –me froto la cara, agotada–. No puedo con esto, Martha. Pensé que sería capaz, pero no lo soy.

–Pues claro que lo eres. Eres muy fuerte, corazón.

–Pues me siento débil –cierro los párpados–. Va a ser brutal, en plan masacre de Wounded Knee. Sin limpieza étnica, claro –suspiro–. Si al menos tuviera alguien de mi parte...

–Bueno, tendrías que haber supuesto que no podías contar con el representante de la autoridad opresora –Martha chasquea la lengua–. Una faena... La verdad es que ese hombre me tenía engañada.

–Folger no va a ayudarme, pero tampoco me detendrá. Eso es lo que me vino a decir antes.

–Pues menudo respaldo –replica Martha con un bufido.

Yo suspiro.

–Jo, Jacinda lo haría de maravilla. A ella la escucharía todo el mundo.

–Yo iré contigo, hija. Te haré de animadora particular.

–No creo que aparecer por allí con mi madre en minifalda y pololos ayude a mi causa. Ya me desprecian lo bastante...

–Creo que exageras –replica mientras empieza a trenzarme el pelo.

–Pues yo creo que no exagero nada. ¿Cuándo te vas a convencer de que soy la paria del instituto? Todo el mundo me odia, profes incluidos –murmuro, y me estremezco al recordar a la Gliss con su rollo de precinto–. Y no me refiero a que les caiga mal, no: me odian con toda su alma, en plan cazavampiros contra chupasangres.

Inspiro hondo y oigo que Martha hace lo mismo. Por un momento, disfruto de los suaves tirones que me da al trenzarme el pelo.

–Hija, qué tensa estás.

–Gajes del oficio. Al fin y al cabo, la gente me odia con tanto ardor como...

–... ¿como un millón de soles? ¿Como una bombilla de mil kilovatios? ¿Como una manada de vampiros? ¿Como el coronel Forsyth odiaba a los indios?

–Veo que por fin comienzas a captar la magnitud del asunto.

Me sujeta la trenza con el elástico y la deja caer sobre mi hombro.

–Échate hacia delante y te doy un masaje.

Las dos nos quedamos pensativas un buen rato.

–El camino que has escogido es duro, pero es el correcto –comenta Martha.

–Sí, lo sé –respondo; mi propósito siempre fue obtener justicia, no echar a perder el instituto–. Espero que funcione... Hace falta un poco de luz del sol, desde luego.

Trago saliva con esfuerzo. Luz del sol, transparencia... Hay algo más que necesito sacar a la luz, una de las últimas piezas de este rompecabezas. El corazón se me encoge al pensar en lo que estoy a punto de preguntarle a Martha. No estoy segura de que me apetezca oír su respuesta.

–Martha, ¿por qué ya no vas al GPMS? ¿Se acabaron las citas para tomar café?

Ella resopla.

–Me he hartado de pelmas y muermos salidos, hija.

–Dijiste que habías abusado un poco del asunto, ¿no?

–*C'est vrai.*

Me agarra fuerte los hombros y empieza a masajearlos con las yemas de los dedos, tarareando una canción de Ani DiFranco que habla de que los peces no tienen memoria.

Me lanzo a la piscina.

–¿Por qué no me dijiste la verdad?

Sus manos paran en seco.

–¿A qué te refieres? –pregunta deslizándome los pulgares por la columna vertebral.

–Al final me di cuenta de que habías sido tú y no Folger.

Otra pausa.

–Sigo sin saber a qué te refieres, corazón.

–Estoy arrojando luz sobre el hecho de que no has sido completamente sincera conmigo.

–Cariño...

–¿Sabes cómo lo deduje? Brookner me explicó por qué había roto con Jacinda. Sus palabras exactas fueron: «Una amistad que ambos tenemos común me hizo una visita». En ese momento supuse que habría sido Folger; pero más tarde recordé que tú habías reconocido el nombre de Jacinda cuando me torcí el tobillo y Rajás y ella me trajeron a casa –carraspeo; el nombre de Rajás se me atraviesa como una aguja en la garganta–. Jacinda había puesto carteles anunciándose como canguro. Y tú habías visto uno en el GPMS.

Silencio. Sigo hablando.

–Jacinda ya conocía a Brookner antes de ir a clase con él, porque había trabajado de canguro para él. Brookner la conoció de la misma forma que tú: por el cartel del GPMS. Él también iba al grupo.

–Hija...

Me doy la vuelta para encararme con ella.

–¿Por qué te lo callaste?

–Los pelmas y muermos... La gente del GPMS no suele decir su apellido; no es un lugar al que vayas a repartir tarjetas de visita. Y hay muchos hombres que se llaman John...

–Pero tenías que saber que era profesor.

Las manos de Martha caen en su regazo. No responde.

–Y luego –continúo–, la noche en que Jacinda estaba al cuidado de Booker y Javier se escapó, tú llegaste a casa muy temprano. Habías estado con él, ¿verdad? Con Brookner –empiezo a deshacerme la trenza que me acaba de hacer–. ¿Sabes qué? Mejor no me contestes; prefiero no saberlo.

–Evensong Sparkling Morningdew, sabes muy bien que jamás haría a sabiendas nada que pudiese dañarte. ¡Pero es que siempre me estás animando para que tenga más vida social!

–Ya, pero ¿con Brookner? ¡Ese tío es asqueroso! –hago una mueca–. Bueno, vale; al principio te la cuela, con ese discurso tan elaborado y esas gafas de pasta en plan «estoy de vuelta de todo». Al final, sin embargo, está claro que no es más que un baboso.

–Tú lo has dicho, amiga.

–¿Por qué no me contaste nada? Me extraña tanto que no hayas...

–Estabas tan lanzada, hija... Creando el RAP, haciendo amigos, defendiendo las cosas en las que crees, tomando partido... Lo único que podía hacer era admirarte –los ojos de Martha, poco acostumbrados a las lágrimas, se llenan de venitas rojas–. Cuando al fin me di cuenta de que John Muermo Salido era la misma persona que John Brookner, cuando me enteré de lo que hacía...

–... le abordaste y le dijiste que, si no cortaba con Jacinda, se metería en un problema muy gordo.

–Así es, corazón –murmura frotándose las ojeras–. Eso hice.

–¿Y por qué no me lo contaste? Creía que siempre nos lo contábamos todo.

–¡No quería interferir! Estaba... Estoy rabiosa con ese cretino. ¡No podía dejar que siguiera abusando así de las chicas! –se interrumpe bruscamente y sacude la cabeza–. Quería hacerlo de manera discreta y eficaz. Esta no es mi pelea, hija, sino la tuya. No quería ser yo quien destapase la caja de los truenos.

–Qué irónico... Todo esto comenzó con un rayo, y ahora hablamos de truenos –digo mientras me pongo en pie.

–Evensong...

Levanto la mano para que no siga.

–Estoy bien, no te preocupes. Lo entiendo. Te perdono. Solo necesito que me dé un poco el aire.

Ya fuera, me tumbo en mi trozo de césped favorito. Hace fresco, y por el cielo pasan nubes bajas que se dirigen hacia la luna y forman un halo en derredor. El ulular lastimero de un cárabo me recuerda que tengo que respirar. Se oye un mugido grave, y el cencerro de Hannah Bramble tintinea en el cobertizo. Me rodeo con los brazos para darme calor. Sobre mi cabeza, Vega brilla enorme y poderosa, mientras la Tierra se precipita hacia ella a casi veinte kilómetros por segundo. ¿Cómo es posible? ¿Cómo es que no salimos despedidos de este planeta, arrastrados por la fuerza bruta del universo?

Inspiro, espiro. ¿Y si la Tierra se detuviese? ¿Se pararía el tiempo? Cómo me gustaría retroceder... Seguir estudiando en casa, soñando con entrar en Cornell. Seguir confiando en la sinceridad total de Martha. Ser amiga de Jacinda, enamorarme de Rajás sin todo lo que ha venido después. No estar sola, no ser rechazada.

Me estremezco de frío, de ganas de no llorar más.

He llegado hasta aquí. Soy parte de este mundo en la misma medida en que lo son el cárabo, la luna o Hannah Bramble. Y no voy a renunciar sin plantar cara antes.

30

Uno es valiente cuando, sabiendo que ha perdido
ya antes de empezar, empieza a pesar de todo
y sigue hasta el final, pase lo que pase.

Harper Lee
(1926-2016)
escritora

Esto sería muchísimo más fácil si Jacinda no me odiase tanto. Con su ayuda sería posible montar una asamblea participativa e incluso conseguir algo con ella.

Decido intentarlo por última vez. Tengo que hacerlo.

La profesora sustituta de Visión Global resulta tan estimulante intelectualmente como un gatito recién nacido. La pizarra, abierta hasta hace poco a la controversia y la provocación, ahora muestra la siguiente y solitaria frase: «Leed en silencio los capítulos 20 y 21». La mitad de la clase parece haberse desvanecido. ¿Habrán cambiado esta asignatura por otra, o es que ya no se molestan en venir? ¿Quién sabe? Quienes aún asisten han recolocado las mesas, y ahora mi puesto está separado de los demás.

Me acerco a Jacinda sin atreverme a albergar ninguna esperanza. A su izquierda se sienta Marcie, y delante de ella, otra chica del equipo de animadoras. Las tres llevan puesto el uniforme para ir directamente a la asamblea, y cantan en bajito para ensayar mientras repasan los dobladillos de sus minifaldas. Jacinda se está retocando el esmalte de uñas. Parecen sacadas de una película: la típica pandillita de animadoras frívolas. Antes de venir al instituto, creía que ese estereotipo era verdad. Jacinda me mostró que bajo esa imagen superficial había mucho más. Pero la verdad es que en este momento me resulta difícil verlo.

Coloco los libros en mi mesa, y uno se resbala y da un golpe. Son los nervios. Mis compañeros levantan la cabeza como ciervos sobresaltados por un ruido sospechoso. La profesora arruga la frente y anota algo en el parte de asistencia.

–Jacinda, ¿podemos hablar un momento?

Ella coloca la tapa del pintaúñas y la cierra con un giro. Se sopla las uñas y asiente a algo que Marcie acaba de susurrarle.

Son un frente común. Tiene que ser agradable sentirte respaldada por tanta gente... El corazón se me eriza de envidia al pensarlo. Lo vuelvo a intentar.

–¿Podemos hablar a solas?

Jacinda me dirige una mirada suspicaz.

–Mis compañeras pueden escuchar cualquier cosa que quieras decirme –contesta.

Vaya. ¿Será una estrategia para que no pueda decirle nada de Brookner, o se sentirá tan vulnerable como para necesitar a su equipo?

–Es que es algo íntimo.

Escruto a Jacinda tratando de reencontrar a la chica que creí conocer. ¿Dónde habrán quedado todo el cariño y la buena voluntad que transmitía? ¿Y el calor de su generosa inteligencia? Echo de menos a la amiga que me antirrescató de aquel arroyo, que se reía conmigo hablando de Rajás, que me ayudó a crear el RAP... Pero esa Jacinda ya no existe.

–Al final de la asamblea quiero proponer un turno de palabra, una asamblea abierta para que hable todo el mundo que quiera hacerlo –le explico en voz baja–. Creo que eso podría hacer que los compañeros nos reconciliáramos, y fomentaría la libertad de expresión sin hacer daño a nadie. ¿Qué te parece? –trago saliva–. Me vendría muy bien que me ayudases.

El pie de Jacinda empieza a agitarse.

–Tengo que... –de pronto, mira a mi espalda y abre los ojos de par en par.

Me doy la vuelta. La señora Bemis acaba de abrir la puerta para dejar paso a la Gliss. Esta sonríe a las chicas de su equipo; luego, sus ojos se posan en mí y su expresión se vuelve agria. El estómago se me llena de escarcha.

–¿Puedo hacer algo por usted? –le dice la profesora sustituta, que parece contenta por la interrupción.

La Gliss recobra su sonrisa para mirarla.

–He venido a buscar a mis chicas del equipo de animadoras. El director les ha dado permiso para salir de clase y ultimar los preparativos de la asamblea.

–Ah –la señora Bemis se vuelve para mirarlas–. De acuerdo, chicas: podéis marcharos si queréis.

–Por favor, Jacinda –susurro–. Te necesito.

Ella mira de reojo a la Gliss y empieza a meter sus cosas en el bolso.

–Yo no... no puedo –me dice, y luego añade en voz más alta–: No nos interesa nada de lo que nos cuentas. Vamos, chicas –remacha, levantando un hombro antes de darse la vuelta.

La puerta se cierra con un chasquido a su espalda.

Bueno, pues ya está: me he quedado oficialmente sola ante el peligro.

No sé si es que he gastado mi cupo de lágrimas para esta semana o es que estoy demasiado cansada para sentir tristeza, pero no siento nada. Abro el libro de texto y miro la página, pero soy incapaz de formar frases con sentido. Al final suena el timbre.

Camino hacia mi taquilla con la cabeza gacha cuando me choco con alguien.

–Perdón –mascullo sin molestarme en levantar la mirada.

No me hace falta: sé muy bien quién es. Reconozco el tacto de su pecho y el olor cálido y especiado que desprende.

Rajás me acaricia el brazo con un dedo.

–¿Estás bien, Eve? Habla conmigo, por favor.

–Es tarde; ya tomaste una decisión –respondo.

No hay nada más que decir. Le esquivo y me alejo.

¿Puede empeorar mucho más este día?

Me temo que estoy a punto de comprobarlo.

31

Los idealistas y visionarios lo bastante locos para arrojar la prudencia por la borda y expresar su devoción y su fe en una causa suprema han hecho avanzar a la humanidad y han enriquecido el mundo.

EMMA GOLDMAN
(1869-1940)
escritora y activista anarquista

LA ASAMBLEA ESTÁ PROGRAMADA para las dos últimas horas, de modo que puede alargarse hasta que termine la jornada lectiva (o hasta que se acabe el mundo). Entreabro la puerta del gimnasio y asomo la cabeza. Todo el mundo está ya dentro. El pabellón está atestado, y me da la impresión de que las paredes se comban como si fuesen a reventar. Las animadoras bailan con sus flamantes uniformes, pololos incluidos, induciendo en el público un entusiasmo burbujeante. Los deportistas que van a competir visten sudaderas moradas con el escudo del instituto. La banda de alumnos toca a pleno pulmón, y las gradas plegables vibran con los aplausos y los pataleos del público. Da la impresión de que pueden ceder de un momento a otro.

Me invade una oleada de pánico. Esta es una pésima idea. No va a funcionar.

Con los dedos temblorosos, me meto las llaves de la Chati en el bolsillo y extiendo los carteles que Martha me ha ayudado a hacer.

«¡Estudiantes, expresaos!».

«¡Decidle las verdades al poder!».
«¡No somos libres para ser libres!».
Vistos ahora, parecen lamentables.
Las animadoras han preparado unos cartelones rígidos y perfectos que están apoyados del revés en la pared del fondo. Deben de tenerlos reservados para luego. Me fijo en uno que se ha caído un poco y veo algunas de las palabras que tiene escritas.
No me lo puedo creer.
Vale, Jacinda no quiere ayudarme. De acuerdo, pasa de ser mi amiga. Pero esto es demasiado.
El cartel tiene mi nombre escrito.
«Evensong, eres»... Eso es todo lo que distingo. Supongo que es una repetición de uno de mis rayos. ¿Cuál será? ¿El que me tildaba de hipócrita o el que decía que me había cargado el instituto? Tal vez sea algo peor.
Retrocedo al pasillo, cierro la puerta con cuidado, me apoyo en la pared y me dejo caer hasta sentarme en el suelo. Mis penosos carteles cae a mi lado. No voy a ser capaz.
Respiro hondo.
Voy a esperar un poquito más. El reloj del pasillo marca las 14:13. Voy a concederme dos minutos; solo dos minutos y daré la cara ante todo el instituto, estudiantes y plantilla, incluido Folger. Dos minutos antes de meterme de cabeza en el matadero.
Un minuto y treinta segundos.
Respiro.
La manecilla larga avanza hasta las 14:14. Un minuto.
La puerta vibra con los vítores de la gente. Es como si fuera a estallar una tormenta.
Iré derecha hasta el micrófono que hay en medio del gimnasio. Diré lo que tengo que decir. Comenzaré una asamblea participativa, un turno de palabra.
Una salva de aplausos resuena en el pasillo desierto.
Se oyen los gritos rítmicos de las animadoras, y después el pataleo estruendoso del público. Me oculto la cara entre las manos.

Folger tenía razón: debo de estar loca para haber pensado que este sería un buen momento para fomentar la participación. Entre todos me van a masticar y van a escupir mis huesos.

No, no me voy a acobardar. Este es el camino más duro, pero el único correcto. Tengo que ser fuerte.

Esta chica es diferente.

Respiro.

Veinticinco segundos.

La tormenta arrecia.

Son las 14:15.

Ahora o nunca.

Recojo los carteles, pero se me resbalan de entre los dedos como si quisieran escapar a su terrible destino. Los dispongo en un montón y los empujo dentro del gimnasio.

Los gritos me hacen daño en los oídos. Las gradas están llenas de estudiantes en pie, chillando y agitando los puños. Los profesores están en las primeras filas, dando palmadas al ritmo de la música y de las animadoras. La Gliss está en una esquina; a su lado se sienta un señor vestido de traje que lo observa todo con expresión ceñuda. ¿Será el enviado de la junta escolar? La Gliss se mete un mechón de pelo tras la oreja, sin apartar la mirada de las animadoras. Parece satisfecha. Jacinda y sus compañeras brincan por los pasillos laterales, apuntando al público con el dedo y gritándoles: «¡A ver esos ánimos!».

El pulso se me acelera. Noto que la frente se me perla de sudor. Ni pensar en hacer respiración yoga; en este momento, lo más que puedo hacer es no asfixiarme. Dejo a un lado mis carteles; bastante difícil me resulta ya moverme sin ellos.

Cuando ya estoy a mitad de camino, la gente empieza a fijarse en mí. Poquito a poco, decibelio a decibelio, el jaleo se va acallando.

Sigo un cable que serpentea hasta el micrófono que hay en el centro de la pista, colocado ahí para la chica que cantó el himno nacional hace un rato.

Continúo andando. La gente se calla. Ya estoy en el círculo central.

¿Estará encendido el micrófono? Le doy un golpecito con el dedo y de los altavoces sale un chirrido estridente. Mucha gente se tapa los oídos con las manos. En las gradas resuena un gemido colectivo.

Carraspeo y empiezo.

–Vamos... ¡Vamos a felicitar al equipo de animadoras por su fantástica labor! –exclamo.

Hay un momento de silencio absoluto, seguido de algunos aplausos tímidos.

Veo que la Gliss se levanta y empieza a caminar hacia mí, tan furiosa que casi le sale humo por las orejas. De pronto, alguien la frena agarrándola del codo. Es Folger, y a su lado está el señor del traje. El director le susurra algo a la Gliss, y ella abre mucho los ojos y retrocede un paso.

En lo alto de las gradas, alguien silba y grita: «¡Tías buenas!». Jacinda hace una mueca: ya empiezan las actitudes machistas de las que me habló. En un nanosegundo, recobra la compostura con una sonrisa y una voltereta lateral. Me mira cada pocos segundos, pero en su expresión no veo el odio que creí percibir en la clase de Visión Global. ¿Me lo estaré imaginando? ¿Será que el estrés me hace ver cosas raras?

Y Rajás, ¿dónde estará? No lo veo. Puede que se haya escaqueado; no me parece que le atraiga demasiado este tipo de cosas. El corazón se me encoge. Respiro hondo.

–Quizá os preguntéis por qué estoy aquí. Últimamente ha habido muchos...

–*¡Cállate!*

–*¡Suelta el micro!*

–Lo único que quiero es... –empiezo a decir, pero me interrumpe otro chirrido de acople.

Jacinda se vuelve hacia el resto del equipo, extiende los índices hacia arriba y luego hace un gesto como de pistolas con las dos manos. Es una señal. Sus compañeras desfilan hacia el fondo, agarran los carteles que tienen preparados y regresan en perfecta formación, sin enseñar todavía lo que ponen. Marcie va detrás de Jacinda.

Van a sabotear mi iniciativa. Jacinda se ha enterado de mi plan porque se lo he contado yo misma al pedirle ayuda; ha sido un error de principiante. Mi linchamiento está a punto de comenzar.

Vuelvo a inclinarme sobre el micrófono. Ya no quiero buscar a nadie con la mirada: ni a Jacinda ni a Folger ni a Rajás. Cierro los ojos y empiezo a hablar.

–Dicen que la luz del sol es...

–*¡Vuélvete a casa, bicho raro!*

–Ya me gustaría –replico con una risita quebradiza que hace ecos por todo el gimnasio.

Es el sonido de la humillación.

Respiración yoga; tengo que ser fuerte.

–He pensado que, si...

–*¡Loca!*

Enderezo la espalda.

–En cierta ocasión, James Garfield dijo: «La verdad os hará libres, pero antes os destrozará».

Por el rabillo del ojo veo que las animadoras se disponen a mi espalda. ¿Cuándo les darán la vuelta a los carteles? En cuanto la gente vea el de «Evensong» –no sé lo que pone, pero no puede ser nada bueno–, empezará el linchamiento. No me queda mucho tiempo, así que trato de hablar más deprisa.

–Yo solo... He pensado que expresarse es muy importante. Todos deberíamos poder expresar lo que pensamos. Pero debemos ser responsables. Yo he cometido muchos errores, y quiero pedir disculpas a cualquiera que se haya sentido...

Jacinda da cuatro palmadas.

–Chicas, ¿estáis preparadas? –exclama–. ¡Vamos allá!

–La verdad es importante –digo yo, decidida a aprovechar el tiempo–. Pero estoy empezando a darme cuenta de que el compañerismo es más importante aún.

–¡Cinco, seis, siete, ocho! –chilla Jacinda.

Apenas me quedan un par de segundos.

–¡Y creo que deberíamos tener una sesión de micro abierto para que todos y todas podamos expresarnos!

–¡Ya! –grita Jacinda.

Las animadoras dan la vuelta a los carteles y los alzan.

La multitud ruge.

Se acabó.

32

Reprimir la libre expresión es un doble delito,
ya que no solo viola los derechos de quien habla,
sino también de quien escucha.

Frederick Douglass
(1818-1895)
abolicionista y escritor

Reculo para apartarme del micrófono. Tengo que salir de aquí. Se terminó. Al menos lo he intentado.

Me han vencido. Soy mujer muerta.

Empiezo a alejarme.

Alguien salta por un lateral de las gradas y empieza a correr hacia mí, apartándose con una mano el oscuro flequillo. Es Rajás.

¿Una humillación pública más? No, gracias. Apuro el paso.

–¡Espera, Evie! –dice Jacinda. Su voz suena extrañamente fuerte y metálica.

Está hablando por el micrófono.

Rajás llega a mi lado y me agarra de la muñeca.

Retiro el brazo de un tirón.

–¡Déjame!

–Lo del micro abierto es una gran idea –dice Jacinda.

Los gritos empiezan a acallarse en las gradas. Este silencio es mucho más cálido que el de antes; en él no se percibe el filo acerado del odio.

–¡Yo también quiero compartir una frase con vosotros! –exclama Jacinda–. Es de un tal Felix Frankfurter. ¡Para que luego digan de nombres ridículos!

Impaciente por terminar de lincharme y enamorado de Jacinda, el público se carcajea.

Ya estoy junto a la puerta del gimnasio. Rajás me pisa los talones.

–Frankfurter dijo esto: «Con demasiada frecuencia, la sabiduría no llega a aparecer; así pues, nadie debería rechazarla solo porque llegue tarde» –hace una pausa–. ¡Vuelve, Evie!

Me giro sin poderlo evitar. Las manos de Jacinda vuelven a ser dos pistolas. El equipo de animadoras se vuelve hacia mí en un movimiento sincronizado, sosteniendo los carteles en alto.

Un murmullo grave recorre el gimnasio. Aquí y allá suenan aplausos.

Los carteles no... no ponen lo que yo esperaba.

«¡Libertad de expresión!».

«¡Queremos hablar!».

«¡Las verdades al poder!».

Jacinda echa a correr hacia mí. Su cartel es el que pone mi nombre: «Evensong, eres una valiente».

Perpleja y sin atreverme a creer lo que ven mis ojos, miro a Rajás.

Él esboza una sonrisa torcida.

–Si te hubieras parado a escucharme un momento... Llevo un rato tratando de decírtelo.

–¡Lo siento mucho, Evie! –exclama Jacinda.

Toda yo me derrito en una riada de alivio, de esperanza cauta.

–Cuando la señora Gliss apareció, me di cuenta de que no podía contestarte –explica Jacinda–. Pero más tarde hablé de ello con las chicas y nos dimos cuenta de que tenías razón: invitar a hablar a todo el mundo era una gran idea –se revuelve el corto flequillo–. Sigo un poco hecha un lío con todo el asunto de... Bueno, lo que tú ya sabes –añade, irguiendo los hombros como si le costase un enorme esfuerzo no hundirse en la ciénaga de Brookner–. De todos modos, tengo que decirte una cosa: ¡ayer os vi a la señora Gliss y a ti cuando salíais del vestuario de los chicos! Y lo oí todo, ¿sabes? ¡No me podía creer que hubiera sido ella quien dejaba la puerta abierta!

–Entonces... ¿tú nos oíste? –pregunto esperanzada.

Hay una testigo. ¡Al final, la justicia siempre vence!

–¡Sí! –responde Jacinda asintiendo con la cabeza–. Así que fui a hablar con el señor Folger y se lo expliqué todo.

Claro: eso explica la cara que se le ha puesto a la Gliss después de hablar con Folger hace un momento.

–Lo siento, Evie –añade Jacinda–. Estaba hecha un lío y... –menea la cabeza–. Aún no sé cómo pude poner ese rayo contra ti. Lo siento muchísimo, de verdad. No te pido que me perdones, pero...

–Estás perdonada –la interrumpo–. Yo también he cometido un millón de errores, y te echo muchísimo de menos.

Sus ojos –pestañas larguísimas, maquillaje con purpurina– se abren de par en par.

–¿En serio?

–En serio.

Me abraza. Todo el mundo nos mira.

–Tienes que volver –le digo, agarrándole los hombros para darle la vuelta–. Tu público te espera.

–¿Perdonas también a Raj? –dice girando la cabeza para mirarlo–. Me ha dicho que fue él quien... Bueno, ya sabes, lo del rayo de Brookner. Y la verdad es que estoy furiosa, ¿sabes? Pero también estoy tratando de asimilarlo todo.

Tal vez haya sido demasiado dura con Rajás... y tal vez no. Actuó a mis espaldas, dejó que Jacinda me culpase a mí, escondió nuestra relación, está saliendo con otra y ni siquiera me ha pedido disculpas por nada de ello. Y, sin embargo, me muero de ganas de estar a su lado.

–No sé –respondo.

Rajás echa a andar y se aleja.

Bueno, pues ya está claro.

–¿Lo ves? –le digo a Jacinda–. Ni siquiera va a esforzarse un poquito por arreglar las cosas conmigo.

–Te echa de menos –replica ella con la cabeza inclinada–. ¿De verdad no quieres volver con él?

«¡SÍ!», me gustaría contestar. «¡Me siento como si me hubiesen arrancado el corazón!». Pero él se aleja cada vez más, llevándose consigo su sonrisa torcida, sus cálidos labios, su mente, su amor. Reprimo mis sentimientos.

–Como me dijiste hace unos días –le comento a Jacinda–, si me quisiera de verdad, no se habría ocultado en el taller para estar conmigo.

Ella agacha la cabeza.

–Te dije cosas horribles...

–Pues la verdad es que sí, pero también eran ciertas. Si quiere que estemos juntos, tendrá que decirlo claramente y tomar partido. Sobre eso y sobre todo lo demás en la vida, en realidad.

Los murmullos de la gente se aquietan de pronto.

Rajás ha cambiado de trayectoria.

Ahora se dirige hacia el micrófono.

Se detiene tras él, se inclina para acercar la cabeza y clava los ojos en mí.

–No tengo ninguna frase que ofreceros –dice.

–¡Vamos, Rajás! –grita una chica, y alguien silba para apoyarla.

–Bueno, a ver... –continúa él, con la cara cada vez más llena de manchurrones rojizos–. Solo quería decir que me parece muy bien que nos expresemos. Hay que decir la verdad, aunque después se vuelva en tu contra y te muerda en el culo –hace una pausa para esperar a que la gente deje de reírse–. Pero para eso hace falta valor. Es algo que me ha enseñado –me apunta con la mano– Eve, mi novia.

Ay. Madre. Mía.

¿Acaba de decir lo que he creído oír? ¿Rajás, el enemigo de las etiquetas, acaba de decir delante del instituto entero que tiene novia?

Y, lo que es más importante, que la novia soy yo.

–Bueno, al menos antes era mi novia –prosigue–. Pero fui un idiota y lo lie todo. Y no llegué a disculparme por ello. Así que allá voy –en su cara aparece una sonrisa nerviosa–. Lo siento mucho, Eve. He sido muy torpe.

–¡Pero Eve! –exclama Jacinda empujándome hacia el centro del gimnasio–. ¿A qué esperas? ¡Vete con él!

La gente empieza a aplaudir, con un ritmo que se acelera rápidamente. Están esperando a que yo haga algo.

–Pero... ¿no está saliendo con esa tal Rosemary?

–¿Cómo? ¿Con Rosemary? –Jacinda hace una mueca–. ¡Qué va!

–Un día los oí hablar... Estaban quedando para verse después de las clases.

–¡Bah! Seguro que era algo de la beca de Raj. El padre de esa chica será su jefe el año que viene.

–¿Y nada más? –me he encendido por dentro. Mi cuerpo es eléctrico, radiactivo.

–¿De verdad vas a dejar al pobre chico ahí plantado? –insiste Jacinda empujándome hacia él.

Pero ya no hace falta que me empuje más. Rajás me espera, mirándome con esa sonrisa torcida. La gente empieza a lanzar gritos y silbidos de ánimo. Jacinda chilla de alegría y corre de un lado a otro del gimnasio dando palmadas. Las demás animadoras se unen a ella.

Mi corazón es un imán; mis pies caminan solos hasta que llego al centro de la pista y veo los ojos de Rajás, oscuros como una noche de luna nueva, cada vez más cerca, hasta que nos estamos besando. La multitud ruge como un largo trueno; pero yo solo puedo pensar en los rayos –en los de verdad– y solo puedo oír el eco de las palabras de Rajás: «Es algo que me ha enseñado Eve, mi novia».

33

Lo que hagas puede parecer insignificante;
sin embargo, es indispensable que lo hagas.

MAHATMA GANDHI
(1869-1948)
líder espiritual y político

SUGERENCIAS LANZADAS POR EL ALUMNADO EN LA SESIÓN PARTICIPATIVA IMPROVISADA TRAS LA ASAMBLEA ESCOLAR

Apuntes editables. Puede hacerse una selección para publicarla en *Estudiante, ¡habla!*, la nueva sección de la revista del instituto que resaltará y desarrollará las ideas aportadas por las y los estudiantes en las sesiones participativas mensuales.

Estas sesiones se celebrarán a la hora del almuerzo y serán moderadas por el sr. Folger, Kelly Lupito (presidenta del consejo de estudiantes) y Evie Morningdew. La columna *Estudiante, ¡habla!* correrá a cargo de Stiv Wagner (director de la revista *Tornado Morado* y autor del presente documento) y Evie Morningdew.

[Nota: comencé a tomar apuntes cuando el debate ya había comenzado, por lo que están ausentes algunas de las propuestas que se hicieron al principio].

- Que los profesores inviten a almorzar al alumnado todos los viernes.
- Que haya máquinas expendedoras de refrescos en la cafetería.
- Que haya chicos animadores en los partidos de los equipos femeninos.
- Que se abra el campo de deporte que no se usa (entre la biblioteca y las aulas de Educación Profesional) para que los estudiantes puedan hacer deporte en sus horas libres.
- Que los estudiantes sean quienes den las clases una vez al mes.
- Que el instituto compre máquinas para hacer ejercicio (elípticas, cintas para andar o correr) y que el alumnado las pueda usar en vez de hacer acrobacias y cosas dificilísimas. Al final, todo es ejercicio.
- Que el club de matemáticas reciba tantas ayudas económicas como el equipo de fútbol.
- Que se renueven los servicios y se mantengan limpios.
- Que el sr. Heck obtenga un aumento de sueldo, ya que es quien más trabaja en todo el instituto.
- Quienes hacen deporte y las animadoras tienen enchufe con el profesorado. Eso no es justo.
- Hay que hacer un huerto de verduras y flores. Podría instalarse en una azotea.
- Que la huella de carbono del instituto sea neutral.
- Algunos profesores se propasan con sus alumnas. Estos profesores no deberían ser apartados temporalmente, sino despedidos.
- [Nombre de estudiante] es un gi****llas.
- [Nombre de profesora] es una zo**a.

[Nota: En este punto, el sr. Folger pidió al alumnado que se abstuviese de mencionar nombres y que hablase solo de ideas para mejorar el centro, ya que, de otro modo, apagaría el micrófono y daría el turno de palabra por concluido].

- Debería permitirse a los estudiantes que lleven botellas de agua a clase y que coman cuando quieran.
- Todo el mundo debería tener acceso a las sudaderas con el escudo del instituto, no solo quienes estén en algún equipo deportivo.
- Que los autobuses escolares funcionen con gas o sean híbridos.
- Quienes van a clase de baile deberían ser considerados deportistas y tener algún privilegio en las clases de Educación Física, igual que los que participan en otros deportes.
- Pintar murales en las taquillas.
- Cambiar los colores y la mascota del instituto porque no molan nada.
- Montar un equipo deportivo de frisbee.
- Que los estudiantes puedan votar a sus profesores favoritos para que les suban el sueldo.
- Que el instituto compre iPads para prestarlos al alumnado.
- Más plazas de aparcamiento para estudiantes.
- Tendríamos que poder salir del instituto para almorzar, especialmente los de último curso.
- La comida de la cafetería es un asco. Necesitamos opciones mejores y más sanas.
- Las fiestas de otoño, fin de curso, etc., son un rollo. Hay que darles una vuelta.
- Tendría que estar permitido que la gente se lleve sus mascotas a clase.

- No debería pasarse lista.
- Montar una compostadora junto a la cafetería para hacer humus de lombrices con los restos del almuerzo.
- Tendría que haber pizarras digitales en las aulas.
- Las becas en prácticas deberían contar como optativas y proporcionar créditos.
- Debería haber algún representante del alumnado en la junta escolar.
- Que dejen de mirar por encima del hombro a la gente que no piensa ir a la universidad en cuanto termine el instituto.
- Que nos dejen elegir una asignatura al año en la que solo nos califiquen con Aprobado / No aprobado, en lugar de obtener una nota concreta.
- Quienes sean aficionados a la cocina y la nutrición deberían poder colaborar en la cocina del instituto.
- Delante del instituto, junto a la bandera de los EE. UU., deberían poner una bandera del mundo.

34

No hay razón para pensar que un grupo reducido de personas reflexivas y comprometidas no pueda cambiar el mundo; de hecho, esa ha sido la única forma en que el mundo ha cambiado hasta el momento.

Margaret Mead
(1901-1978)
antropóloga cultural

Las últimas personas salen lentamente del gimnasio. El pabellón parece exhalar un suspiro de alivio.

Cuando sonó el timbre de final de las clases, Folger tuvo que interrumpir al chico que hablaba en ese momento –un chaval de tercero muy popular llamado Jeremy– para insistir en que todo el mundo se marchase si no querían perder el autobús. El micro abierto estaba funcionando a toda marcha, con participantes de toda clase, ideas volando de un lado a otro y sugerencias estupendas (junto a alguna cagada en el cuenco del ponche, como diría Rich). Al final, Folger tuvo que comprometerse a continuar el debate abierto con una sesión mensual, a la hora del almuerzo.

La gente recibió su promesa con gritos y aplausos de aprobación.

Ahora, veinte minutos después del timbre, las únicas personas que quedan en el gimnasio son las animadoras. Van de un lado a otro entre los chirridos que hacen sus zapatillas en la tarima, recolocando las guirnaldas y decoraciones para la fiesta de otoño, que será este fin de semana.

Hace un rato llamé a Martha. Dijo que vendría en taxi desde el trabajo y que traería provisiones (espero que no robadas).

Rajás, Jacinda y yo la esperamos sentados en el suelo, con la espalda apoyada en el ventanal del gimnasio.

–¡Tendrías que ver la cara que pusiste! –se ríe Jacinda–. ¿De verdad creíste que los carteles decían cosas malas sobre ti?

–¡Claro! Estaba preparándome para el apocalipsis.

–Pobre, me diste mucha pena. Pero es que no se me ocurría una buena manera de hacerlo, ¿sabes? Te echaba tanto de menos... Cuando me dijiste lo del debate participativo me pareció muy bien, pero justo entonces entró la señora Gliss y tuve que disimular. Por cierto, no sabes cómo flipé contigo ayer. ¡Cómo le plantaste cara! Fuiste muy valiente.

–También tú fuiste muy valiente cuando se lo contaste todo a Folger.

–No tanto como tú –se vuelve hacia Rajás–. ¡O como tú, señor romántico! Madre mía, Evie, ¿no te dieron ganas de morirte de alegría? Es que ni me imagino cómo tiene que ser que alguien haga eso por ti –de pronto, su expresión se empaña; debe de estar acordándose de Brookner–. ¡Fue lo más tierno del mundo! –añade enseguida, recobrando la sonrisa–. ¡Menudo malote estás hecho, Rajás!

–Tampoco fue para tanto –murmura él encogiéndose de hombros.

–¡Claro que lo fue! –replica Jacinda.

–Y tanto –corroboro.

–Pero tendría que haberte pedido perdón hace mucho... –dice Rajás con una mueca de pesar.

–Eso es verdad –asiento, y golpeo su hombro con el mío–. Todavía no te has librado del todo, que lo sepas. Tenemos que hablar.

–Ah, estupendo; eso es lo que todos los chicos estamos deseando oír.

–¡Vamos, no te enrolles, Evie! –interviene Jacinda, agitando la mano para quitarle importancia al asunto–. ¡Perdónale de una vez! Solo quería protegerme; por mal que lo hiciera, la intención es lo que cuenta –una nueva sombra atraviesa su rostro y, como antes, la despeja con una sonrisa–. Estáis más que preparados para volver a salir juntos, y ahora estoy segura de que os daréis el lote en público. No lo quiero ni pensar...

Se me escapa una sonrisa.

–¿Y qué pasó con tu odio a las etiquetas? –le pregunto a Rajás.

Él se rasca la nariz.

–Bueno, supongo que al final vi la luz. Al menos respecto a esa etiqueta en particular.

Jacinda mira la puerta del gimnasio.

–Aquí viene el representante del poder opresor –susurra.

–Sí, sí, el poder opresor en persona –se ríe Folger, y me guiña un ojo–. ¿Creía que no iba a oírla, señorita Harrod?

–¡Ay! ¡Lo siento mucho, señor Folger! –exclama Jacinda, horrorizada.

–¿Pero es que no lo sabías, Jay? –interviene Rajás, serio de pronto–. El señor Folger lleva un sistema de escucha instalado en el bolsillo del traje. Las grabaciones se cargan directamente en...

–... la inter-red –completo yo.

Jacinda abre mucho los ojos, sobresaltada.

–¿En serio? –exclama, y el señor Folger sonríe.

–Pues claro que no, Jacinda.

Ella pone cara de enfadada y da un manotazo en la rodilla de Rajás.

–Bueno, Evie –añade Folger–. Yo diría que el primer debate participativo ha ido bastante bien, teniendo en cuenta las dificultades, ¿no te parece?

–Desde luego. Pero ahora tenemos que asegurarnos de que las propuestas van a alguna parte. Stiv está dispuesto a crear una nueva sección en la revista, pero hay que buscar otras vías para comprometernos a innovar y a poner en práctica...

–¡No te embales, Eve! –se ríe Rajás–. ¿Por qué no disfrutamos un poco del momento?

–Vale, tienes razón. Lo que pasa es que, ahora que tenemos empuje y...

–¡Para el carro, Evie! –exclama Jacinda–. ¡Descansa! ¡Relájate!

–Vale, lo intento –digo con una sonrisa–. Perdón.

–No te disculpes –replica Rajás–. Te quiero precisamente por estas cosas.

Al oírlo, se me suben los colores y el corazón me da una voltereta. «Te quiero»... Si no fuera por el efecto disuasorio que tiene la presencia de Folger, me tiraría a su cuello en este mismo momento sin molestarme en decidir si le he perdonado o no. En fin, mejor cambiar de tema.

–¿Quiere comer algo con nosotros? –le propongo al director–. Martha viene para acá con cosas de picar.

–Bueno –responde enarcando las cejas–. La verdad es que no es muy ortodoxo, pero... me apetece.

Se sienta en el suelo con torpeza y se tira de los tobillos para cruzar las piernas.

La puerta del gimnasio se abre de golpe.

–¡Llega el festín revolucionario! ¡Nachos de maíz ecológico! ¡Salsa para mojar! ¡Queso en tiras! ¡Todo por cortesía de la sucursal de Walmart en el pueblo! –exclama Martha, dejando en el suelo la comida y varias botellas de agua con zumo natural–. Bueno, camaradas; parece que el primer debate participativo ha ido bastante bien, teniendo en cuenta las dificultades, ¿no creéis?

Los demás nos miramos conteniendo una carcajada.

–¿Se puede saber qué os hace tanta gracia? –pregunta Martha, y Folger se echa a reír.

–Me temo que empieza usted a sonar como una representante del poder opresor. Vaya con ojo; dentro de unos años, podría ocupar un despacho contiguo al mío.

Martha se lleva las manos a la cabeza.

–¡A Dios pongo por testigo de que jamás ocuparé un despacho! –exclama, y luego agarra la bolsa de nachos y la abre de un tirón.

Los cinco nos abalanzamos sobre la comida como cavernícolas almorzando alrededor del fuego. Devoro un nacho y me hago con un puñado de galletas de queso.

–Bueno, señor Folger, ¿qué me dice de esa carta de recomendación para Cornell? Jacinda también quiere estudiar allí, ¿sabe?

–Ah, interesante –responde, con una sonrisa que revela un trocito de pimiento encajado entre dos dientes–. Es una verdadera casualidad, porque resulta que ya he escrito dos cartas. Las tengo por aquí, en alguna parte –se lleva la mano al bolsillo interior de la americana y saca dos sobres.

–¿De verdad? ¡Qué guay! –exclama Jacinda, sonriendo más que si hubiera ganado el premio Nobel o un galardón de la MTV.

–¡Gracias, gracias, gracias! –digo yo, con la mano estirada para recibir la carta.

–No tan deprisa –me espeta él volviendo a guardar los sobres–. Estoy pensando que haría bien en retenerlas por el momento; al fin y al cabo, en menos de un semestre de asistencia has...

–... has logrado sembrar el caos en todo el instituto –completa Rajás con una sonrisa pícara.

–Exacto –asiente Folger–. De modo que voy a reservármelas a modo de... de póliza de seguros, por así decirlo.

–¡La verdad es que hace bien! –se ríe Jacinda–. Evie es muy mala influencia, y tenemos un montón de eventos en perspectiva: la fiesta de otoño, la de Navidad...

–¡Eh, ya habéis vuelto a aliaros todos contra mí! –protesto.

Jacinda, sin hacerme caso, sigue con su lista de celebraciones:

–... el baile de fin de curso, la semana cultural y la graduación. La graduación... ¡Ahí va! –exclama dándome una palmada amistosa en la pierna–. ¿Estás pensando lo mismo que yo?

Folger y Martha cruzan una mirada de temor teatral.

–¡Tienes que ser tú quien dé el discurso de graduación! –aclara Jacinda con voz aguda–. ¡Eres la persona ideal!

–Es cierto, Jay –asiente Rajás–. Imagínate el título del discurso: «Qué hacer cuando tu revolución se vuelve en tu contra y te muerde en el culo».

–No, no, no, no –digo yo sacudiendo la cabeza.

–¿Por qué no, hija? –me pregunta Martha, inquieta–. No me digas que esta experiencia te ha traumatizado tanto como para abandonar el activismo social.

–¡No es eso! –exclama Jacinda, tan emocionada que la voz se le entrecorta–. Lo que pasa es que Evie tiene una idea diferente, ¡seguro! Su discurso se va a titular: «De cómo llegué a este instituto y lo convertí en un lugar mejor», ¿a que sí? ¿Verdad, Evie?

–Qué va –respondo–. Tampoco es eso.

Jacinda hace un mohín.

–Bueno, pues entonces, ¿qué?

Las últimas palabras de Brookner resuenan en mi mente, a pesar de lo imperfecta que es la persona que las pronunció: «Por precoz que te precies de ser, en ocasiones puedes resultar un poco obtusa».

Sí, seré obtusa. Pero por fin estoy empezando a pillarlo.

Esto ya no va sobre mí; en realidad, nunca ha ido solo sobre mí.

Esta chica es diferente, sí. Pero esa no es la historia completa.

La historia de verdad es mucho más interesante.

Recorro nuestro corrillo con la mirada: una mezcla variopinta de personas unidas por lazos de amistad que comparten este momento masticando nachos ecológicos.

Pienso en la gente que ha participado hoy en el micro abierto, y en las ideas sorprendentes e inspiradoras que han tenido muchas de esas personas.

Sonrío.

–Claro que pronunciaría el discurso..., si mis compañeros me eligieran.

Y sería un discurso sobre la forma en que vamos a cambiar el mundo colaborando mano a mano. Porque esta chica, este chico, esta panda de adolescentes... Todas nosotras, todos nosotros... Somos diferentes.